# 万县野码头

WANXIAN YE MATOU

欧阳玉澄 著

重庆出版集团
重庆出版社

图书在版编目(CIP)数据

万县野码头 / 欧阳玉澄著. —重庆: 重庆出版社, 2010.10
ISBN 978-7-229-03064-3

Ⅰ.①万… Ⅱ.①欧… Ⅲ.①长篇小说—中国—当代
Ⅳ.①I247.5

中国版本图书馆 CIP 数据核字(2010)第 191674 号

**万县野码头**

WANXIAN YE MATOU

**欧阳玉澄 著**

出 版 人:罗小卫
责任编辑:朱小玉
装帧设计:重庆出版集团艺术设计有限公司 ·吴庆渝

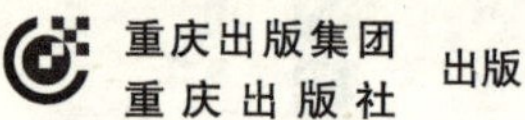


重庆长江二路 205 号 邮政编码:400016 http://www.cqph.com
重庆出版集团艺术设计有限公司制版
重庆华林天美印务有限公司印刷
E-MAIL:fxchu@cqph.com 邮购电话:023-68809452
全国新华书店经销

开本:890mm×1 240mm 1/32 印张:7.875 字数:190 千
2010 年 10 月第 1 版 2010 年 10 月第 1 次印刷
ISBN 978-7-229-03064-3

**定价:20.00 元**

如有印装质量问题,请向本集团图书发行有限公司调换:023-68706683

# 目录

她用竹签把水桶穿了，嘴里念念有词，也不知念的是什么咒语,突然猛喝一声“起”,那两只平躺着的纸人儿竟站了起来。



裴神仙也不信邪，掐着指头又算一遍,说:“那好,我且搁句话在这儿，三天之内，你必有大灾。纵然不死,也得落个残疾!”

师爷看了何熊留下的“清单”，后脊梁直冒冷汗。过好久才喘过气来,长叹一声:“天要下雨，娘要嫁人，我只当是熬鹰被啄瞎了眼睛！”



足有几秒钟,二人都僵在原地,一位是惊呆了,一位是吓坏了。“对不起,对不起!”山二哥猛醒过来，前脚踢后脚急忙退了出去。

他说共产党虽然不搞什么“共产共妻”，却讲的是一夫一妻。你想,从重庆到汉口,皮船长有多少老婆啊……

# 第一章

曾有过那么一段时间，每当吃馄饨、吃花生豆的时候，我都在体会吞口儿那种吃坏人或者吃鬼的感觉。

## 1 吞口儿

我一向是敬重雷乐中先生的。他的民俗研究十分让人着迷。他讲三峡之奇在于“江”，而“江”与“船”不可分割，这是地理环境、生活条件铸成的“机缘”。当中国历史划过一道长长的弧线，这峡江之船，便将峡江人往昔的回顾，与当时的际遇连在了一起。

听雷乐中先生讲，在早些时候，川江航线上有二十万船户和纤夫，加上依靠他们维持生活的家属，这群人多达百余万之众。而航行在宜昌到重庆段的五六万条木船，都统属于“川楚八帮”。川楚八大船帮各有特定的“势力范围”。从宜昌往上数，分别有楚帮、奉巫帮、云开帮、万县帮、涪陵帮、大红旗帮、蜈蚣旗帮，等等。那时候船入帮会，人人袍哥，就好比如今的车船，要办执照或驾照一样。当时，船民作为“双料袍哥”，绝不是什么“追求时尚”，更不是现在标榜的“神秘文化”，而实实在在是三峡船民的一种生存需求。

我还注意到雷老先生介绍的一件奇异物事——“吞口”。这“吞口”究属何物？或许，除了三峡地区，其他地方的人都见所未见，闻所未闻了。

吞口（三峡人口语儿化，爱说成“吞口儿”），巨眉突目，阔口翘唇。其造型古朴怪异，既像龙头，又像虎头，更像是狮头，似神非神，似兽非兽，于咄咄逼人的狰狞中，似能一口吞尽世间所有的妖邪。其实三峡人见到的吞口，不过是用桃木雕刻的面具。面具有水瓢大小，涂赤红色，经桐油处理，通体发亮。一般高悬于大门门框之上，用以避邪和镇宅。

我们泱泱华夏，到底是一个大国。国人每于安门装门，都非常认真。上自君王，下至百姓，门户立起来，总得有位看家护院的守护神。唐太宗以秦叔宝、尉迟敬德的画像做门神；五代百姓有用钟馗或者岳飞像做门神的；南方一带还启用燃灯道人、赵子龙或者赵公明做过门神。不过，这些门神都是贴在门上的，而吞口儿则高悬于门框之上。毫无疑问，吞口儿是三峡人心目中的守护神，是三峡古人顶礼膜拜的瑞兽、神兽，或者说得更直白一些，吞口儿应该是三峡人从上古留传下来的原始图腾。

雷老先生在考查中如实记录了一件奇事：1993年万县市举办第二届民间工艺文艺藏品展，在民俗器用物部分，展出了一具川东（现在该叫渝东）地区典型的吞口儿。展出期间，有位客人在那具吞口儿面前流连忘返，暗地下了决心要买下这件展品，随即跟展厅联系，提出了恳切的要求。因展览会原本兼有展销任务，工作人员立即为他联系到了藏品的主人。客人说：“我是搞美术工作的，很喜欢这件展品，你能不能把它卖给我？”藏品主人是一位普通的农民，一听说别人要买他的吞口儿，即连连摇头说：“不不，我怎么能卖呢？”来参加展出，都是说了许多好话的。工作人员还怕出价不合理，只想帮他做工作，这位农民却一口回绝说:“算了算了,他出再高的价我也不卖。”客人奇了,再三问是什么原因。他迟迟疑疑地最后才说:“我们住的那座土筑瓦盖的院子,一共五家人。院子有个大门,门前是个晒坝,我们几家人都尊重上人的习惯,一直是把吞口儿挂在院子大门上的。去年盛夏热得着不住,我们男人都搬了凉板儿到晒坝去睡,睡到半夜,五个男人不约而同地醒来,都说怪了,刚才我做了个梦。大家凑拢一说,几个人做的梦竟然完全相同——大门上的吞口儿活了,吞口儿十分不满地对我(我们)说:是我在这里照门,你们哪个睡到我前面去了!几个人一激灵,都说唉呀,吞口儿显灵了。几人七手八脚忙搬了凉板进屋。后来各家老小都安睡在屋里,好像,好像屋里也不再那么热了……”客人听得一愣一愣的,将信将疑说,是不是啊?那农民急了,立即赌咒发誓说:“哪个龟儿子撒了半句谎!”

雷乐中老先生至今健在,这事儿他完全可以作证。老先生关于吞口儿“显灵”一事,还特别作了如下交代:“笔者绝对无意在此宣扬迷信,更无能无力进行所谓‘梦考’。”雷老先生的这篇文章叫《巴人避邪民俗艺术的文化寻绎》,就收录在重庆大学出版社 1997 年 10 月出版的《三峡文化研究》一书中。雷乐中先生是前万县市文化馆的资深馆员,他的文章叫论文。说话引经据典,是不打诳语的。不像我们爱吹龙门阵,天上一句,地下一句,哪儿说哪儿丢,说的人随意,听的人也不必当真。

我在半边街就见到过一具吞口儿,也听到过一些有关吞口儿的故事。其实,我听到的吞口儿,不仅比雷老先生说的吞口儿灵异、古怪,而且远比他讲的故事荒诞得多。

那是六十年以前的事了,前方战事吃紧,解放军打过了黄河,打过了长江,快要在北京天安门城楼升起五星红旗了;蒋介石兵败如山倒,大部队溃不成军,纷纷南窜西撤,川江沿途,也



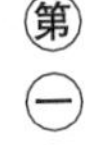

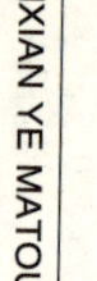



扔下不少残脚跛腿的伤兵。这些伤兵打仗不行，对老百姓却歪恶得很，大家惹不起他们，一个二个都躲得远远的。那晚上，几个伤兵从野码头摸上去，原想夜里出来打食（动物找吃的或猎取其他野物）。哪知道野码头上面的半边街，黑漆麻孔（漆黑）的，人毛都没得一个。两边的铺面都上了门板，一条巷子曲里拐弯的，扭起头偏过来偏过去都看不到底。好在不远处，半明不灭朦朦胧胧地还亮着一盏灯，大门没关，似乎还有人影子晃动。为首的排长对几个伤兵说，走，过去看看。他几爷子正深一脚浅一脚地往巷子里摸，就听一个声音说："好，你过来，你过来。"有个影子听到召唤就往前面蠕动，还像很害怕的样子。说时迟那时快，大门内舌头一卷"国儿"的一声那影子就被卷进屋里去了。几个伤兵被镇住了。又听到那声音说："好，该你了，你来你来。"又见人影子动了一下，"国儿"地一声，又被敞开的大门吞了。仔细一看，哇，那哪里是门呐，分明是一张龇着牙的大嘴。一巨物两眼通红，头如巴斗，正在那儿吃点心呢。不好，怪物吃人了！几个伤兵吓得腿都软了，一个个屁滚尿流，忙调头扑爬跟斗儿地逃走了。

第二天早上，几个人脸青面黑仍心有余悸，说起来像是在做梦，心里也不太相信。那伤兵排长到底胆子大一些，说，走，我们再上去看看。几个伤兵面面相觑，都不想动。排长说："球，青天白日的，老子不信真有怪物！"说着拔出连枪，哗地一声顶上了火。龟儿子些，手里有炮火，你们怕个卵哪！几个伤兵被排长领着，一路磨磨蹭蹭地上了半边街。半边街卖吃的、卖喝的、赶路的、做生意的，已有不少人活动了。那边的门仍然大敞着，几个伤兵慢慢儿挪过去，把那间屋子端详半天，屋里除了几件寻常家什，再没有发现其他异物。突然，一个跛子抓住排长的胳膊，胆怯怯地朝门框上指。抬头一看，门框上一具吞口儿，正怒眉突目地瞪着他们。排长不信邪，骂一句，妈那个巴子的，甩手想放一枪。旁边两个伤兵忙一把抱住，说要不得要不得，我们走我们快走！排长被众人扯回来，还楞充汉子说，老子肯信，打它不得吗？手下伤兵说，排长，要不得，那是吞口儿，是件神物哇！唉，这年头我们就……

说起来，这吞口儿当真灵验，不仅镇得住人，还镇得住兽。那年子，野码头出了一条疯狗，听说疯狗已咬伤了不少人。河下的船工、散力，抓起杠子扁担就打，那狗见不是事，夹起尾巴夺路而逃。众人呐喊着在后面直追，一路上还有不少围堵打狗的人。那狗被棍棍棒棒的逼急了，顺着陡坡往上跑。但奇怪的是，它跑到半边街就不跑了，竟然像一只被掐掉脑袋的苍蝇，就在那儿原地打转儿，专等别人来打它似的。众人赶上去，乒乒乓乓，一阵乱棒就把那条疯狗打死了。有个下散力的抬腕擦汗说："是说它咋不跑了，原来是山二哥门上的吞口儿盯死了它。你们看，那吞口儿眼睛还在发红呢！"众人扭头去看，也不知是阳光照的还是油漆反光，山二哥门上那具吞口儿，两眼果然亮亮的。众人啧啧称奇。有人说："慈云庵的老尼说过，善恶有报，头上三尺有神灵呢。这吞口儿，真的是一件灵物！"另一位说："那是那是，他这吞口儿能够吃鬼，难道还镇不住一条狗？"

据说，山二哥这具吞口儿还惊动过保长。那天何保长背起手手儿，转过来转过去地就盯着山二哥的吞口儿打望。山二哥不高兴了，说："何保长，你老在我这儿旋(转)，是什么意思呢？"何保长嘴里哦哦地，把两手一摊，意思是说他既没带家伙也没带人，只是过路看看。山二哥说："你是不是又想来清查我的户口了？"何保长说："你看你看，还查什么户口呢？前一阵子，我也只是应付一下，好跟上峰有个交代。"何保长接着小了声说，"我听说有个丘二(下人)从你门口过路，听到这只吞口儿在嘿嘿嘿

地笑，还说就要变天了，要改朝换代了。”山二哥拧起眉头忙打住说：“何保长，我从没听到过你说的这些谣言，你是不是打条儿编方儿地又在想害人了？”何保长张了张嘴，扭头把路上的人看了一眼，很有些委屈地说：“山二哥，唉，你，你是不了解我的为人……”转身想走，却回头又说了一句，“我觉得你这只吞口儿很灵，真的。”

我不知道，何保长说山二哥的吞口儿很灵是什么意思。我只听外婆说吞口儿是专门吃鬼、专门吃坏人的。外婆说看到有“外邪”来侵害你屋，那吞口儿就“国儿”地一声把它吞了。我外婆疼我，凡有好吃的、好玩儿的东西，她总是先想到我。外婆对我好，自然不会编些谎话来骗我。但是我对吞口儿的故事，一直半信半疑不怎么相信。我见过的吞口儿才水瓢大小，它能把人或者把鬼吃到哪里去呢？在我看来，吞口儿不过是一件面具，虽则生猛，却并不凶恶。每看到吞口儿那种认认真真挺好玩儿的样子，除了感到亲切，还有一种祥和。这便是吞口儿小时候留给我的印象。曾有过那么一段时间，每当吃馄饨、吃花生豆的时候，我都在体会吞口儿那种吃坏人或者吃鬼的感觉。



## 2 半边街

半边街是接野码头进城的一条小街。街窄，青石路面。半边街下面一段是石板坡坡，接河边沙滩，碛坝，野码头。野码头虽然不是停靠客货船的正码头或主流码头，但野码头自有野码头的好处——野码头有其他码头不曾发生的事，野码头有其他码头不能靠泊的船。半边街上面一段坡度较缓，一路过去接老城的东门口，东门口出来有个六角亭，六角亭又叫使君亭，使君亭上面另外还有一条进城的官道。上面的官道后来几经扩展，如今已变成环湖的滨江大道了。

半边街在三峡大坝三期蓄水之后已经全淹了。若现在去看，湖城江面，碧波潋滟，浩淼齐天，谁也不能指出半边街在水下的确切位置，但半边街藏而不露，不时魂牵梦绕，依然鲜活在三峡人的心里……

半边街依山临水，它虽是一条小小的巷街，却具有三峡临河小街的所有特点。三峡地区举目崇山峻岭，低头险滩急流，临河小街多依山就势，临江顺谷。街道梯度及其走向，亦因山势高矮呈现陡、缓、曲、折等诸般变化。顾名思义，半边街本来只有一半边街屋。靠里，是一排板壁房子；临江，"无中生有"，则是"多出来的屋子"——一排悬空的吊脚楼。峡江有不少这种吊脚楼，一半扎进山崖，一半悬在空中，一根根桅杆似的柱子，横七竖八地支撑起一座座木楼。吊脚楼与吊脚楼紧相挨连，恰似齐心协力的峡江汉子，肩摩踵接挽臂而立。楼顶，人字形结构的青瓦屋面（即"双坡面"屋顶），多呈方形、棱形、三角形、多边形。纯几何图形的瓦房，层层叠叠，由低向高，错落有致。吊脚楼其实很美，早先它们是峡江的一道风景线。后来，被一幢又一幢的洋楼和水泥建筑物取代。水泥建筑物不仅改变了原三峡民居的建筑风格，取代了三峡人对逼窄空间的珍惜，也改写了三峡库区老百姓依山傍水的传统生活……

半边街上有青山二哥的"公馆"。"山公馆"的门，终日大敞八开，门框上就钉着那只赫赫有名的吞口儿。有不认识的人过路，仰起头端详一阵，总要赞一声，嗯，稀奇，好看。有知根知底的人，就跟山二哥打招呼，抱抱拳，指指门上的吞口儿，然后双手合十，颂一声佛。山二哥则淡淡一笑，抱拳还礼，一叠声地好

好好。至于那人的“阿弥陀佛”，是颂扬吞口儿，还是为自己人祈福，外人不得而知。而山二哥的“好好好”，是在祝福朋友，还是在安慰别人，也只有他们自己知道了。

佛说，凡事因缘而生，因缘而灭。一条半边街那么长，这吞口儿偏跟山二哥有缘。山二哥原名艾青山，排行老二。艾青山为人耿直，豪爽，好结交朋友。朋友们为了叫起顺口和省事，既不喊他“艾二哥”，也不喊他“青二哥”，因为“艾”同“爱”，“青”同“亲”音，喊起觉得碍口，都习惯了叫他“山二哥”或者“青山二哥”。“山二哥”门上那只吞口儿，既非匾额，亦非奖牌，但的确给山二哥面上增色不少。说起这件罕物儿，餐风饮露，受日精月华，由赤红而转暗褐，显然经过不少历练。此物辗转相承，最终落在山二哥手里，也算是彼此有缘了。

那一年，有位山里客人在虎臂滩翻了船。一说是棒老二(土匪)劫财害命，先动了手，一说是军统的人发现了共产党，亮出家伙要抓人。木船正在上滩，水手和客人一乱，船一侧身就扣过来了，满船的人以及所载山货、药材全倾在江里。虎臂滩滩激水恶如沸如吼，自古来不知已害过多少人的性命。山二哥不避凶险驾了快舟冲波劈浪前往救人，他视满江漂浮的山货如无物，眼睛里顾及的只有落水的人。他看到有个大货包若沉若浮，一连翻了几个滚，即断定货包下面有人。落水的客人不识水性，情急之中只想抓根稻草逃命，好歹抓到一捆圆滚滚的东西，却没想到一抓一滚一抓一滚，那捆货包直把求生的人在往水下按似的。危急中山二哥跳进激流，潜水下去连摸几把，却被水里的人一把抱住，还差点儿脱不了身。山二哥一连呛了好几口水，情急时并没有乱了方寸，他反手把那人托出水面，最后当他把人拖上船的时候，被救起来的客人已经奄奄一息。

遇险的人摊在门板上刚被救活，水警所的刘胖子就带着人进了屋。山二哥问:“刘警官,你有事吗?”刘胖子没理山二哥,只盯住摊在门板上的人打转。山二哥说:“这不是你们水警的人吧。”刘胖子说:“老子抓共产党,这回翻船还丢了两名兄弟。”山二哥说:“那他二位,肯定是跟共产党同归于尽了。”刘胖子扭过头问:“你怎么知道呢?”山二哥说:“谁不知道共产党厉害呀?就是要死,还能不抓两个垫背的!”刘胖子见摊在门板上的人,气息微弱,面如土纸,湿淋淋的也不像是什么重要人物。即叮嘱山二哥说:“我知道你行侠仗义,从水里救过不少人。但要是跟什么案犯牵扯上了,可就担了血海干系。”山二哥呵呵一乐,说:“刘警官,你是夸我呢,还是损我呢?罢了罢了,我这里真要是出了问题,你只管拿我山二哥是问!”

说起来也怪,一船人落水,山二哥只救起来一个。客人腿上有伤,山二哥还请水月来用自制的药丸为他疗毒治伤。客人连伤带病,在山二哥屋里将息了半个多月才好。客人无法填谢青山二哥对他的救命之恩。送钱财,山二哥坚拒不收;送名贵药材和山珍,山二哥仍然不要。山二哥说:“兄弟,别这样。我若要你这些东西,当时从江里捞起来就可以不还给你了。”山里汉子原是耿直人,也再没有多说,只是腿一软,差点儿给山二哥跪下。山二哥忙一把扶住,说:“兄弟,你比我大,我该叫你一声哥哥,你若这样,就折杀弟弟了!”山里客人握住山二哥的手,嘴唇颤颤地说:“好,哥子此番不死,要先回去报个平安。兄弟你多保重,我们后会有期!”然后同艾青山洒泪作别。

未及月,山里客人捧着一个盒子,又来半边街拜会山二哥。客人打开锦皮包袱,将一具黑红的吞口儿送到山二哥手里,说:“古人说,大恩不能言报。我想把它送给你做个纪念。此物即便不能致人祥瑞或震慑妖邪,但悬挂在兄弟门首以供观瞻总是可以的。这原是上人留给我的东西,说起来还有些蹊跷呢……”



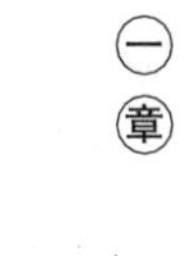

山二哥见他说得慎重，即婉拒说："此物既是先人传下来的东西，兄台还是自己留着的好。常言说'君子之交淡如水'，你我一回生二回熟，只当此地你有个亲兄弟，来就来了，去就去了，不必拘泥于世俗礼节，何况身外之物，并不能与兄弟之情相比。"

山里客接过话说："对，没有什么能跟兄弟这份感情相比。我这吞口儿，要说它值钱，并不值钱；说它尊贵，却是挂在大门外没人要的东西。因此兄弟万不可辜负了哥哥这片心意。"

山二哥见他说得恳切，再一想，这吞口儿到底不过是只面具，于是双手接了过来。客人十分高兴，亲自扶了梯子，直等山二哥把吞口儿钉上门框之后，才说声好了好了，以后我的本家兄弟倘若要来找你，想也不会认岔了。于是拱手作别，了却一桩心愿似的高高兴兴地去了。

初时，山二哥对这具吞口儿真没有在意。可后来居然出了几件怪事，一说凡恶狗路经"山公馆"，必绕道而行；一说歹人夜行，竟见斗大的吞口儿眼里冒火。反正众口相传，越传越神，越传越真。搞得山二哥不得不出面否认：哪有这种事，就一具吞口儿，它能给半边街带来这么多好处？要是真有这等灵异，你们何不都去弄只吞口儿来挂起！山二哥本人心正无邪，有关吞口儿的传说，他只当是众人抬爱，从来没有当真。

但自从有了这具吞口儿，半边街风调雨顺平平安安的却是事实。即使是在那天翻地覆的烽火岁月，半边街也没有受到多少损失（万州城后来是和平解放的呢）。半边街虽然比较穷，但穷得义气、穷得硬气，街上的人道不拾遗，夜不闭户，几乎已形成老少认同的街风。你去山二哥家看看，大门白天晚上都开着，也从没见他丢过什么东西。山二哥说：如果有人要偷我的东西，说明他比我还穷，那就进屋来取吧；如果有人没了住处，看得起我山二哥，就进屋避避露气，那又有什么关系呢？

山二哥单身一人，家徒四壁，别无长物。大门框缺牙似的豁着，屋厅空荡荡的，两间房一眼能看个对穿对过。临街除了门框，还有两眼木格方窗。左右两厢是板壁，右边板壁留个方洞。一口石板水缸伸到隔壁由两家共用。旁边有灶台，有锅，锅里有小半瓢水，齐水沿已生一圈红锈。左边靠壁，有两捆纤藤，还有几桶桐油，这便是山二哥平日忙活的营生。

山二哥二十七八不到三十岁，上无父母，下无子女，所干的营生后面自有介绍，用现在的话说，他起码是个经理一级的人物。山二哥出手往往比较阔绰，很像个有钱的人，但他家里没有积蓄，似乎比左邻右舍还要穷。现在不是讲要一部分人先富起来么？若用这个标准来衡量他，山二哥在居家度日方面肯定有问题。但他的友邻不这样看，都会站出来异口同声地维护他。毛铁匠必抢先说，山二哥是条汉子！他拳头上跑马，酒杯里行船，在野码头是讲得起狠话的人物！秀秀的婆婆则会说，阿弥陀佛，我家就全靠了山二哥呢……



山二哥家左边住着毛铁匠。毛铁匠跟山二哥一样，光棍一根。枯水期，毛铁匠为了方便船民和过往客商，就在河下搭个偏偏儿，光起膀子叮叮当当地打铁。夏日涨水，他撤回半边街，生起家里的火炉，挥起锤子把半边街敲打得有声有色。山二哥的右边住着秀秀和她婆婆。秀秀在家里纺线，织布，死了男人，无异于塌了天，多亏隔壁山二哥照应，才让清寒的日子有了几分亮色。

半边街的板壁房子，一般来说质量不算顶好，板壁之间难免豁牙裂缝。这边说话，那边能够听见；那边的光景，这边能看出动静。因此，对于住半边街的人来说，左邻右舍基本上没有多少隐私。除了拥有共同的语言，半边街上的人还有不少共同的

利益。譬如防火，他们都很警觉，知道板壁房子肯燃，一家失火，将会殃及池鱼。共同的利害，就像一道道铁箍，将半边街上的人捆在一起。他们和睦相处，团结友善，如果一家有事，众人是肯援手帮扶的。

"山二哥，还得麻烦你。"秀秀的婆婆在隔壁说。

"什么麻不麻烦的，有事你说话。我跟你说过，不要讲客气！"山二哥在这边回答。

"你请人上屋，帮忙捡捡瓦。不然，一下雨，我们这边就漏……"

"噢，是我把这事儿忘了。"山二哥应道，"我这边也漏，一下雨就慌着用盆子来接，搞都搞不赢——下雨天我记住了；天晴了，出去一转，又给忘了。是要找人来捡捡瓦了。"

"对了，过会儿秀秀过来帮你拆被子，也顺便下双鞋样子——你是整天在外面跑的人，最费鞋了……"

山二哥笑道："我这双脚有秀秀经佑(照料)着，也金贵了些。我看这样，我的不忙做，麻烦秀秀先给毛铁匠做一双。他一个打铁的，裤脚常被飞起来的铁屎烧起洞洞，他那脚踏一双草鞋，也就……"

"好的，我先给毛铁匠做。他的脚比你肥一点，长短也跟你的差不多……"秀秀在那边应承说。

山二哥抽抽鼻子，好像闻到一股子异味，自言自语说："不对吔，今天咋搞起的，半边街好像有一股子臭气呢。"

秀秀的婆婆也说："嗯，我也闻到了。莫是哪里的粪打倒了……"

正说着，毛铁匠一头闯了进来："见他妈的鬼哟，一担粪打翻了，都臭到我铁匠铺去了！"

山二哥说："正说呢，屋里都闻到臭了，是啷个回事啊？"

毛铁匠说:“大清八早的,一位农哥,把一挑粪打翻了,顺着半边街流,半边街有几里,就臭他妈几里!”

山二哥却笑起来:“好嘛好嘛,这一下我们有事情做了。”

## 3 洗街

那时候,城里人是没有抽水马桶的。要方便怎么办?街上有公厕,家里有马桶、尿罐、夜壶,有厕所的人户儿不是太多。再说即便有厕所,屋里也要配备尿罐马桶。农民兄弟也好,那时的农民还不知道有尿素、碳铵、复合肥之类。田里地里也施肥,但用的全是农家肥,沤的烂菜叶、烧的草木灰就是肥,不过打主力的自然是人大粪了。

乡下人一般都有条吨位不大的小船,既装人,也装货,他们喊它“上街船”。一早,农民担了蔬菜、粮食、柴火赶船上街,第二天再装一船粪回家。那时掏厕所挖粪也是有规矩的。不仅每次都要负责把厕所打扫干净,而且还得向户主或居民缴纳几文儿“粪钱”,不缴“粪钱”也行,那就等新鲜蔬菜瓜果什么的上市了,再挨家挨户送给如厕的人户儿“尝鲜”。还有一种情形,凌晨,小街还没有苏醒,农民摆几只粪桶在街边边儿,喊一声:“倒粪罗!”就有街民提了马桶、尿罐出来倒,不一会儿即响起“哗哗哗”“嗵嗵嗵”涮马桶或涮尿罐的声音,这叫做“收野粪”。乡里人说“庄稼一枝花,全靠粪当家”,粪在农村是很“金贵”的。有时候,为了“收野粪”,农民争争抢抢的,还会闹出一些纠葛来。总之,不像后来,城里人出钱,请农民工掏粪打扫厕所都没有人

干，只好挖个下水道，粪水、浊水都直接往河里排……

待山二哥和毛铁匠赶到“事发现场”，发现景况十分糟糕。臭气熏天不说，地上腻物浊水一片狼藉。有几个农民担了清水正在冲洗街面，一街的人骂的骂，吵的吵，热闹得很。

“狗日的些，我们今天咋个做生意嘛！”

“兴这样往街上泼粪么，这一条街的生意都让你们给做完了！”

“不行，不弄干净不准他们走路！”

“这伙人太懒了，厕所都满了还不进城挑粪。这下好了，他索性搞得天一半地一半的！”

“这个厕所不能包给他们挑了，另换一伙人，保险利索得多！”

一位头戴草帽的农民连连打拱作揖，嘴里不停地告饶：“对不起对不起！我们弄干净、我们弄干净就是！只怪天下不太平，搞得人心惶惶的，都在说共产党要打过来了……也是他不小心，连累了大家，我们从河里挑水上来，一定把这条街冲洗干净……”

另一位大概就是那个“罪魁祸首”了，却蹲在街边边儿呜呜地哭，草帽走过去踢他一脚：“哭个啥子！你摆了一大摊，还不快去担水来冲！”

那个“罪魁祸首”既像是害怕，又像是崴了脚，哼哼叽叽地站起来，小声说：“你们不晓得，我，我是见到鬼了……”

山二哥苦笑着：“今天大家都受了灾，你们也不要吵了，光吵也没有用。我看这一位也不是故意的，你们看，他也真是崴了脚，衣服也整脏了。”他对那个“罪魁祸首”说，“兄弟，只怕你真的是闯到鬼了！我找把扫把给你，你把有些地方扫一下，大家再用水一冲，也就干净了。”回头对半边街的人说，“没有办法，今天我们大家动手，为半边街洗街——附近反正还有水井，取水方便，水一冲，风一吹，青石路面，一会儿也就没事了！”

有人害懒，不愿意动手，还想找农民兄弟的麻烦。山二哥说：“算了，农民兄弟也不容易，这年月，兵荒马乱的，亏他们还能进城挑粪。要是没有他们出力，厕所漫出来了，你那双脚如何跨得进去？”

半边街上的乡邻见山二哥说了话，也不好再说什么，大家动手，端的端盆，提的提桶，“各自打扫门前雪”，七手八脚，配合那几个农民，清洗门前的街面。

毛铁匠最听山二哥指挥，立即回家找来两挑桶，跟山二哥一道，担了水，从半边街的上街冲起。石板路面有坡度，有阶梯，水一泼脏东西就往低处流，一边冲一边有人扫，没多大功夫也就从上街扫到了下街。

明生从野码头上来找山二哥，见山二哥在担水冲街，就在街边边儿站下来，警惕地看着过往的人，问山二哥：“这是怎么回事呢？”



山二哥一乐说：“半边街要发财了，一大早打翻了金黄酱。正好做个大扫除，大家动手，为半边街洗街。”

明生说：“难怪一路上来都在流——我原想上你家去找你，没想到你在这儿领着大家洗街……”

山二哥问：“找我有急事吗？”

明生一副心神不宁的样子，把个半边街上上下下打量一遍，人直往后退，手也不知该往哪儿揣似的。



山二哥知道明生是嫌这里说话不方便，把手一摊，说，唉，这里的事还没有完呢，即把明生扯到一边，二人嘀嘀咕咕商量一阵。末了，山二哥还说：“怕什么呢？天塌下来还有长子顶着呢！”

明生嗫嚅着："我那船，吨位虽然不大，好歹是我的家。要是大家各顾各的，我只担心……"

山二哥体谅明生的苦衷，少不得安慰几句："放心吧，还没有你想的那样背时。你也知道，万县船帮的人，历来是很齐心的！"

明生即小声说："行。我也想过了，你这主意好。目前形势紧张，就这两天安排上墩算了——但你得帮帮忙，出面为我张罗张罗。"

山二哥想一想，点点头说："好吧，一切还是按照规矩来。那你这条船是想大修呢，还是中修？"

明生想一想，说："恐怕还有一阵子乱呢——索性来个大修吧。"

山二哥说："没有问题。你先把船上的桅杆、布条（帆）、棚架、锁幅（船板）都弄上岸来。我打声招呼，工友们就下河了。"

明生说："只要有你承头，我就省事多了。"

山二哥说："我又能做什么，主要是有几位得力的工匠。他们来了，大家扣手，彼此就有照应了……"

明生说："好。那你这儿……还需要我帮忙吗？"

山二哥说："这儿又不是好好闻——你忙你的去吧。我找到王掌墨以后，就来回你的话。"

明生匆匆走了，洗街的还在洗街。有的说，看起来真要改朝换代了，把半边街从头到脚洗出来，就好重新过日子了。有人说，那倒也是，索性把残渣余孽都清除干净了，天下也就太平了。有人接嘴说，伙计们，莫谈国事哈！谨防祸从口出，弄不好还会有人找你的麻烦呢！有人抢白说，怕个球，未必老百姓没长眼睛，当真看不出如今的症候！

山二哥见众人议得热闹，只笑一笑，回头对毛铁匠说："毛铁匠,你去经佑你的铁匠铺算了,不要耽搁了你的生意。”

毛铁匠说:“眼看就完了,有始有终,我还要回去还桶呢。”

转过身来看到那个惹祸的农民,还一直跟在他们后面,期期艾艾地,像是有什么话要说。山二哥一笑,劝他说:“你今天闯了祸,也挨了众人的骂,就别往心里去了。”

那人紧走两步,把扫帚还给山二哥,压低声音说:“大哥,今天,我真的是看到鬼了!”

山二哥又把那人打量一遍,见那人不像是在开玩笑,就问:“你说……那是怎么回事呢?”

那人就说,今天挑粪,他去得比别人早,是想先去看看粪池里的粪,如果太多,一船装不下,还得往安家溪的粪池里转运。天才麻麻儿亮,他就上了坡。先在厕所舀了一挑粪,出来就看到鬼了。

山二哥问:“你是在厕所里看到鬼的?”

那人说:“不,是从厕所出来,旁边有个巷巷儿,看到他摇摇晃晃地进去了。”

山二哥问:“你是不是眼睛看花了?”

毛铁匠也问:“你咋知道他是鬼呢?”

那人说:“隔得不远咋会看花了眼呢?那鬼没有脑壳,他、他的脑壳是提在手里的。”

毛铁匠不信:“遇得倒啊!大天白亮的,哪里会有鬼嘛!”

那人说:“真的,不哄你。当时才麻乎儿麻乎儿亮,比现在早。我一看到那个东西,就慌了,爬起一趟子,脚一崴摔一扑爬(跟斗),就把粪打翻了……”

山二哥说:“看起来,半边街真有些不干净呢。这样好不,你带我们去看看,你说他从哪个巷巷儿进去了……”

那人不太情愿,说:“我的脚,崴伤了……”

山二哥扯住他说:“走吧走吧,反正又没有多远。”

毛铁匠说:“你是怕鬼吗? 我告诉你,我和山二哥都是捉鬼的祖宗! 如果真的有鬼,我把他抓来吃了!”

那人没有办法,一跛一跛地跟着山二哥和毛铁匠,又往半边街上面走。重新来到一早打翻粪桶的地方,用手一指:“就那巷巷儿。”

离公厕不远,街边果然有个不足三尺宽的小巷巷儿。山二哥偏起头看了看,并没有发现任何情况。就说:“走,进去看看。”他在前面引路,毛铁匠和那个农民紧随其后,三人一道进了巷子,房子后面是个阳沟。阳沟阴暗潮湿,于霉气中还掺有一股子尿臊味儿。山二哥顺着阳沟走了个来回,扭头见后面坡坡上长一大丛巴茅,巴茅背后有个比老坟还大的土包。顺坡爬上去,见土包一侧有块四四方方的石板,石板干干净净,上面却赫然摆着一只青花大品碗!



大家凑近一看,那只青花品碗完好无损,碗里还装了小半碗水,旁边好像还撒着一把生米……

三人为之愕然,面面相觑。

## 4 捉鬼

山二哥把那只大品碗拿到“默然酒家”,周老默还没说话,点水雀儿却一眼认出来:“这不是我们的碗吗?你咋端出来了?”

山二哥说:“你家的碗,家家都有,这我知道。去年你爷爷办九十大寿,你们专门烧了一批青花碗,来坐席的都带回去了,说是‘赶寿’,但被带走的只是饭碗,是小碗。”

点水雀儿直点脑壳:“对,对。就那次给爷爷做寿,我顺便烧了十个大品碗,是留在店里盛汤的。打烂一个,现在好像,只有八个了……”

毛铁匠说:“那这只大碗,是谁家端走了的?”

周老默端起那只品碗来看,却问:“你说吧,你这,到底是怎么回事儿呢?”

毛铁匠只问:“你们先想一想,这只碗,究竟是哪一家端走的吧。”

周老默和点水雀儿对望一眼,却一时想不起来。周老默慢条斯理地对山二哥说:“我这儿是馆子,从我这儿端了碗走的人也多,你不是常从我这儿端东西走么?今天又是咋的了?”

山二哥坐下来慢慢说:“且不说你家的碗,我们街坊邻居,碗碟盘子混拿混借的现象很普遍。张家有了好吃的,要给李家端一碗;李家有了好吃的,又给王家送一钵。碗啊盘子啊,端去端来的,最后这些盘子和碗,也就不知道姓张姓李姓王了。但唯独你们酒店的碗好认,况且这种大品碗也不多,所以我就给你们送回来了。”然后,山二哥就把今天有人说看到了鬼,他们如何进那巷子,去那坡坡上捡了这只碗回来的情况大致说了一遍。

点水雀儿听得砰地一声放了碗,叫起来:“你说这只碗,是从外面坡坡上捡回来的?”

山二哥点一点头:“不错,何熊何保长那店铺旁边有个小巷子,巷子进去有个坡坡。我们弄不清楚,这碗是怎么跑到那儿去了的。”

周老默也听得吸了一口凉气:“怪糟糟的,咋会有这种事呢?莫是何保长的舅爷……但他没有从店里端过碗走啊。”

点水雀儿听说品碗是从坡上捡回来的,就不想要了,说:

“山二哥，碗是你捡回来的，我们不要了，你各人拿回去。我看，只怕是，何家那店铺有点儿什么问题……”

山二哥问：“那店铺是怎么回事呢？”

周老默盯了点水雀儿一眼：“店铺能有啥问题？那里原是一家卖布的，因为欠债抵给何保长了。何保长拿它没用，正好舅爷从丰都赶来投奔他，他就安排他住下了——只是也怪，想是年纪大了，他舅爷一个人住起害怕，那天一早他喊有鬼，说门口那个烤烧饼的炉子，长了一双脚，还伸出手来找他要钱。待别人过去一看，却笑起来，哪里有什么鬼呢，原来是个告花儿，夜里围着炉子取暖，早上打呵欠，手一伸冷不防把他吓了一跳。”

毛铁匠说：“我不信邪，这世上哪里有鬼嘛。那个挑粪的，想是眼屎糊糊的看走了眼，他硬说是看到了鬼。山二哥，明天我俩起个早，就去那儿看看，看到底有没有鬼！”

周老默恭维说：“这样最好。也只有你俩镇得住邪！如果半边街哪儿出了问题，只要你俩去一趟，保险啥事儿也没有了！”

山二哥笑道：“好嘛，你们怕鬼怪作祟，连碗都不要了。我不怕，我那儿有只吞口儿，镇得住邪！”说罢当真带起那只青花品碗，离开了“默然酒家”。

毛铁匠是个打铁的，自然是姓毛。他就像一磡还没有锻熟的毛铁，脾气毛躁，头脑简单，做事认死理，不讲弯弯儿绕，众人说他是一根肠子通齐屁眼。毛铁匠要山二哥跟他一道去捉鬼。山二哥说，你知道没有鬼就是了，还去较什么真。毛铁匠说，我想把事情弄清楚，弄清楚了我再去告诉那个挑粪的。山二哥拗他不过，也就同意了第二天一早去那巷子里捉鬼。

第二天山二哥和毛铁匠起了个早，他们先在街上转了一圈儿，半边街静悄悄的。二人胆子大，深一脚浅一脚地就进了那个小巷子，待上一会，阳沟里和坡坡上都没有动静。山二哥说：“哪有什么鬼呢？真的有鬼也早就被我们吓跑了。”毛铁匠说：“是不是我们来晚了，那东西比我们起来得早？”山二哥说：“你看你看，你这不是矛盾么？既然你说没有鬼，又说那东西比我们起来得早。你自己说说，我们该咋办呢？”毛铁匠只坚持说：“弄不清这件事，我不死心！”山二哥本想说他几句，这年头战祸不断，确实死了不少的人，真要是有鬼，只怕鬼城里早就装不下了。而今原属多事之秋，你又何必没事找事呢！却知道毛铁匠的个性，只在心里叹了口气。

第三天山二哥还在睡觉，毛铁匠就来叫他了：“山二哥，鸡子都叫两遍了，该起床了。”山二哥翻身起来，见外面还是黑黢黢的，不禁埋怨毛铁匠：“你只当是好玩儿呢！”仍翻身起来，打水洗脸，随后跟毛铁匠出门。

二人一路摸索着进了那个巷子，巷子里黑咕隆咚的，仍没有发现什么异常。毛铁匠提议说：“今天我们就不走了，埋伏起来，看看会不会出怪事。”山二哥即选中了坡后面那丛巴茅，二人在巴茅后面蹲下来，再不说话，四只眼睛都在注意周围的动静。周围很黑，也很静。能听到树叶簌簌的拂动和江里嚯嚯的涛声。巴茅叶子却割人，风一吹起，割得脸上痒痛痒痛的。虫子也在往身上爬，看又看不见，也不知道是夹夹虫还是蚂蚁。不一会儿脚也蹲麻了，正想起来挪个地方，却突然发现了情况：一个矮笃笃的桩子，晃晃悠悠地从巷子口进来了，手里提个圆不拢耸的（圆乎乎的）东西，正一步、两步地朝他们走过来。山二哥和毛铁匠努力屏住呼吸，他们听不到自己出气，却听到了那个家伙喘气的声音。“呼，呼，呼……”毛铁匠是个急性子，他发现那“物件”慢慢进了巷子，只犹豫了一下，竟然跨过阳沟，就再也沉不住气了，一个猛扑就把那东西按倒了。只听“哐啷”一响，那东西也“哇”地叫了一声，山二哥说声不好，毛铁匠毛，不管青红皂白

逮到就是几碇子(拳头),顿时差点把那东西揍背了气。

山二哥首先发现那东西不是鬼,而是一个人,他扯了毛铁匠就往巷子外面走。毛铁匠则扭住那人,生拉硬拽把他也拖出了巷子。扯到街上借了微弱的灯光一看,此人不是别人,正是何保长的舅爷熊运松。老头儿的夜壶打破了,手里还提个把把。也不知道他是出来梦游或者是出来倒便壶,稀里糊涂地挨了几拳,人已被吓坏了,嘴里哼哼叽叽地,却不明白到底发生了什么事。

山二哥忙把老头儿送回屋去,屋里黑漆麻孔(漆黑)的,即摸索着先点了灯。老人佝偻着缩成一团,唇上毛茸茸的蓄着两撇胡子,一双眼睛贼亮,车来车去地把他俩盯着,半天仍然没有醒过神。山二哥问他:"天还没亮,你摸黑出去干什么呢?"他不答应。又问他:"刚才,你伤着哪里没有?身上要不要紧?"老人只是张张惶惶地看着他们,轻轻摇一摇头,仍不吭声。山二哥想给他倒杯热水,壶里却是空的,于是去后面偏屋,往灶里塞一把柴草,煮了碗开水回来喂他。老人面色缓和过来,却仍然不跟他们说话。山二哥把他扶上了床,说:"那你睡一会儿吧,我们过会儿再来看你。"好歹侍候着让老人躺下来,然后扯了毛铁匠出去。

一路上,山二哥直埋怨毛铁匠冒失,胆子大是一回事,情况没搞清楚,你把人打伤了怎么办?毛铁匠却乐了,说总算知道是怎么回事了。这老头儿的背有些驼,加上外面冷,缩起缩起的,挑粪的搞慌了,没有看清上面的头,却把手里夜壶当成了他的脑壳……

两人从外面回来自然惊动了隔壁的秀秀,秀秀问他们这两天起得这么早,是干啥去了。山二哥也没有多说,只说是出去巡夜。秀秀还夸他俩:"这年头不太平,让你们多操了心,难怪有人说，你俩是半边街的守护神呢。”

这天上午，山二哥放心不下，还去熊运松那里看望一趟。见老人已经起床，身上并无大碍，遂安慰几句，才放心出来。然后进了“默然酒家”，把情况通报了一下，说只是搞不清楚，这熊老头儿为什么要半夜起来倒夜壶。周老默和点水雀儿听了，差点笑破了肚皮，说：“这样也好，我们再也不相信半边街会闹什么鬼了。只是你们打破了人家的夜壶，总得赔人家一把吧。”山二哥说：“我已给毛铁匠说了，去窑货码头给人家买一把好的。”

半边街上的人，对这个叫熊运松的老头儿，到底有些码不实在（弄不清楚）。其中，点水雀儿又最是个扎（存）不住话的人。她出门碰到观花婆儿（巫婆），说起半边街见鬼和捉鬼的奇事，观花婆儿沉吟说：“我猜，半边街是要出事了。说不准这里面，还真有些筋筋绊绊的冤孽呢。”点水雀儿一听半边街要出事，忙问：“那我们咋办呢？”观花婆儿不慌不忙地说：“莫怕，让我先访访他的底细吧。”



于是请了观花婆儿来半边街“走阴”。当晚，观花婆儿的气色很好，她头上搭张帕子，桌子下面点一盏油灯，坐在一条长板凳上，两只脚直甩，嘴里哼哼叽叽也不知是念的什么咒文。不一会儿，观花婆儿就进入了“角色”。她一边在跟半边街故去的亡人搭话，什么张家的外婆、李家的高祖她都见到了，家长里短地也互通了不少信息。一边又在打听熊运松死去的亲友，不管认识不认识的她都要拉住说上几句。这观花婆儿一是熟悉鬼城，二是“鬼缘”关系好，搞“内查外调”绝对是把好手，她走奈何桥、望乡台、阎王殿，只去阴曹地府转了一圈儿，就摸清了熊运松的根根底底。最后，观花婆儿伸个懒腰打个呵欠即还了阳，从头上抹下帕子叹口气说：“这个熊运松又叫熊永松，原来是丰都县的一个地皮，为人霸道得很。他做纸火铺生意，想买别人的门面，

却把房价压了又压。别人当然不会卖给他。可另外有人想买，他又在背后捣鬼作梗。房主人不得已，最后只得把门面卖给他，他接过门面即改装一新。哪知开张那天祭祀鬼神，放鞭炮引起天火，不仅烧了自己新装的门面，还烧死了人，毁了半条街。因为作恶太多罪孽太深，熊运松在丰都城待不下去了，才来这里投靠他的侄女儿。所以他一怕别人找他要钱，二怕冤鬼上门索命。”最后，观花婆儿还留下话说：“这熊老头儿本来就不是半边街的人，有些话我不能说透，你们心里要有数就是了……”

点水雀儿就像得到了重要情报似的，车过来就把这些话告诉给山二哥，山二哥却打断说：“半真半假的，鬼话连篇，你别拿观花婆儿的话当真！”

点水雀儿却一本正经地说：“山二哥，她说的是真的吔，我不哄你。我听旁人说起他也……”

山二哥说：“就算是真的你也别信。他一个孤人，如今住在半边街，都是街坊邻居的，大家要帮助他、照顾他才对！”

不过，话虽这样说，山二哥也觉得这事儿有点儿蹊跷。住半边街的人，大家彼此知根知底，不像几十年后，都住洋楼，从同一个门洞里进出，却并不知对方姓张姓李。但这熊运松半夜三更摸出来，究竟要干什么呢？真的是所谓梦游，或者是出来倒夜壶的？又好像说不过去……那么，他真是老糊涂了？真的是行将就木了？但也不是这么回事，这人虽然寡骨寡脸的没多少分量，可没头没脑地挨了毛铁匠儿碇子（拳头），还啥事也没有呢。

山二哥心头犯疑，顺路又进了何家铺面旁边的那条小巷子。巷子里面的阳沟虽然阴暗潮湿，却一览无余，藏不下什么秘密。再看坡坡上那丛巴茅，巴茅正扬花，有一人多高，巴茅叶子和巴茅花几乎挡住了后面的土包。山二哥上了那个土包，四下望望，后面有架岩坎，周围除了荒草，还有几棵歪脖瘸腿的麻柳树。再低头看脚下那块石板，四四方方的，试着搬了一下，发觉可以移动。挪开石板，下面竟然有个洞子。偏起头看了看，发觉这个洞子并不深，还有几步梯子。山二哥却没有进洞子，他想起来了，几年前躲日本飞机那阵，听说这里有个可以藏人的防空洞。这个防空洞其实是个地窖，本是用来窖藏红苕洋芋（土豆）的。原先上面搭着窝棚，可洞子里空间不大，藏又藏不下几个人，也就一直没有派上用场——跑警报那几年，虽然城里和许多正码头都挨过炸弹，但半边街和野码头地处偏僻，居然一直完好无损。

山二哥仍把那块石板挪回原处，依旧严丝合缝地盖住洞口。他拍拍手站起来，又在土包周围察看一番，再没发现有其他什么稀奇；抬头又往岩坎上看，岩上虽丛生着灌木荒草，也藏不住什么需要避人的秘密……

# 第二章

行刑人最终放过了婴儿和老尼，并非一时大发慈悲，而是怕误杀了司令的骨肉，他们担不起这个责任……

## 5 九龙水



“山二哥,山二哥,你快去请水月。何宝子被鱼刺卡住了,看样子恼火得很！”这天一早,周老默风风火火一头闯进山二哥家。

“怎么回事？”山二哥和秀秀的婆婆都在问。

“说起何宝子,你们又不是不晓得,那娃吃东西饿牢(慌急)得很。这回整惨了,喉咙卡出了血,连脸色都变了！他那舅爷也吓慌了,生怕担了干系;众人手忙脚乱的也在帮忙,却没有谁能够救他。”

山二哥说:“那你顺路一趟子,直接把水月请去不就得了！”

周老默说:“二哥莫涮坛子(开玩笑)了,这条街的人,有哪个不晓得,也只有你才请得动她……”

山二哥本不想到水月那儿去,但他不能不去。这好比端在手里的一碗药,喝起是苦的,但为了治病救人,却不能不喝。打这个比方可能有失公平。你道水月是谁？水月是半边街上的头号美人儿！众人都说水月生得唇红齿白眉清目秀，好多人想见她一面，或者想跨进她那小院儿一步都难，让山二哥去请她，何至于就辱没了他呢？

山二哥跟水月之间，有一桩只有他俩才知道的秘密。别人有事求水月，水月说："叫山二哥来找我，你们谁也求不动我！"别人只猜山二哥跟水月投缘，并且知道山二哥好帮忙，有名气，就去求山二哥，山二哥是千手观音，凡事有求必应。山二哥就去求水月，心里却发毛（心虚），还嫌水月有点过分：水月，你是在差遣我，还是在拿捏我呢？

水月的房子在半边街最上头。她的房子跟"山公馆"和半边街上的其他板壁房子不同，是一座单家独户的小院儿。进院子有个小天井，种着几株月季、石榴、美人蕉之类。天井靠里是几间平房，松木花窗，精巧雅致。西边一间大概是厨房，中间是客厅，东边则是水月的卧室。这座小院儿，是水月的父母留给女儿唯一的纪念。岁月悠悠，庭院幽幽，父母对女儿寄托的不仅是希望和美好，也给女儿留下一片抹不去的阴影。

"水月！"山二哥进了水月的院子，叫了两声水月。水月在屋子里应道："是山二哥吗？你进来——怎么了？没叫你，敢进来；叫了你，倒不敢进来了？"

山二哥只好进了水月的卧室，水月坐在梳妆台前，正对着镜子理妆。山二哥说："水月，何熊那哈宝儿（傻）儿子，吃东西被卡住了，听说恼火得很，你快去救救他吧！"

水月上穿蓝底白花大襟便衣，下着蓝灰色秋裤。大概是刚洗了头，头上包一张花毛巾，打开毛巾，头发泄下来，像一帘黑亮的瀑布。水月肤色好，白净，细腻，全身泛发着青春的光泽。她腰身苗条，胸脯儿挺挺的……山二哥一看到水月的身子，就不



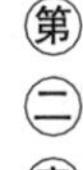

太自然，目光移开，从镜子里却瞥见了水月的眼睛，顿时有些慌神。

"他们说，你会化九龙水呢，都信……"山二哥说。

"都是长江边儿长大的，咋会，遭鱼刺卡倒呢……"山二哥还说。

水月在用毛巾擦头发，然后梳头，没有理他，也没喊他坐。这益发让山二哥手脚没有搁处，感到非常尴尬。

山二哥心想，水月难道想等头发干了才肯动身？可那边火烧眉毛，正等她去救驾呢！于是又说："那哈宝儿虽然是个愚人，但一条街的，总不能眼睁睁地看着他……"

水月把梳子"啪"地一拍，从嘴里取出一枚夹针（发夹），往头上一别，再用小手绢把脑后的头发一把绾住。想一想，复抹下手绢，将头摇一摇，披散了一头长发，然后站起来就往外面走。

"呃……"山二哥忙跟出来，走几步，又回头帮水月把门带上。从上街到下街本没有多远，不少人看到水月雄赳赳地在前面走，山二哥掉在她后面像个跟班儿（随从），都会心地朝他笑一笑。

还没跨进"默然酒家"，就听到酒店里闹麻了。一个声音在哭："我的儿呢，你不要动嘛，你一动血就流出来了，这，这咋得了啊……"另一个声音在喊："我看不行了，何宝子脸色都变了，一口一口地掬不过气来，要是小神子不来，赶快抬了去医院，晚了可就……"一个人说："吵啥子嘛！我说了化九龙水行，就肯定行，那年有个崽儿（小孩儿）吃得——"回头一眼看到水月和山二哥已经进了屋，顿时都噤了声。

众人说好了好了，这下救星来了。"默然酒家"聚了一大堆人，见请的山二哥和水月都来了，连忙闪出一条人巷子。

山二哥问："这又是啷个回事嘛？"

酒店的老板娘子点水雀儿抢着说："就为了吃鱼，见他才吃几砣嘛，就说卡住了……"

山二哥说："我老远就听到了你的声音，你比哪个的嗓门儿都亮！他到底吃的是啥子鱼嘛？"

何保长的舅爷熊运松一脸沮丧地说："这一两天我身上痛，就想喝杯寡酒。宝子进来了，说他要吃鱼，我就要了一盘鱼，还说是连巴浪（鲶鱼），他吃得毛（不小心），才吃两三砣，就，就卡住了……"

点水雀儿比别人性急："我们让他吃小白菜，大箸大箸地吞，想把刺顺下去，不行；又让他喝醋，醋灌下去大半瓶了，还是不行；他自己伸手进去抠，嘴里血都整出来了，这哪里是办法嘛！"

何宝子的妈只哭兮兮地："天哪，这唧个得了嘛……"

山二哥也纳闷：连巴浪是川江特有的鱼，几乎没有刺，有刺就是大刺了……

水月谁也没理，她只盯住何宝子看。何宝子傻傻的，说不出话来，两手在颈子上不停地抓挠，一副泪眼婆娑痛苦不堪的样子。看来，他喉咙里那根要命的刺，不仅已影响到他的吞咽，似乎还影响到了呼吸。何宝子的面孔已憋成酱色，嘴里哈拉子流一大片，又是血又是口水地直在那儿喘气。

水月不动声色地吩咐："打盆净水来。"

点水雀儿即叫周老默："快，端盆干净水来端盆干净水来！"

水月又说："再取三根筷子来。"

点水雀儿旋即起身，亲自取来三支一般长的竹筷子。

酒店老板周老默用铜盆端来满满一大盆清水。水月把铜盆移到何宝子面前，她先在盆里净了手，然后把三根筷子放进盆里，三根筷子即在盆里荡一荡的，也没见什么稀奇。酒店里的人

多，大家久仰小神子的名气，都想看看她的手段，究竟如何使法禳解，一个二个耸了肩膀，都在往桌子跟前拱，水月回头把众人看了一眼，眉头微微皱起了疙瘩。

山二哥忙挥挥手，叫众人闪开些，再闪开些。众人亮出一大圈子，不敢说话，也不敢再走动了，全场鸦雀无声。

水月垂下眼帘，当胸竖起左掌，是出家人礼佛的手式。右手平端，拇指掐住中指，嘴里呢呢喃喃念一通咒语，也不知是在请哪路神仙或者菩萨。少顷，右手成兰花指，伸进水盆搅动。三根筷子滴溜溜在盆子里打起转来。水月的手抬起来，往盆里弹了一下，又弹一下，再弹一下，只见三根筷子在水里滴溜溜地越转越快，越转越快，眼见两根筷子交叉成十字形，另一根筷子摇摇晃晃竟要竖起来似的。说时迟那时快，只见水月的脚一跺猛喝一声："急！"三根筷子仍然在转，两根交叉成十字，另一根则蹦了起来，端端地竖在铜盆正中不动了。



众人喝一声彩。水月二话没说，只望了何宝子一眼，即扭头便走。何宝子仰起脑壳，先是泪汪汪地望着水月，看她的嘴，再看着她的手，然后就盯着铜盆看那几根筷子打架，就像是看水月要把戏似的。三根筷子活像三条鱼，你在追我我在撵你直是转圈儿，其中一根筷子好像是打不赢了，猛然在盆子里蹦了起来，何宝子一惊，"国儿"地吞了一泡口水，突然两手一拍说："好，好！"

何宝子的妈惊喜地盯着何宝子，摸着自己的喉咙，偏起头问："幺儿，不痛了？你不要紧了吗？"

何宝子的喉结上下滑动一下，挠挠头皮，笑一笑说："嘿嘿，不痛不痛。"

熊运松长长地吐出一口气，念一声佛说："阿弥陀佛！我们宝子，命里该有救星……"

众人也说好了好了,何宝子得救了,何宝子得救了!

何宝子的妈回头来谢水月,却见水月长发飘飘地,已出门走远。她那轻盈的身姿,竟像是一朵飘逝的彩云。

在场的人无不称奇,都说今天大开眼界,知道如何化九龙水了。这小神子厉害,会使法,如果今后有事,我们都去找她!

一位说,你知道怎样化九龙水了?你能干,化道九龙水出来试试?

一位说,哼,“小神子”?小神子有你喊的吗?你娃小心点,水月是得罪不起的,你若惹恼了她,她不整得你家鸡飞狗跳……

另一位说,我们当然请不动她了,自然得劳山二哥的大驾。我们半边街不是有个山二哥么,山二哥你说是不是啊?再说了,水月也是最肯帮忙的嘛。

山二哥也在旁边看神(呆)了,他其实也听到别人说过,喉咙若被什么东西卡住了,可以化九龙水,却不知道化九龙水竟有这般神奇。山二哥看得非常仔细,他一直还在琢磨水月化九龙水时的眼法、手法、身法,突然听到旁边有人在问他,随即一愣,忙回过神来应酬:“噢,好了好了,只要何宝子没事就好。其实,街坊邻居的,她出来帮帮忙也是应该的。你们不知道,水月并不是爱小气的人,只不过姑娘家,平素不爱与人交往罢了——噢,你们也别喊她什么‘小神子’了,她若听见了,肯定是不会怎么高兴的……”





## 6 小神子

说“小神子”,外地人很可能不懂,就像刚听到说“吞口儿”,

并不知所指何物一样。

小神子，非仙非神。在三峡人嘴里，小神子是年轻的姑娘或者是乖巧的媳妇。她手眼通天，乐于助人，似乎无处不在，且无事不能。但小神子的气量很小，你只能说她的好话，说她漂亮，说她能干，最好像神一样把她供起来；千万不要在背后讲她的坏话，若无意中得罪了她，她随便使个手段，管叫你鸡飞狗跳阖家不得安宁。

听说有家主妇十分厉害，嘴里不干不净地从不饶人，有一天烧火煮饭，锅里半天没有动静，她提起刷把在灶头上一拍说，是小神子在作怪么，你要使坏，我把你从神坎儿上提起来烧了！就这么一句话，灶里的火再燃不起来，换了谁来也不行，一烧满屋子浓烟，最后只有把灶拆了，在小神子牌位前烧了三炷高香，磕头作揖地才算完事。



还有个男人，那天右眼皮老跳，他怪小神子，龟儿小神子，是你做过恶事么，一早起来搞得我心神不宁的。他自说自话，原属无心，才在屋里转个身，砰地一声，头在门框上撞个包，拿起篾刀正准备划篾条，当啷一声，篾刀掉下去又砍伤了脚。他吓住了，忙跑到庙里去烧香，一问，说是得罪了小神子。回来恭恭敬敬地给小神子磕了三个头，再做事，才见利索了些。

还有一个人十分无聊，上厕所屙不出屎来，他嘴里念念有词的，小神子，小神子，大哥屙不出来，你快来帮帮忙呃。话刚说完，平地刮起了风，厕所顶上的棚棚儿扎扎扎地响，就像马上要跨下来似的。这人吓坏了，提起裤子就往屋里跑，刚进门，屋顶上瓦片直往下飞，还以为是闹地震，搞得一家人都跑出来，再也不敢进屋。难道是起了暴风？不是，左邻右舍全都好好儿的。于是请人扶乩，说是得罪了小神子。只好请端公（神棍）前来作法，那端公又是念咒又是画符，认认真真地做了几天调解工作，待小神子消了气，一家人这才相安无事。

我一直在想，三峡人口口相传的“小神子”，倒很像是蒲松龄老先生在《聊斋》里讲的狐仙了。狐狸千年得道，都修炼成绝色的女子。她们聪明，能干，美丽，既乐于助人，也爱使坏捣鬼。若一心向善，她可以造福一方；谁要是惹恼了她，待狐仙发起脾气来，也是无人惹得起的。至于半边街上的人，为什么叫水月“小神子”，他们是从何时开始叫水月“小神子”的，就没有人知道，也无从详查了。

水月从“默然酒家”回到屋里，坐下来重新收拾头发。她把头发梳理一遍，编了一根又粗又长的大辫子。辫子盘起来，别了几根夹针，头上便高高耸起青螺般一个髻。她随手又把屋子收拾了一下，心里烦躁起来，就像心神不定的出家人，坐在蒲团上再也无法入定。她从皮箱里取出一件披肩，披肩蓝缎子起暗花，四边有一圈樱络，这是她妈妈留给她的东西。水月把披肩披在身上，心里才觉得暖和一些，然后就一路碎步地出了门。

水月抄了近路，穿过腊梅湾，走观音岩，前面有一片竹木掩映的寺庙。庙宇规模不大，过去是一家私人小庙，叫慈云庵。慈云庵俗称观音庙，庙内住着一位八十高龄的师太，此外还有两三名小尼。除了初九、十九、二十九，有香客为观音上香，平时游人甚少，倒也十分清静。

水月静悄悄地进了庵堂，见师太独自一人正在打坐。师太两眼微闭，在蒲团上盘膝而坐，一动不动就像是睡着了似的。水月在旁边的蒲团上坐下来，也学师太打坐，却无论如何不能像老尼一样入定。她在心里叹一口气，知道自己孽根太深，根本无法进入物我两忘的境地。

半晌，师太淡淡地问了一句：“来了。”

水月说：“来了。”

“什么事呢，心烦意乱的？”

水月垂下眼帘，只说：“今天我做了件好事。”

师太没问她做了什么好事，也知道她并非为这事而来，但仍说：“阿弥陀佛，善哉，善哉！做一件好事不难啊，难的是做一辈子好事。你知道，好事做得越多，才越能洗清宿世冤孽。”

水月出生之时，就是她父母蒙难之日。师太从血包子里把她接过来，从此也就成了抚养她、指导她的唯一亲人。

师太耐心地说：“禅语讲得好：‘竹影扫阶尘不动，月穿潭底水无痕。’身自正，心必定。凡事无贪无妄，常怀慈悲心肠，即可修成正果……”

水月犹豫说：“那，我还是跟你出家吧？”

老师太凄然一笑：“佛说：‘大道无门，千差有路，透得此关，乾坤独步。’你虽然跟佛门有缘，可惜却没这慧根——”师太其实也是俗人，她的俗家身份，应该是水月的祖奶奶了。师太还记得，当年水月母亲把女儿托付给她，最后恳求她的那些话：“她跟你出家，能青灯古佛修行一世也好，或靠你指点，走一条自食其力的路也罢，总之，我把女儿交给你了，一切造化，全靠姑奶成全了！”



这是二十年前轰动万县城的一桩“公案”。据说，驻军司令八面威风，却怎么也没有想到自己的后院儿会起火——他最喜爱的九姨太居然跟他手下的一位副官跑了。司令全城戒严大肆搜捕，很快就抓到了这对“情种”。司令气急败坏地要就地处决二人。临上刑场，却念及九姨太当初的好处，朝天开了三枪，网开一面，任他二人各自逃生。哪知这对大难不死的情人，既无谋生手段，也没有可去之处。那副官倒是急中生智，突然想到了早年出家的一位姑奶，就在城郊的慈云庵当住持。二人惶惶然来投奔老姑奶，老姑奶素以慈悲为怀，自然会接纳逃难的人，但考虑到尼庵不便收留年轻夫妇，就在离寺庙不算太远的半边街，找一套单家独院儿把他俩安置下来。

不到一年，女人即将临产，想是得意忘形中走漏了风声。消息很快传到司令耳朵里，说九姨太怀身大肚的就要生了，生出来的孩子，尚不知道是司令的，还是副官的。司令哑子吃黄连，觉得很丢面子。心想，你们既然要躲，就该躲得远远的，却偏偏戳在老子眼皮子底下，是安心要臊本司令的皮？这一次，司令再没有手软，他虽然没有亲自出马，却对行刑人下了绝杀令。当九姨太刚刚生下水月，行刑人就进了屋，九姨太自知必死，只来得及亲了亲女儿，便将襁褓中的水月托付给老师太。与此同时，院里响起枪声，水月的父亲首先殒命。接着枪响，九姨太也为爱情献出了自己的生命。行刑人最终放过了婴儿和老尼，并非一时大发慈悲，而是怕误杀了司令的骨肉，他们担不起这个责任……

师太亲眼目睹了水月父母的惨死，心里十分悲戚。后来每念及水月母亲临终的嘱托，抚养水月也就格外尽心。待水月稍稍大一点，她便将她父母的事，隐隐约约地告诉了她，原想启发她的智慧，所谓诸行无常，诸法无我，无所挂碍，亦无恐惧。后来水月能独立生活了，即令其单家独户在半边街度日。却怎么也没有料到，她在码头上会遇到一位颇有些手段的方士，学了一些念咒扶乩禳解的巫术。师太无奈，一切只好顺其自然。眼见姑娘已长大成人，本不便过问她的终身大事，谁知道又冒出她跟青山二哥的一桩意外。事发后，姑娘一气之下跑到慈云庵，哭哭啼啼地几欲寻死，仍是师太一番点拨开导，好歹才稳住了姑娘的心。

水月最初根本没有想到，自己的婚姻会跟青山二哥扯上什么关系。后经老师太排解，算是懂得了姑娘大了总要嫁人的道理。留心半边街对这个人的评价，“山二哥”的口碑居然很好；再





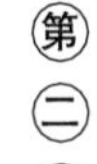

观察他的举止行径，亦并非轻薄浪荡寡情无义的人，于是在心里竟然接受了他。可山二哥对水月的心事，好像浑然不觉，不仅没有对自己负责的表示，也没有较以前更为亲近的举动。在水月眼里，这个山二哥好不近情理，对女人竟没有一点儿怜香惜玉的温存！

师太知道水月此来找她想说什么，却一时羞于启齿，于是主动问水月："艾青山对你还好吗？"

水月说："好什么呢，他，他有事才来见我……"

师太笑一笑说："事属偶然，你接受不了，他也感到尴尬。男人能有廉耻之心，这是好事，说明他还不是那种拈花惹草的下流种子。"

水月说："全是他冒冒失失闯下的祸，难道他不该负责吗？倒是要，要我向他开口了……"

师太望一眼水月，见她泪光闪闪，脸儿窘得通红，便叹了口气说："算了，这事儿索性趁早挑明了，你让我……"

水月急道："不，你老人家不要插手，我们不能先开这个口，难道，难道说……他……也没啥了不起的，我无非一辈子不嫁人就是了……"说着竟然急哭起来。

师太明白水月的心思，知她一是要强，二是涉及到女儿家脸面，有些话老人不便多说，只拿姻缘注定、好事多磨一类话劝她。然后岔开话题，问她：

"听说，你在街坊、码头上，还有点儿名气了，大家叫你'小神子'呢，是吗？"

水月拭泪说："那是我帮了他们的忙，他们见有点儿'神'，混叫的。"

师太说："这不好。小神子毕竟不是什么正神，叫一个女孩子，没有心劲儿，也显得有几分心劲儿了。"

水月发狠说："让他们不叫就是了，待我使些手段……"

老师太忙打住说："阿弥陀佛！常言说'堵江河易，堵人口难'。凡事善恶有别，善人行善事，恶人做恶事，皆存乎于心。有时，仅仅一念之差，好事也就会做成坏事了。"

"……"水月沉默不语。

师太继续训示说："我可好久没跟你讲经说佛了。佛教最基本的常识，是讲'三皈、众戒、菩提心'。什么叫'菩提'呢？'菩提'是梵语，也就是'觉悟'的意思。你不是出家人，我不跟你讲出家人的'觉悟'，所谓'闻而未闻无烦恼，见而不见少是非'，这对你没有意义。不过，对你来说，也得有个'觉悟'。以后的生灭变化，顺逆因果，完全要靠你去'觉悟'。或者说，你想怎么生活，想走一条什么样的路，那是要靠你自己选择，靠你自己去揣摩的——本来，我不该教你如是变通，是想到你父母的嘱托，才这样启发你……"

水月盯着师太慈祥的面孔，感到一种少有的亲近。她突然想起师父说过"岁逢己丑，卦象异动"的话，想问问师太什么，默了默，到底没有开口。

老师太知道水月悟性极高，有些道理只能点到为止，见她无话，即叮了一句："我今天说的这些，你都记住了吗？"

水月低下头说："祖奶奶说得是，水月记下了。"

## 7 来客

这天傍晚，何宝子的妈和何宝子是在水月家门口见到水月的。

"水月姑娘,我们向你道谢来了!多亏你救了我家宝子啊!"何宝子的妈左手挎篮子,右手牵宝子,满脸写着讨好的意思。

何宝子虽是五尺多高的汉子了,脸上表情却瓜痴痴的(傻乎乎的),他直勾勾地盯着水月,像是发现了可口的食品,两眼射出了绿光。水月不想搭理他们,一转身就进了屋。

何宝子的妈猜出了水月的意思,忙安顿好儿子:"幺儿乖,你就在门口等妈,我去跟水月姑娘说几句话。"

宝子妈进了水月的客厅,一边说话,一边把篮子里的东西往水月的桌子上捡:"水月姑娘,我都吓死了,我看到宝子口里来血,脸色都变了,还以为遭到大难了,已经没有救了,哪里知道姑娘法力高强,真的是神仙呢……"她把她带来的礼物一样一样捡出来,一包红糖,一包杂糖,三十个鸡蛋,十五斤阴米,在方桌上摆了一大坝。

水月待要阻止她:"你把你这些东西都提回去……"

宝子妈忙说:"那啷个行呢!我家宝子还要来跟你磕头的,只怪他脑子不好使,怕他不懂规矩……"

何宝子的妈名叫何桔子,是何熊何保长的老婆,原该叫她保长娘子才对。这保长娘子领着何宝子来见水月,除了道谢,当然还另有目的。

何桔子亲眼见识了水月的手段,佩服得不得了。她回去跟何保长说:"我家宝子也算是拿银子堆出来的了,可不管怎么治,也没有把他的病整治利索。说不准我儿子就投了水月的缘,倘若水月再使个法,也就把他的病治好了。"何保长说:"你还当真了,真以为她是神仙呢!"何桔子说:"我就拿她当神仙!有道是眼见为实,耳听为虚,我是亲眼看到水月使法的,念一道咒语一跺脚就显了灵,这世上谁还有她那本事呢?"何保长见何桔子还在张罗礼物,只好听之任之,并不阻止何桔子去找人给宝子治病，只是不抱什么指望，无非是“死马当做活马医”的意思。回头想起宝子差点被鱼刺卡死了，心头不免隐隐着疼。他没有料到，舅爷一时粗心大意会给宝子惹出麻烦，嘴里倒着实把熊运松责怪几句。

因为有事求人，何桔子便使出浑身解数，竭力巴结水月。她首先夸水月生得漂亮，就跟仙女儿似的，模样身段满城再也找不出第二个来。然后说哪个男人若娶了水月，那是他祖坟冒烟儿八辈子修来的福分。又说水月法力无边，从小受过高人指点，生在半边街还真有点儿受了委屈。还说水月心地善良乐于助人，一出手即能救人于水火，简直就是大慈大悲救苦救难的活观音。

水月听得身上起鸡皮疙瘩，伸手倒了杯茶给她，打断说：“你搞错了，观音菩萨在庙子里呢——找我有什么事吧，可别误了你的工夫呀。”

何桔子一时说得兴起，没注意到水月有些不高兴了，忙打住话头，吞吞吐吐地说：“我，我还想请水月姑娘，帮我宝子治治病。他小时候一场高烧，把脑子烧坏了，我们也为他请过不少医生……”

水月说：“我能治病不就去当医生了吗？况且，连医生都治不好他，你们就别来难为我了。”

何桔子忙说：“水月姑娘会使法呢，求你……”

水月说：“噢，我的道法有限得很。再说了，法度有缘人呢——”说着站了起来，是要送客的意思。

何桔子无异碰了个钉子，脸一红，只得站了起来，临出门还不死心，问：“姑娘能不能为我指一条路呢？”

水月说：“问路吗？有啊。叫宝子每天去庙里烧一炷高香，要是把菩萨感化了，他的病也就好了。”

何桔子低头出来，见何宝子果然还在大门外等她，就拉了儿子走路。她手里篮子空空的，心也是空空的。走拢何家店铺，见街檐边卖烧饼的正在捅火，一叠葱花饼刚刚出炉。何桔子买了个烧饼塞给宝子，见旁边有个叫花子正望着她，就多买了一个饼子，往地上一扔。那叫花子并不计较，从地上捡起烧饼来拍一拍，也像何宝子那样，抓起饼子就是一口。

何桔子进了自家的铺子，屋里光线暗，一时没有见到人。再往里走，才看到熊运松躲在角落里不知正在捣鼓什么东西。何桔子见到熊运松气不打一处出，说你躲在旮旯里想吓死我呀——其实是她进来把熊老头儿吓一大跳，熊运松立即藏了手里的东西，蜷在角落里连大气也不敢出。

何桔子爱听别人喊她保长娘子。过去保长娘子只见识过别人求她，哪里见过她赶着舰着去求别人呢？这时候，她一肚子的气终于爆发出来，她左手叉腰，右手指着熊老头儿，劈头盖脸地把他骂个狗血淋头。她骂熊运松你要少作点儿孽，你倒是要死的人了，可我家宝子要活长命百岁！宝子毕竟人小，啥子都不晓得；未必然你老颠懂（糊涂）了，还不知道鱼里有刺？别以为我不知道你是怎么想的，你想把宝子卡死了，心头才安逸！你在丰都城混不下去了，死了怕没有人给你收尸，逃到万县来，我们好心收留了你，你还这样讨嫌啊……



何桔子破口大骂，扯旗放炮地就像要找熊运松拼命。无奈熊运松并不还嘴，全不跟妇人一般见识，直气得何桔子恨不能过去踢他几脚。还怨自己的妈，咋会有这么个幺兄弟呢！骂完人，却再没有办法，她倒像是吃了败仗似的，一扭头出来，见何宝子刚刚把手里的饼子啃完。何桔子对儿子说，乖乖，你先回去，妈心里不舒服，还有点儿事呢。何宝子也真的很听话，就一摇一晃地回去了。

何桔子突然想起要去看看秀秀，她找秀秀也没有什么事，只希望见一面能随便聊上几句。就顺着半边街一路下来，走拢秀秀家，见大门是关起的，回头见山二哥倒是在家里，却跟他没有话说。何桔子不觉很有些失望，心里悻悻然，就像大家都在和她怄气，或者都欠着她几吊钱似的。

何桔子刚走，山里客就进了山二哥的屋。山里客扭头看着何桔子走远，问山二哥："这个女人是来找你的？她还在往屋里看呢。"

山二哥热情地把客人让进屋，说："噢，好久没看到你了，这一向还好吗！"又探头望了一眼远去的何桔子说，"不，她不是找我的。"

客人问："你认识她？"

"认识。是何保长何熊的婆娘。"

"是保长的老婆？那她盯你家干什么？"

"想是过路的吧。平时倒很少见她过身。"

"她也是半边街的？"

"她家住在歪楼门，但半边街有他们的铺面。那铺面却是闲起的，门口有个卖烧饼的炉子……"山二哥不知道客人为啥问这不相干的女人。

客人把四周打量一番，坐下来说："这一两年，形势变化快，战局急转直下，你们半边街，没受到什么惊吓吧？"

山二哥笑道："还好，野码头不当道，没有正码头那边热闹。"

客人点点头说："好，你这里地势好，也还背静。"他站起身来，去了后面吊脚楼。从吊脚楼往下望，但见港湾暮色四合，除了隐隐的涛声，江面笼罩着梦幻般一片静谧。

"都说我这儿地势好，空气流通，也还看得远……"山二哥

跟着客人来到吊脚楼，他猜山里客是有什么话要说。

客人回过头来说："兄弟，我想在你这儿住两天，你看行吗？"

山二哥笑起来："大哥，别说是住两天，就住半年、一年都可以，反正我也爱热闹。就你一个，我俩抵足而眠；你再来两个，我多搭个铺；来他七个八个的，我还有两扇门板呢！"

山里客笑了，说："好吧，尽量不给你添麻烦。我们先说断，我有事，我干我的；你有事，你忙你的。你看如何？"

山二哥说："行。只是大哥不必见外，你有什么要我做的，尽管吩咐便了。"

客人跟山二哥拉拉手，说我得先出去一趟。山二哥说，那你要回来吃饭。

山二哥见客人走了，突然想起明生的事，虽已见过王掌默了，但还得私下跟他拿些言语，就跟隔壁秀秀的婆婆打了个招呼。秀秀的婆婆在那边说："你们快点回来呀，大家好一起吃晚饭。"

山二哥在王掌默那儿耽搁一阵，彼此推心置腹说了好些话。山二哥说："明生修船原是我出的主意，实属非常时期，大家心里没有底。哥们儿索性集中起来，人多，先抱成团，以防突然生变的意思。"王掌墨也说："我也看到了这一着。这样最好，是要提防有人狗急跳墙，临走除了大捞一把，就怕搞毛（逼急）了，他还要拉些人给他垫背。"

从王掌默那儿出来，山二哥还特地记着进烧腊铺买了一包卤牛肉。转一圈儿回来，天已经黑了，远远看到自己家里亮起了灯，就猜客人已回到家里。

刚走到门口，就听到毛铁匠在喊："山二哥，家里有客呢。你好意思让客人坐冷板凳吗！"

山二哥进了屋,见毛铁匠和秀秀的婆婆正陪客人说话呢。就笑道:“有你们相陪,不也一样吗——你们也认识,我跟大哥已是莫逆之交了,他不会介意的。”

秀秀听到山二哥回来了,忙过来抹桌子搬板凳,然后张罗着把菜端出来,不一会儿竟摆了满满一桌。三家四口人,加上一位客人,五个人坐了一席,待山二哥为客人满上了酒,“晚宴”也就开始了。山二哥说:“贵客自远方来,这有些简慢了。”客人说:“说哪里话呢。我知道你们过得并不容易,倒叫你们破费了。”山二哥说:“我一人有客,三家做东,大哥不会笑话我吧?”客人说:“这样好,这样最好!”他把毛铁匠和秀秀他们又看了一遍,赞赏说,“我咋看,你们都像一家人似的!”

餐桌上有山二哥从外面带回来的卤牛肉,有毛铁匠专门去馆子端回来的红烧肉,还有秀秀炒的素菜,尤其是秀秀做的咸菜,什么泡海椒、酸豇豆、罗卜干儿,味美爽口,吃得客人直夸主人家能干。山二哥小声说:“大哥,你下次来,我就请你进馆子了。”毛铁匠也兴奋地说:“等不到几天,我们就翻身了,就可以大块吃肉,大碗喝酒了!”山二哥杵他一句说:“你当可以吃大户呢,或者都去抢银行算了!”毛铁匠撇撇嘴,不好意思地笑了,倒也是,平时好歹能有一碗饭吃就不错,哪里见到过油星星儿呢……山里客也笑起来,说:“不过,我们也真的快熬出头了。我想你们也知道,从去年下半年到今年年初,经过辽沈、淮海、平津三大战役,解放军直打得中央军丢盔卸甲,蒋介石还想讲和呢,接着被迫下野,临时喊李宗仁来顶,他能顶得住吗?”山二哥接过来说:“听说宜昌以下的港口城市都已经解放了。解放军二野、四野分头从湘鄂入川,都快打进巫山峡了。”山里客点点头说:“兄弟,哥子只能告诉你,比预想的要快,他们的日子真的不多了……”

秀秀跟婆婆坐一条板凳，她偷偷看一眼婆婆，婆婆也在偷眼看她，二人眼里、心里全亮亮的。她们只管埋头吃饭，听三个男人说话，心里咚咚咚地跳，却一直没有插嘴。

吃了晚饭，秀秀的婆婆和秀秀一起，经佑着收拾了桌上的碗碟，然后跟客人打了招呼，说你们歇着吧，就回隔壁去了。毛铁匠陪着摆了几句白，怕山二哥跟客人有什么事要说，也告辞走了。

山二哥正想和客人移灯里间，秀秀提一桶热水进来，请客人洗漱。山二哥迎上去接过水桶，小声对秀秀说："谢谢你，这儿不用你经佑(招呼)了，你回去吧。"秀秀对客人微微一笑，即侧身出门去了。



## 8 老弯

洗了脸，又洗了脚，山二哥同客人进了里间。

客人偏起头望一眼，见山二哥的大门没有上门板，就在想，也好，晚上进出倒方便一些，索性让门大敞着。

二人摆了几句闲白，客人问："你们这里，还有保长或者水警前来巡夜吗？"山二哥说："过去何保长倒是来这里巡过夜。从去年下半年起，公署宣布要对万县进行无限期户口清查，还说要对未办联保连坐结切者进行管制。想是端公手里的令牌只能吓鬼吧，保长带起人来晃过一回，见没有哪个搭理他，也索性再不来管这事儿了。"客人问："是因为半边街太偏僻了，他们才没有来？"山二哥说："平时来得都少，如今他们自顾不暇，谁还有心思来管半边街的事呢。"客人说："现在说政局乱，人心惶惶，不是老百姓人心惶惶，是反动派人心惶惶。兄弟且留意着，国民党的军政大员，这几天的日子不好过得很，他们里面啥人都有，有想投诚的，有想逃跑的，有准备潜伏的，还有负隅顽抗的。总之，他们全乱套了。”然后似无意中问起山二哥，“你们半边街，最近听没听到过一种很特别的声音呢？”山二哥问是什么声音。客人说就是“嘀嘀嘀”或者“嘟嘟嘟”的声音。山二哥不明白，客人解释说，就是无线电发报的声音。山二哥摇一摇头，说：“你说的是电台么？这东西我倒是听说过，却从来没有见过，也没有听到过发报机的响动。”客人想一想说：“你们这附近，有没有一个可以藏人的洞子呢？”山二哥仍摇了摇头，但猛然想起何保长店铺后面那个洞子。就说：“倒是有个地窖，原是用来窖藏红苕洋芋的，抗日战争为了躲飞机，有人又挖了一下，既可以藏东西，也可以躲人。”客人噢了一声，顺便又问了地窖的位置。山二哥说：“要不，明天我带你去看看吧。”客人说：“不必了，夜里我得出去会两个人，顺便还有点儿事要做呢，你就别管我的了。”二人聊了一阵，就听客人说：“今天跑了不少的路，有些困了，我们睡觉吧。”

客人真的累了，灭了灯以后，一倒头就呼呼呼地睡着了。两人各睡一头，脚一伸，就能挨到对方的枕头。山二哥的脚伸过去，触到一件硬硬的东西，是客人随身携带的那个包袱。用脚趾头稍稍一探，就发觉包袱里有支短枪。山二哥心里一惊，想坐起来，又怕惊动了客人。山二哥知道，如今玩炮火的，也就国共两党的人了，但山二哥立即断定他绝不是军统或者中统，那么，这位大哥就真的是共产党了！山二哥有过预感，不过现在得到了证实。他想，尽管我们有过几次交往，他却从没有把他的根根底底告诉我，但他信得过我，拿我当朋友，当知己，足见这个人是很实在的。回忆结识的经过，那次翻船，我救了他，然后他送给

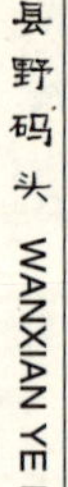


我一只吞口儿,一来二去的,就成了莫逆之交。又想,这么多年,共产党可真不容易。国民党到处抓人杀人,宁可错杀三千,不肯放过一个,要把他们赶尽杀绝,都撵进深山沟了,这种日子可真难熬啊!不过,听说如今天安门已经升起国旗了,共产党大获全胜,马上就要一统天下了。但大西南还没有解放,这几天万县仍然是挺危险的。那么,他进城又有什么事呢?要是他们有事,我一定得帮帮他们。不是说共产党如今得势了,我要帮他们;是国民党实在太坏,也太不得人心了……山二哥一时浮想联翩,久久难以入睡。

大约过了一两个时辰,山二哥刚有点睡意,却猛然一惊,见客人轻脚轻手地已经下了床。山二哥想起来点灯,客人凑近了小声说,你别起来了,免得惊动了其他人。然后带了他的"包袱"出门。



山二哥躺在床上没有动,深更半夜,他出去干什么呢?就想这共产党的"革命",全是提起脑壳干的事,也顾不得危机四伏。虽然战争形势大好,可这里仍然是"国统区",情况复杂,是一点也大意不得的。想到这里,山二哥一翻身下了床,他怕山里客一个人出去,黑灯瞎火地摸不到情况。他得暗中跟在后面,必要时可以援手,也好帮帮他。

外面冷飕飕的,一个人也没有,只听到远方传来几声狗叫。山二哥却不知道客人往那个方向走了。街上朦朦胧胧地还很不明白,就像瞌睡迷兮还没醒过来似的。山里客来无影去无踪的风格,不禁让山二哥想到了古代的侠士。上古侠客正气凛然一身功夫,干的都是惩恶扬善除暴安良的好事,说不准,过一会儿他还会提颗人头回来呢!想到这里,山二哥不再担心了,甚至还有点儿开心。他站在街口犹豫一阵,最终判断客人不会这么早下河,就选了进城的方向往上走。没走多远,就见前面影影绰绰有三个人，其中一位也就是山里客了，三个人凑在一起，好像是在交换什么意见似的。山二哥想，他们既然有三个人，手里又有枪，该不会出什么问题了吧。因为不知道他们在干什么，不便贸然上去打扰，也就转身悄悄儿回屋去了。

回家躺下，大约又过了一个时辰，山二哥听到极轻微的脚步声，忙起来点了灯，见客人裹一身寒气从外面回来。山二哥小声说："快，上床暖和暖和。"客人搓搓手说，好，好。就上了床。山二哥含糊着问："还顺利吧？"客人点点头说："完成任务了。亏你帮了我们！"脸上挺高兴的。山二哥不知道他们完成了什么"任务"，想问一句："你们……"客人小声说："我们挖掉了一部准备长期潜伏的电台，还除掉了一个恶人。"山二哥听他说挖掉了一部电台，可半边街没听说有电台呀，这半夜三更的，他们是上哪儿去了？还说"亏你帮了我们"，也不明白自己怎么就帮了忙，却不便多问。



上了床，一边一个，二人拥被而坐。客人凑近山二哥说："兄弟，我们看见你出来了。"山二哥说："我是怕你人生地不熟的，有些不放心……"客人说："我们也猜到了，你是想帮我们呢。"山二哥说："还有两位呢？怎么不进来坐坐？"客人说："一完成任务，我们就分开走了。"

二人再没有睡意。就听客人压低声音说："兄弟，你大概已经猜到我是什么人了。过去我啥也没有告诉你，是怕给你带来麻烦。你叫我大哥，可连我姓什么都不知道。现在我可以向你公开我的身份了——我是川东地下党的，姓龚，大家不喊老龚，都叫我老弯，你以后也喊我老弯吧。"

山二哥说："那，我叫你龚大哥吧。"

老弯说："行，你叫我老弯或者龚大哥都可以。这几天我们还有许多事要做，我有件事要托付你，还得请你配合呢。"

山二哥立即爽爽快快地答应:“行,有事用得着我,你只管说!”

老弯先灭了灯,然后向山二哥介绍目前的情况。透过朦朦胧胧的夜色,山二哥能看到老弯两眼发亮。老弯说:“我军解放大西南的战斗进展神速,比我们想象的要快得多。首先是华北野战军第十八兵团和第一野战军一部由陕南入川;同时第二野战军由湘入川,正在突破乌江及白马山防线,直取山城重庆;第四野战军由湖北巴东入川,突破敌人多重防线,正直逼巫山、奉节。眼看着三路大军即将兵临万县,万县表面上好像情况复杂,而实际上几乎已是一座空城。我们掌握到的情报是,城里部分守军早已溃逃,留下来的正准备投诚。川东防务现已交给万县督察专员兼保安司令李鸿焘负责,我地下党已经做通了他的工作,李鸿焘给刘伯承司令员写了亲笔信,还准备把保安团千多人开到云阳双江,随时准备恭迎解放军入城……”



山二哥听得一震,说:“这些事,老百姓还蒙在鼓里呢!我们只看到李专员在《万州日报》上发表了讲话,说什么‘鸿焘坐镇川东,治安可保无虑’,还以为只是为了安抚人心呢!”

老弯说:“现在是黎明前的黑暗,形势暂时还有点儿混乱。蒋介石的残部狗急跳墙,也是什么都做得出来的。他们已在重庆提前动手了,正大肆屠杀共产党人和革命群众。这两天万县虽然还没有大的动静,但我们绝不能掉以轻心。就前几天,他们不是要求木船全部靠泊北岸,轮船全部赶到重庆集中么?这是川鄂绥靖公署驻万办主任孙震,在溃逃前下的一道密令,他要求到时候务必把木船一把火烧了,把轮船全部炸沉。”

山二哥激动起来:“这还得了,木船是船户的命根子啊,众人能不跟他们拼命么!”

老弯说:“所以说,我们现在的任务是,立足自救,组织船户、组织码头工人、组织起全城的老百姓，保护船舶、保护港口、保护万县城，粉碎敌人的一切阴谋，准备迎接解放军入城！”

山二哥听得全身发热，心里豁亮，不觉应了声“好”。老弯忙把他拍一拍。山二哥并不介意，索性又起来点了灯。除了听到江心鼓噪的涛声，还有隔壁毛铁匠在床上翻身的声音。

山二哥说：“其实，我们也注意到了。为防备国民党的垮杆队伍抓差，我们把木船推上岸，先把水上的兄弟伙都聚成了团。”

老弯点头说：“很好。你们这是自发组织起来的行动。为防止反动派狗急跳墙，我们得把工友们团结起来，护船、护港，护城，不能让反动派在逃跑前把它们给毁了！另外，我告诉你，还有轮船要靠泊你们野码头，也请你们注意保护。无论木船轮船都是人民的财产，既不能遭受损失，更不能落在敌人手里。”

山二哥却问：“这野码头咋能靠泊洋船呢？”

老弯说：“我们的人已经做了不少工作。航行川江的轮船，有的已经起义，有的在找僻静码头靠泊，就是开到了重庆，也不能再落到国民党手里。”

山二哥仍有些不放心：“龚大哥，野码头是不能靠泊洋船的，况且，现在又是枯水期……”

老弯笑一笑说：“你别担心，到时候你就会明白的。”

山二哥想一想，说：“行，我组织起一帮兄弟，就按照你说的办！”

老弯说：“我们互相配合吧。你是个靠得住的人，我把你这儿当个联络点，我的同志会来找你的。”

山二哥问：“那么，我的具体任务呢？”

老弯说：“刚才我已经说了，我们的任务是护船，护港，护城！这几天你就留心着江面和港湾的情况。你这吊脚楼上视野



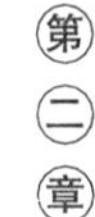

开阔，河下的事一目了然。不过，有些事你暂时不必惊动其他的人，你该干什么仍干什么，一旦有事，我们会来这儿找你。”

山二哥问：“到时候，该怎么联系呢？”

老弯凑近了说：“约个暗号吧——我跟他们讲了，你大门上有只吞口儿。我们的人见了吞口儿，双手合十，念一声阿弥陀佛，你就说好好好，然后就把他们让进屋里来。你记住了？”

山二哥重复一遍：“来人双手合十，念‘阿弥陀佛’，我说‘好好好’。行，我记住了。”

说毕，老弯下床，又要走了。山二哥说：“龚大哥，你也太累了，就再睡一会儿吧。”

老弯说：“我还有事呢。刚才是手脚冻木了，现在已暖和过来了。”一边说一边把他的“包袱”往腰间一捆。

山二哥还想挽留他：“你不是说，还要在我这儿住两天吗？”

老弯说：“该办的事已经办妥了，我过几天再来吧。”

山二哥送老弯出门的时候，东方已现出鱼肚白，鱼肚上挂几丝云霓，竟像抹了胭脂似的。半边街正在苏醒过来，街上已有人走动。天，实际上已经亮了……

**万州老照片（之一）杨家街口码头**。1946 年 3 月，枯水，大约快接近万县港的零水位了（即海拔 99·97 米高程）。

# 第三章

沿着这条思路，少年很可能还会悟出些什么哲理。可惜“轰”的一声闷响，“床”和“被”都飞了起来，就像是突然发生了地震。

## 9 水飘儿



从半边街下河，就是我们习惯称呼的野码头。与野码头对应的不是“家码头”，而是正码头或其他主流码头。譬如接送客人的叫客码头，运输粮食的叫粮码头，做窑货生意的叫窑货码头，还有糖码头、油码头、布码头、煤码头等等，一听名字，你就知道这座码头靠泊的是什么船，做的是什么生意了。当然，也有根据码头后面的街道叫码头的，什么安家溪码头、东门码头、南门码头、杨家街口码头、沙嘴河坝码头等等。至于叫16码头、17码头、18码头、19码头什么的，那是后来港口经过整治，从上往下数，按统一编号实行的新叫法。从广义上说，川江凡是不入流的码头，都可以叫野码头。可前文交代过了，“野码头有其他码头不曾发生的事，野码头有其他码头不能靠泊的船。”倘若有人不信，待读了野码头的故事，大约也就清楚了——

野码头上面有个滩，几礅巨石伸入江中，形同虎臂，故名虎臂滩。下端，横阔着一坝卵石，卵石碛坝有个很雅的名儿，叫峨眉碛。在虎臂滩与峨眉碛之间，是一片洁净的沙滩，沙滩前沿泊儿艘过河船、打渔船、上街船，却是以往进城的渡口。沙坝坦荡如砥，有只木船侧卧在新垒的墩位上待修，旁边，有用木船拱架、条篷临时搭设的窝棚。那窝棚就像一座小庙，虽则矮小，却十分别致。

这天，一位沙弥似的少年从窝棚里钻出来，眯着眼，努力适应着外面的白亮。长长一个呵欠，把嘴扩张到足可以吞进一只拳头。他扭头朝山上望，发现太阳从翠屏寨升起来，红彤彤的，已有一竿子高。

窝棚内洁洁净净铺着锁幅(船板)，麻耳草鞋自然得在窝棚外站哨。那少年披一件对襟子夹衣，睁一只眼寻鞋，另一只眼还被眼屎粘着。用手把眼皮子掰开，却见草鞋扑一只仰一只像甩的卦。他也不管阴卦阳卦，却伸了脚丫子一勾，那只扑着的草鞋便一激灵翻了个身。

少年懒懒出来，舀一瓢水唏哩呼噜洗了把脸。虽清醒许多，却仍有些发困，就像昨夜那酒还没过性似的。少年翻过年就满十四岁了，他学水手拉纤摇橹，学水手唱船工号子，学水手用海碗喝酒。别人说他小，还说他是孤儿，可他认为自己早已是大人了，而且实实在在并不孤单。

白生生的沙滩，除了沙，没有一粒土，没有一根草，也没有一颗石子儿。太阳照下来，像铺了一张既暖和又干净的床单。少年学旁边那条木船，敞着怀又睡下去，四肢伸开摆了个“大”字，就觉着自个儿真的大了起来，心头便有无限的惬意。

风，绝对透明。贴着沙滩、贴着人的毛孔流过，却不露一丝儿痕迹。天空纯洁起来，纯洁得没有一片云彩。不知怎么搞的，把舵的二太公昨天硬说就要变天了，可少年既没有在天上看到

勾勾云，也没有看到鳞甲云，这样子咋会变天呢？一只鹰懒懒地摇着翅子，从回澜塔那边飘起来，然后凝在空中不动了。少年拿肚子对着那鹰，那鹰也拿肚子对着少年。少年眼睛忒亮，能看清鹰项上麻褐色的羽毛在风中微动，却不见鹰再摇翅子，更不见鹰有往下落的迹象。少年立即想那是只风筝，下意识屈一屈指头，就像手里有牵着风筝的斗线。那鹰抖也不抖，睬也不睬，却偏着脑袋向两边张望。少年也向两边张望，发现自己占着一张很舒服很舒服的大床。那鹰不也躺在一张大床上的么?天空是我的被盖，这大地便是那鹰的被盖了。沿着这条思路，少年很可能还会悟出些什么哲理。可惜“轰”的一声闷响，“床”和“被”都飞了起来，就像是突然发生了地震。

“呃水飘儿，你这懒蛇！还没睡醒么。”一个伙计轰地扔下肩上的青冈料。一边抹汗，一边骂躺在沙滩上的少年。“未必昨晚的酒把你喝黄魂(糊涂)了，明生哥分派给你的事呢?”

少年“啊”地一声，一个鲤鱼打挺跳了起来。看那伙计一脸的笑，才想起众人分配给他的任务。

众人都叫他“水飘儿”。水飘儿的名字是他爹落气时取的。水飘儿的爹，也是水上的一条好汉。新婚三天，听说船上缺人手，二话没说就上了船。那是一次上水，木船重载搁浅，拉不动，撑不开。水飘儿的爹咚地跳下齐腰深的水去，背抵船帮吼几声抬山号子，“嗨呀个左起！”船尾部背松动了，船肚子搁在礁石上作了支点，上游发一潮水，船头外张船尾猛然内扫，水飘儿的爹措手不及，“噗”地便成了船体与礁石挤压的靠把。当时人救起来已经不行了。水飘儿的爹一脸蜡黄，临死还要说句笑话：“狗日婆娘……就整了几个晚上……只当划个漂漂儿。”说时大口大口地呛血，船工们从来没见过人有那么多血。水飘儿的爹“划个漂漂儿”就整出个儿子。只是这儿子的命太硬，未出世先去了爹,刚出世又死了娘。川江的船工,不仅感念水飘儿的爹,也可怜这个没爹没娘的孩子,众人都把水飘儿当亲兄弟,走到哪里都“水飘儿水飘儿”的叫得很响。

水飘儿不好意思地笑一笑,拍拍屁股,摸摸光脑壳,望一眼半边街,扭头又望一眼安家溪。紧傍安家溪,还有一条既通半边街,又可以进城的小路。水漂儿到底是少年心性,走安家溪可以去沟里耍水呢,他舍近求远,一溜烟竟向安家溪奔去。

水飘儿记得明生哥说过,明年春节后修船呢,可不知道为什么突然决定要提前修了,并且一修就是大修。昨晚木船上墩以后,众人边喝酒边听明生哥安排:要柏料杉料多少,要杂料青冈料多少,要石灰竹绒多少,要方钉抓钉螃蟹钉多少,谁请掌墨师,谁打杂帮厨,谁买米买菜买肉,人人第二天都有一忙,唯独水飘儿成了闲人。众人就笑:水飘儿水飘儿,明生哥给你留了份美差呢!明生特地叫水飘儿去半边街,请秀秀下河来弄饭。伙计们说,水飘儿,你若请不来秀秀我们拿你是问!

似乎所有的男人都爱秀秀姐。连胡子拉碴的船老大也说,就是乾隆皇帝见了秀秀,怕也会把她要了去。船老大爱摆龙门阵,他说乾隆是个骚棒。乾隆游江南遇到俊俏的女子就弄去搞。幸好没有进川,进川遇到秀秀这等女子他还能放过她?水飘儿急了,忙抢接一句:“要是秀秀姐不干呢?”船工们一起笑起来:“你恁小个人,也操这份心!”

其实,水漂儿也常听船工们夸奖半边街的另外一个女子。说水月如何如何标致,又是如何如何漂亮。大家在猜,说水月大概朝(像)她的妈,她的妈肯定是个一等一的美人儿。司令说过“八美易得,九美难求”,只等九姨太做出了丑事,司令还一直不忍心杀她呢。但水漂儿机灵,他发现每当明生哥在场的时候,船上的人便只说秀秀,不提水月,他就猜秀秀在明生哥心里,有其





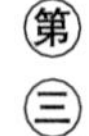

他女人不能取代的分量。从此,每遇到秀秀,水漂儿也就多存了个心眼儿。

水漂儿从小是吃百家饭长大的。众人的眼睛睁起像灯笼,谁要是待水飘儿差一点儿,那是有人会说闲话的。后来,只能说水飘儿跟明生更有缘分,他从九岁起上了明生的船,以后一直跟着明生,也就把明生的木船当成了自己的家。白天他跟明生同吃一锅饭,夜里二人合用一床被。明生事事都要先照顾水漂儿,水漂儿也就处处维护着明生的利益。二人好得胜似亲兄弟,众人都说,你俩就剩穿一条裤裆、就差用一只鼻孔出气了。

水飘儿已是个半大不小的人了,说他对秀秀存了个心眼,绝不是说他对秀秀会动什么坏心。他觉得秀秀姐好,那是真好,秀秀姐不仅模样生得好,待人也好,尤其是下厨有套好手艺。往回木船上墩修理,都请秀秀下河弄饭。水飘儿总爱往伙房跑,秀秀就把刚煮好的瘦腊肉切一块给他。或者拿刚炒起来的菜让他品尝。水飘儿最爱吃秀秀姐弄的菜,特别爱吃她做的豆瓣鱼。他说好吃真的好吃。秀秀说吃菜就吃个佐料。水飘儿说,不秀秀姐是你弄得好,大家都说弄得好。你水煮白鳝鱼只放一勺盐,众人还吃得赞不绝口呢!

水飘儿沿着安家溪坡坡往上爬,溪水就在他旁边欢快地往下流,一路哗哗啦啦地像是在跟他打招呼似的。溪水很干净,用手捧起来是可以喝的。往天,水飘儿在溪沟里扳过螃蟹,“三月螃蟹四月虾”,是说三月份的螃蟹肉多,最好吃了。水飘儿有一次在这里扳螃蟹,还逮到过一只小乌龟呢。后来他还老做逮乌龟的梦。“现在钻个乌龟出来我也不会逮了,今天我还有正事呢。”水飘儿两眼盯着小溪,像是在跟乌龟办交涉似的。

其实,河下工友讲话,也没有避过水漂儿。水漂儿也听得懂,众人说时局要变,这几天城里紧张,水码头有些危险。但水漂儿没有看到紧张,也不怕什么危险。水漂儿闯滩过槽跟着工友们久了,已染上一身英雄气概。工友们爱说“人死卵朝天,不死又过年”,都拿性命没当好大回事。再说了,野码头上的人齐心得很,一个个都像山二叔一样,善不欺,恶不怕,纵有背梆梆枪的来了,我又没犯事,你敢把我哪个?即使要拼命,要丢脑袋又怎么样呢?常跑码头的人也不吃亏——水漂儿爱听评书,捡得有一句现成话:“二十年后老子又是一条好汉!”不,要改,水漂儿得把它改成“十三年以后老子又是一条好汉!”

不过,水飘儿还在想明生修船的事。修船好,船一上墩就是大场合。不仅要请好多工匠,还可以请秀秀姐下河弄饭。只要秀秀姐肯下河来帮忙,大家就会有可口的饭吃了。水飘儿这回没有下溪沟玩水,而是一口气爬上了半坡。他回头往野码头望,忽然“咦”地吃了一惊。野码头原本泊着几只打渔船、上街船,在打渔船上街船外面,不知几时竟停靠了一艘洋船!嘿,出怪事了出怪事了。就连水飘儿也知道,这野码头滩急,水浅,又无法抛锚,是从不兴靠泊洋船的。那么,这艘洋船是怎么靠过来的,又是怎么停稳了的呢?莫非是走偏了航线,就在这儿搁浅了?水飘儿感到有些困惑,却又想起刚才停在天空的那只老鹰,抬头往天上望,天空澄澈清湛一无所有。水飘儿摸摸光圆的后脑勺想,怪了,是老鹰回家去了?还是天上本来就没什么老鹰呢?

## 10 安家溪

古万州城很老,已有一千八百年的历史了,它似乎一直在等待着、在期盼着一个新的归宿。东汉建安二十一年(公元216

年)，在江南长滩置羊渠县。蜀汉建兴八年(公元230年)，改名南浦县，那时县城可能已搬到长江边来了。西魏废帝二年(公元553年)，改南浦为鱼泉县，县址由南岸北迁过江。从北周至隋唐，又数易其名，什么鱼泉县、安乡县、万川县、南浦县、南浦郡等不一而足。唐贞观八年(公元634年)改浦州为万州，明洪武六年(公元1373年)降万州为万县。民国二十四年(公元1935年)设万县专区。后来直到1992年12月，国务院下文撤销万县地区建制，设万县市(地级市)，还辖龙宝、天城、五桥三个区，以及开县、梁平、忠县、云阳、奉节、巫山、巫溪、城口8个县。万州曾因"万川毕汇"、"万商云集"而得名。解放前夕，万安桥、二马路、胜利路、杨家街口一带是很热闹的。建国初期，万县还有过"成、渝、万"四川第三大城市的排名，由此可见，古城万州深厚的历史渊源以及文化分量了。



小路沿安家溪柔绳般蜿蜒，翻上坎有个小坝子，叫安家坝。知道安家坝名字的人不多，通常连溪带坝都叫了安家溪。

山溪从翠屏寨淌下来，一路低吟浅唱明明净净，若无岑公洞一跌，也许还不会引起世人垂青。岑公洞大如巨屋，高阔数十丈，洞口清溪如帘。因隋朝岑道厚曾在此隐居，后人觅胜访贤多有题咏。遂使此洞名噪一时。洞内有不少摩崖石刻，却因年代久远多已模糊。但宋朝赵希混的凿壁诗尚可辨认，诗情洞景，却也别具一格：

自有烟霞护石扉，
更添晓色露清晖。
崖前老桧吟风处，
似访仙翁化鹤归。

陆游入蜀到此，亦有诗作题岑公洞：

后六百年吾来游，
洞中正夏凄如秋。
乳石床平可坐卧，
水作珠帘月作钩。

宋朝陆游比隋代岑公晚出生六百年，同今人比，却早了八百多年。按说，世人也该尊他为先贤了。

岑公洞外有座小庙，因附岩而建，被人叫作巴岩寺。但庙内供奉的是关圣人。所以更多的人习惯叫它关帝庙。岑公洞内藏隐士，外塑忠臣，洞内外雅俗各别，好在彼此无碍，众人司空见惯也并不觉得滑稽。

其实，经历战乱，这座关帝庙已相当破败了。但庙内仍住着一位白眉老僧。就在水飘儿来请秀秀的这天上午，关帝庙内香烟缭绕，法磬有声，老和尚正双手合十垂眉诵经。庙堂内跪一位二十来岁的汉子，手捧一炷香火，两眼痴傻无神，呆呆看着和尚的嘴皮蠕蠕有声。



"……观自在菩萨行深般若波罗蜜多时照见五蕴皆空度一切苦厄舍利子色不异空空不异色色即是空空即是色受想行识亦复如是舍利子是诸法空相不生不灭不垢不净不增不减是故空中无色无受想行识无眼耳鼻舌身意无色声香味触法无眼界乃至无意识界无无明亦无无明尽乃至无老死亦无老死尽无苦集灭道无智亦无得以无所得故菩提萨埵依般若波罗蜜多故心无挂碍无挂碍故无有恐怖远离颠倒梦想……"



那跪地的汉子全不懂嗡嗡嘤嘤的经文，愣愣地盯着和尚的嘴巴，只疑心从那里飞出了蚊子。这样想着，便觉得蚊子叮人，

不觉就丢了香火，边抓痒痒，边起身寻那叮他的虫子。老和尚潜心修课物我两忘，“无眼界乃至无意识界”中根本没有这个痴汉。

痴汉姓何，名叫何宝，也就是前文交代过吃鱼被卡了喉咙的何宝子。何宝子是何熊何保长三世单传的独生儿子。何宝的爷爷生下儿子后，用爹和妈的姓给儿子命名何熊，名字取绝了，结果也就只养大何熊一个。当何熊后来生了儿子，也曾想给儿子取个光宗耀祖福寿永昌的好名儿，什么何永福、何长寿地正在琢磨，没想到他爷爷特别稀罕这个孙子，说算了算了，他是何家的宝贝，就叫何宝或者叫何宝子。何宝子幼时并无痴呆迹象，但三岁多的时候，一场高烧烧坏了脑子，后来请了不少医生花了不少大洋，到底没有完全把他治好。何保长有店铺有家当，眼看儿子二十出头仍不顶事，竹子靠不住想靠笋子，肚里便沉甸甸揣了桩心事。宝子妈当然能领会男人的心思。她一是信神，二是怕宝子乱跑，愁迷了路，就叫宝子每天到关帝庙去烧一炷香。明知宝子搞不灵醒（利索），说是能尽尽心也是好的。宝子也听话，由此成了关帝庙的香客。

何宝子蚊子没有找到，转出庙门，顿时眼睛瞪圆了。他偏起脑壳从一树刺槐看过去，见三个年轻女子在溪边洗衣服。水，清亮亮的；溪，静幽幽的；树叶儿，嫩鲜鲜的，洗衣女子光裸的胳膊小腿，便格外白净、恬润，任常人也会有些动心。这汉子也是长胡子的货，虽说傻，男人的功能却是齐备的。何宝子便随了一种磁力的牵引，不知不觉接近了洗衣女子。三位女子皆如出水鲜荷，其中一位竟是花中仙子，柔韧的腰肢，挺挺的胸脯，就生出无限美好，在周围散布了温柔的空气。何宝子就像一只蛾子，嗅到了一种芬芳和甜蜜。他那本来就没有把管的口水，便滴哩嗒啦地直往下淌。女子正弯腰往篮子里捡衣服，脖根儿露凝脂般一段白玉，何宝子便受了诱惑，迟迟疑疑竟伸出手去。

这位女子一边穿鞋，一边同两位姐妹说话。她不知道背后有人。只疑心有虫，却立即感到不对，一扭头见何宝子涎着脸直往前凑，忙跳起来闪开："宝子宝子你要死么!"何宝子嘿嘿地笑，却把女子的手捉住。这女子一挣，"啪"地在宝子脸上响一记耳光，宝子倒怔住了。女子忙捡了捶棒抓起篮子要走，却让何宝子把篮子扯住了。"你做我媳妇你做我媳妇。"何宝子一手捂脸，一手扯住篮子不放。"你不放我打你!"女子扬一扬捣衣棒做出打的样子，何宝子不怕她。另两位姑娘忙放下手中的衣服，一个来掰宝子的手，一个就捶宝子的背。宝子力大，臂一挥就把她俩掀个趔趄。她们就吓他："快丢手，你妈来了!"宝子不怕。"你爹来了!"宝子仍不放手。要走的女子急了，喊一声："何宝子，山二哥来了!"何宝子一愣，手一松，那女子转身就跑。何宝子一看，没见山二哥来，便追那女子："你不要走你是我媳妇妈妈说你是我媳妇……"

何宝子疯，众人都知道是文疯，从不兴动手动脚的。这次缠住洗衣女子原也事出有因。前日，何桔子一脸沮丧地从半边街回去，再没有提请水月给宝子医病的事，她对何熊说："我去找过秀秀了。"何熊说："你去找她干什么？"何桔子说："我想见见她，先得探探她的口风，可是没找到人。"何熊说："唉呀你就别给我添乱了！"何桔子说："这事还能拖吗？再拖，气候变了，你还想给宝子讨媳妇哇？"何熊说："这事你别管，我自有我的安排。"何桔子说："你有安排，你有个屁的安排！这一着棋，连我都看明白了，落了毛的凤凰不如鸡，到时候你……"何熊烦躁起来，吼道："你给我闭嘴！一个妇道人家，你懂什么？古话说'车到山前必有路'，我还没听说过，活人能被尿憋死了……"

宝子大了，也确实该娶媳妇了。他听得懂爹妈在扯(讨论)他的问题。于是宝子就想媳妇，直缠住他妈问哪个是他的媳妇。

宝子妈就说，宝子的媳妇很乖，住很远很远。宝子就不依，还要在地上打滚儿。宝子妈就说，宝子的媳妇是半边街的秀秀，宝子就高兴。这日何宝子遇到洗衣服的女子，偏偏认出了秀秀，硬说她是他媳妇，生怕媳妇丢了，便一路追赶。正追着，冷不防“砰”一坨泥巴砸在宝子屁墩上。宝子呆住了，他一边摸屁股，一边弯腰捡那团泥巴，站在原地转三百六十度，再转三百六十度，四周没人，也没有野物。再抬头看天，是不是天上掉下来的呢？宝子便用有限的脑子，钻研这最新的课题，接下来自然也就耽误了追媳妇的大事。

水飘儿折根麻柳条子，一路舞得“呜儿呜儿”地响。上了安家溪坎子，斜着插上一条小路，就是半边街。半边街靠江这边，一排吊脚楼。自东往西，第五间是山二叔的屋，第六间就是秀秀姐的家。抬眼往这两户门上看，水飘儿不觉把嘴一噘有些失望。该关的门大敞着，该敞开的门却上了锁。邻家有位老婆婆，见水漂儿在门口徘徊，问他有什么事，水漂儿说我找秀秀姐。婆婆说秀秀到溪沟里洗衣服去了。水飘儿又转身去安家溪找秀秀，顺着刚走过的小路往回走，正碰到何宝子撵得秀秀飞跑。

水飘儿很想过去揍何宝子一顿，但看到宝子那大一墩，怕斗不赢他，便闪在一丛竹林背后，顺手捡了一坨泥巴。等何宝子哈痴痴地追过来，便狠狠砸了他一家伙。何宝子被那坨泥巴砸蒙了，一时搞不懂这是什么信号。水飘儿精灵（机灵），没等何宝子明白是怎么回事儿，早已猫着腰偷偷跑了。

秀秀刚想喘一口气，还以为把何宝子甩掉了，却听背后一串脚步又追过来，慌忙又跑。“秀秀姐秀秀姐。”水飘儿压着嗓子喊她，秀秀扭过头去看，不料脚下一绊“噗”地一声摔倒，水飘儿忙过去把秀秀扶起来。

秀秀这一跤摔得不轻，左膝蹭破一大块皮，衣服篮子捣衣棒也滚出去一丈多远。水飘儿赶忙捡地上的衣服，拍那上面的泥巴。秀秀说："算了，回去再用清水抖一抖。"说时捞起裤管看，膝头已沁出血珠儿来。"哎呀摔出血了！"水飘儿挺关心的，也凑拢去看。

秀秀忙放下裤管站起来，摸了块方帕子把手擦干净，再掸掸衣服，按按发髻和发髻上的白绒花，然后从水飘儿手上接过篮子，一脸沮丧地往家里去。她想，真倒霉，偏遇着这号愚人！若换成别的人，我拼了性命也不受这份窝囊！

## 11 秀秀

水飘儿跟着秀秀上了半边街。秀秀开了门锁，回头问他："是来喊我下河弄饭的？"

"是哩，秀秀姐，我们爱吃你弄的饭。"水飘儿说。

秀秀想一想，说："好，我知道了。你去山二叔屋里坐坐，他兴许就回来了。"秀秀推门进去，却没放水飘儿进自己的屋。

人说"寡妇门前是非多"，看得出来，秀秀是那种把"男女界线"划得很清楚的人。

水飘儿进了山二叔的屋。他没有因秀秀姐没请他进屋而不高兴。对了，秀秀姐是不兴请男人进屋的。水飘儿阴悄悄地在肚子里笑。就想起那一次，秀秀姐埋怨他，还说他人小鬼大哩。

河下的人与水打交道，本不兴穿鞋。久而久之，脚掌状如鸭掌，十个脚趾头都向外张着。为了避免石头踢异物钉，有的就踏一双草鞋。平时没说的，冬天却恼火，脚上皴口发裂，穿上草鞋无异戴镣。去年冬月间，秀秀下河见水飘儿一双赤脚皴口流血，

就说我给你做双鞋吧。水飘儿说:“好谢谢秀秀姐,你把我的鞋做大一些。”过两天,水飘儿跑到秀秀家看到她正在下鞋样,就说秀秀姐你还要做大一些,我的脚正长着呢,秀秀就做了很大一双鞋。水飘儿用手卡了一下,把那双鞋抱在怀里好高兴。谁知他车身一趟子,上船把鞋交到明生手里。说:“明生哥,这是秀秀姐为你做的鞋,是照你的脚做的呢。”明生拿来一穿,不大不小正合适。明生感激不尽,腊月底备了份礼物去半边街谢秀秀做鞋的盛情。秀秀莫名其妙,把客人堵在门外不让进屋。明生手里的鸡嘎啦嘎啦直叫,一条大鲤鱼也甩打着尾巴挣扎,搞得大冷天明生一脸绯红一身汗。明生说,秀秀,你就看在表兄妹份上,好歹让我进来看看你婆婆吧。秀秀背抵着门高矮不吱声。结果是山二哥把明生让到自己屋里,收了送来的东西。三十天儿团年,请明生来喝酒,也是在山二哥家坐的席。



山二哥与秀秀家除了有水缸上的方洞共往来,一层板壁龇牙咧嘴,不时能见到隔壁户人影绰绰,两家人的起居响动,彼此便了如指掌。

水飘儿坐在山二叔家,听秀秀回屋后拖木盆的声音,舀水倒水的声音,过一会儿拿小凳儿坐下来开始抖衣服,可就是没听到她说话。若是往常,秀秀姐是随便会找些话来和他聊的。秀秀还在无端生何宝子的气呢。其实,她和水飘儿哪里知道,过会儿婆婆带回一条消息,那才更叫她愤懑,更叫她揪心呢。

水飘儿想找点什么出来跟秀秀姐聊,但终于想不起聊的话头,于是自言自语叹口气,唉,山二叔咋还不回来呢!

山二叔没回来,秀秀的婆婆却回来了。秀秀的婆婆其实还不很老,刚过五十岁,却得了一身风湿病,沾不得水,做不得粗重活,基本上已是一个废人了。

婆婆回来,秀秀忙起身搀扶。“妈,你身子骨不好,就不要出去。陈婆婆有事，就不兴到我们家来说么。”水飘儿听到那边的响动，就隔着板壁向秀秀的婆婆问好。秀秀的婆婆就说：“哟水飘儿来了，你在找山二哥么？刚才还在河下茶馆里看到他呢。”水飘儿说：“真的？那我去茶馆里找他。”又和秀秀打个招呼，说声“我走了”，就出门去。

水漂儿爱玩儿，本想顺着脚往上溜，再去看看水月的。最近总听工友们摆闲白（聊天），说山二叔跟水月有点儿意思了，心想如果他俩在一起，那倒是挺不错的。就想去看看水月的动静，要是一来二去的跟水月姐混熟了，还可以请她收我做徒弟，跟她学点使法的本领。走了几步，再一想不行，我得先去找山二叔，找山二叔是正事，不然明生哥还等我回话呢。于是折回来，顺半边街下河，去茶馆找山二叔。

婆婆见秀秀在木盆里清衣服，有些奇怪，问：“你刚去溪沟里洗了，怎么回来又在洗？”

秀秀手里使劲搓着衣服，垂头丧气的，嘴里却没有吭声。

婆婆更奇了，问：“今天，你，是咋的了？”

秀秀只好开口说：“遇到个愚人——何宝子，扯住不放，回来一趟子，路上还摔一跤……”

婆婆一听，呆了，喃喃骂道：“这个砍脑壳的！尽欺侮我家秀秀，他们还……”后面的话却被咽回去。

秀秀说：“若不看他是个哈子（傻子），我真想拿命跟他拼了……这种人，居然没有人管，要不，请山二哥去，跟他家里交涉一下……”

婆婆气乎乎地说：“他家里？哼，他还想娶你进屋呢！”

秀秀一惊：“妈，你，你在说什么呢？”

婆婆皱起眉头说：“刚才陈婆婆请我去，就是想帮他做媒。说何家就这根独苗苗儿，你进了何家，钥匙都交给你，你就是当

家奶奶了……”

秀秀急了:“妈,这话你也说得出来!是气糊涂了吗?”

这事儿当然挺让婆婆伤脑筋。婆婆早年死了男人,守寡养大一个儿子,儿子不争气也罢,却在江里淹死了,就依靠媳妇过日子。如果媳妇走了,她一个孤老婆子怎么生活?虽然何家许给她一些好处,但那有什么用?于是给秀秀解释:“这种事我能糊涂么?其他不说,你走了,我怎么过?所以说,我就一句话:不行。除非是秀秀嫌我了,她自己想离开这个家……”

“妈,你在说什么呀!”秀秀打断婆婆,“我是那种人吗?再说那……”秀秀想,婆媳俩厮守着,一起过这清寒日子也罢,咋又扯出个傻子来了。想到家里没个男人,别人想欺侮你就欺侮你,自己却没有一点办法,甚至连说话的人也没有一个,鼻头子一酸,泪珠儿成串地滚了下来。

婆婆见秀秀哭了,知道媳妇受了委屈,心里也难受:“别哭了,秀秀,我,我当时就想回绝了她,陈婆婆好说歹说,说一定要给你传句话……”

婆婆这一说,秀秀更伤心了:“妈,我们惹谁了,撩谁了?这无缘无故地,不是在辱没我们,糟踏我们吗!”

“他们是把我两娘母量死了,欺一对孤寡女人。我们拿谁也没有办法,我,我,你看我这命哟……”婆婆想到两个女人的苦楚,也索性哭了出来,“噢,噢,我们……我那不该死的儿哪,你一撒手就不管我们了哇!你是存心让我们遭这种罪哟!你倒是说说,我们该怎么活呀……”

婆婆一哭,秀秀却不敢再哭了。心想自己难受也罢,何苦惹出婆婆多一重伤心呢?忙劝止婆婆:“妈……算了,当心身子,你有病呢……”即将一方帕子递到婆婆手里。还想劝婆婆,这种日子也快到头了,只要国民党政府垮了台,兴许就没人敢欺侮我们了。

秀秀听说解放军已打到家门口来了，自己竟然像在做梦。这两天她既是兴奋也很紧张，就盼着万县解放，一家人有个出头之日。心里正燃烧起甜蜜的希望，哪会想到何宝子却在打她的主意。何保长一家都是什么人，她心里清楚，纵然是死，她也不会去跳那火坑！

哪知秀秀一劝，婆婆哭得更响了。秀秀原本善良，却想，这事再怨不着别人，要怨还得怨自己。男人本来是“不该死”的，原是自己嫁过来以后才发生的事，要说怨命，归根到底应该怨自己的命。自己的命咋这样背时呢……一时五内俱焚，心里翻江倒海般难受。

秀秀的男人叫鼎罐，鼎罐是小时候别人给他取的诨名儿(外号)。其他诨名倒也罢了，但河下的人忌讳多，最怕喊人鼎罐。鼎罐原是煮饭用的锅子，水上人家避讳，通常称鼎罐为“黑钵儿”。鼎罐的父亲走过行船，船打“皮(烂)”后，人淹死了，尸骨无存。鼎罐也走行船，船主说算了算了你趁早把你名字改了，鼎罐说那你们叫我黑钵儿吧。鼎罐叫了黑钵儿还是不行，有个算命的说，你娃有水牢之灾。鼎罐的妈一听慌了，就不让他再上船了，忙不迭还给他娶了一位好看的媳妇。可秀秀过门还不到一个月，鼎罐下河打鱼，阴差阳错地就给淹死了。

鼎罐娶了新媳妇，差不多在家里整整蜷了一个月，成天涎着脸就守着秀秀。秀秀说一个大男人，老窝在家里干啥，你也出去走走啊！鼎罐就伸伸懒腰，笑扯扯地出了门。出门不远迎面碰到“默然酒家”的点水雀儿，点水雀儿说嘿对了，你帮帮我的忙，店里没鱼了，你下河去舀几条鱼回来，我的客人正喊着要吃鱼呢。鼎罐一则见点水雀儿熟人熟事的，别人央求，不好推却；二

则见秀秀勤快，过门没几天就补好了他的渔罾子，也想图个表现；三则见这几天江里涨水，虎臂滩快要淹了，正是下河打鱼的时候。于是兴冲冲地回家，扛了渔罾子就往外走。临出门他的妈还短他一句，都半下午了，你看你那样子，还能罾到鱼吗！秀秀说，妈，你就让他去吧，罾不罾得到那是他的运气。

鼎罐的渔罾子就三根竹竿一挂小网。握在手里的网竿有手腕粗细，上端分岔挂着网兜，挂网的竹竿则细得多，一路上竹竿儿颤颤，网兜儿悠悠，显得十分快活。鼎罐下了河，就端直朝虎臂滩嘴嘴上走。江水涨起来，正好淹了两边的石盘，一条石梗斜着伸向江里，形同虎臂。虎臂前端是“虎爪”，礁堡前沿水流湍急，却正好罾鱼。

鼎罐叉开两腿立在礁嘴上，顺着湍流一罾一罾挥着双臂。那渔罾子就像一把还没玩儿熟的关刀，初使起来还有些犟手犟脚的。看到满江青鱼、鲤鱼、肥头儿、鳊鱼，直往滩上涌水上跳，喜得鼎罐抓耳挠腮乐不可支。他最先罾起来的是几条水米子。虽然只有斤把几两重，却都是活蹦乱跳的鲜鱼。然后就罾到了鲤鱼，罾到了肥头儿。洪水还在涨，眼看快穿浩了，他却没有在意。此刻他的感觉全在手里，间或有鱼尾在罾杆上一拍，或鱼头在网上一蹭，他的心就怦怦怦地跳。突然罾里一振，他忙将渔罾一仄往岸上一戽，嗬，竟是一条十多斤重的大鲤鱼！他忙扑上去按住，装进一个大的网兜。接下来又有一条一条的鱼，不断地来满足他的兴奋和贪欲。最后网兜里的鱼总有二三十斤了吧。他觉得天色暗下来。猛抬头，顿时傻了——洪水早已漫盘穿浩，脚下的“虎爪”已是一片汪洋中的孤岛了！

这漫盘穿浩原是川江人都懂的术语。洪水上涨，先淹了贴岸部分礁石，切断了江中礁堡与陆上的通道，叫做穿浩。洪水刚淹礁盘，形成满盘乱冲的水势，谓之漫盘。这时穿浩的水，搅起鼓泡带了呼啸满世界翻滚。鼎罐肯定吓坏了，也是急于求生，想趁天色还没黑尽以前，摸一个水浅的路子回去。他脱了鞋子和外裤，试探着下了水，没有想到水流太急，大约战战兢兢才趟了几步，脚下一滑鼎罐就被冲下了滩。这天的虎臂滩显得穷凶极恶，既没有给鼎罐留下一点儿悬念，也没有给他留下任何生机……

第二天，当人们找到虎臂滩的时候，发现“虎爪”还没有被淹，鼎罐的渔舀子还在，他舀起来的鱼有些死了，有的还是活的，而鼎罐穿过的鞋，明明白白就摆在那个礁堡上，可满世界找人，哪里还有鼎罐的踪影？

秀秀没了男人只哭得死去活来。众人却劝她，都说你别伤心，是鼎罐该死。说那天鼎罐如果不下河舀鱼，他屁事莫得；说舀两条鱼走路，也没有事；还说洪水并没有淹过礁嘴，是鼎罐自己找死，而虎臂滩淹死的人多，那儿一定有鬼在找替身……但秀秀不那么想，她只记得那天下午，是她叫鼎罐出去的，还说舀鱼要看他的运气，结果却让鼎罐丢了性命……



## 12 招工

正如我们老弯说的，而今人心惶惶，不是老百姓人心惶惶，是反动派人心惶惶。就在巫山峡、七曜山、乌江渡和白马山的战斗打得很激烈的时候，万县城却成了台风眼，纹风不动，波澜不惊。而半边街和野码头更像是世外桃源，鸡犬相闻，还照样过它不紧不慢的日子。一条不足两里长的半边街，就像一段花里胡哨的鸡肠带儿，仍疙疙瘩瘩拴着川江的传统和风情。

太阳一早醒来，挣脱翠屏寨的羁绊，先探了个头，然后一竿两竿升了个高，半边街便如太阳晒醒的猫子，慵懒地伸一伸腰，立即活泛起全身的筋骨。先有两家三家下门板搬门方的磕碰，接着乒乒乓乓连珠般混响一气，街两边的店铺便陆陆续续豁然敞开。于是，篾匠铺、铜匠铺、整锁配钥匙的店铺变奏出一天的乐章；绸庄、布店、百货摊儿陈列出驳杂斑斓的色彩；斋铺、酒肆、小吃店儿那一股股甜腻馥郁的气味也随之弥散开来。因那声色香味及直通野码头的缘故，半边街虽说不上繁荣，却也是一处人流不断的“白日场”。从上午乒乒乓乓把铺面打开，到日头西下再乒乒乓乓把店门合上，小街的日子就在一种不惊不诧不凉不热的节律中运动。

水飘儿从山二叔家里出来的时候，半边街上已有了不少的人。路边，一个卖冲冲儿糕的老汉，正用竹棍儿将一方竹板敲出当当儿、当当儿的乐声。老汉守一挑精精巧巧的担儿，一头分屉装了碗碟、面缸、白糖、红糖，一头坐了炉子、鼎锅和特制的小格笼。有人吃糕，老汉就将那小格笼端起来，用竹棍在下面一顶，再用筷子将热腾腾香喷喷的米糕夹在碟内任人享用。然后用木勺把浓稠的米羹舀进模具，坐上灶，不消数分钟，又是现成的冲冲儿糕了。水飘儿盯住老人看把戏似的正看得有趣，那卖糕的老人却回过头来招呼：“小伙儿，来块冲冲儿糕，尝尝老汉的手艺？”水飘儿一怔，回说“不忙不忙”，却紧走两步，前面就是一家茶馆。

茶馆也是板壁房子，两大间连通，约两三百平米。茶馆内躺一坝黄亮的竹凉椅，却只有四五个茶客在嗑瓜子、聊天。茶馆正中有个为说书人搭的方台，台高两尺，上面摆一张围了布幔的条桌，旁边柱头上挂块粉牌，写着书名《七剑十三侠》和说书人的名号。水飘儿爱听评书，有时路过这里，立在外面也要听上一阵。那位说书艺人书说得好，据说在老城也颇有些名气。他学女子就尖着嗓子做一种媚态，眼里顿时生出少有的柔情；说莽汉就换了粗声大嗓铿铿锵锵，又是一副武士侠客的样子。他手里一把折扇，开阖旋转，可以玩出许许多多的花头；一方醒木轻重缓急，便有了世上所有的音响静止。水飘儿记得说书人讲纵马急驰马蹄翻飞，那醒木就在桌上踢踢跨跨踢踢跨跨响个不住，嘴里如竹筒倒豆一般"七个八个七十八个七八一十五个"，水飘儿就感到真有骏马在翻盏泼碟地奔跑一样。但后来却想，说书的说七个八个七八一十五个是什么意思呢？

不知山二叔这阵钻到哪里去了。水飘儿正拿不定主意是往前走或往回走，却见七八个汉子相拥着远远过来。中间两位水飘儿一眼认出来，黑面虬须的是明生哥要请的掌墨师，另一位面白剽悍的男人正是山二叔。山二叔身着蓝布长衫，腰间扎根白布带子，一边与旁边的人搭话，一边早与水飘儿打了招呼。

"水飘儿，小鸡儿在望嘴呢，想不想二叔办个招待？"山二叔总是一脸豁朗的笑。水飘儿想，你想办招待就办个招待，眼睛就往卖冲冲儿糕的担儿上望。可山二叔瞧不起冲冲儿糕，只叫水飘儿随我来，就带着众人往上走，对对直直杀向"默然酒家"。

一只脚刚踏进馆子，山二哥却被后面的虬须汉子扯住了。山二哥问他，你还有事？虬须汉子往馆子里努一努嘴，说算了，你扯旗放炮的又想大宴宾客呢。山二哥说不就图个热闹么，我哪回不是这个样子！虬须汉说，山二哥，我知道你学的是孟尝君的派头，但这几天又是刮风又是下雨地正闹不清白，你能不能免了这种排场呢？山二哥说是我碍着谁了？虬须汉说，不，我知道工友们喜欢你。但我认为一来有些破费，二来有些招风。山二哥说，噢这你别管，该吃饭的吃饭，该喝酒的喝酒。不然，别人会笑话我山二哥扣门儿呢！

山二哥率众人进了馆子，拣了张大的圆桌，坐下来刚刚一席。人多嘴杂叫酒要菜、安杯设箸甚是快活。山二哥对众人听任不顾，却只找虬须汉子理论。

“王掌墨，你哥子这回就对不住人了！明生那船在干坡上晾起的哟，说好今日动工，你安心放我水耙(排)子么？”

“二哥，你在招兵买马，谁敢不听号令？我还正为这事着急呢！”

“那我要的几个人为什么不来？就这个样子，今天还能动工吗？”

“二哥，这动工倒不是什么难事，我只是说少了几个扣得上手的兄弟。水木匠原是粗笨活，但不是说不讲手艺。你若要下死力做小工的，随便一撮箕我也能撮到几个。况且，这几天说是……”



山二哥打断说：“纵然他们不给你面子，难道也不买我的账了？”

“说哪里话呢。往日有事不消扯你的旗号，就是我捎个口信儿也就来了。这回遇缘儿(遇巧)，胡四和金老怪两家偏偏有事，若在别处做活路倒也好说，我就硬抓也能把他们抓来的。”

“胡四在家坐月呢。”座上一位伙计笑着插言。山二哥不信，当是笑话，众人便证实，胡四婆娘生了个儿，胡四足不出户真的是在家里坐月。

山二哥哈哈一笑：“嘿个舅子，待老子去家里捉他。”说时招呼众人只管上菜喝酒，他去去就来。遂起身离席，正跨酒馆门坎，却见店门口一只大鸡笼，便伸手去笼里逮了两只五六斤重的大红公鸡，向柜上老板喊一声：“周老默，我借两只鸡用用，回头一并会账。”店老板挥一挥手，笑道：“我那鸡是红毛国的贡品，八百万块钱一个，不怕烫手你只管逮去。”山二哥回头叫上水飘儿，把两只鸡用草绑了，叫水飘儿提着，二人一路说笑去找胡四。

从半边街上去，腊梅湾倒拐，再投罗汉洞。胡四家就在罗汉洞东侧。

胡四家三间瓦房，门前有两棵槐树，靠路边插一圈竹篱笆，篱笆上爬满金银花之类青藤，形成清清爽爽一座院落。院门口卧一条极肥的黄狗，见人来也不张狂，还很讲礼性地起身让路。正厅大门敞开，山二哥率水飘儿端直进去，无人，便扯嗓唤一声："胡四，胡四，有人吗？"旁边卧房立即应道："哪个哪个，惊诧诧的……"门帘一挑，打照面的却是胡四的婆娘。

首先闯进山二哥眼里的竟是月母子那肥白的大奶子。"呸，霉气，霉气。"山二哥待要退出，却已不能。胡四婆娘"啊"地一声忙缩回头去，对屋里的男人说是山二哥他们来了。胡四便在屋里惊喜道："山二哥么？"忙趿了半截鞋挑帘出来，一脸灿笑将嘴咧至耳根。

山二哥说，你屋的狗好懒，客来了也不叫两声通报通报。说时胡母也从厢房出来，山二哥向主人家道了恭喜。水飘儿把两只大红公鸡放下，也问了婆婆好，四叔四婶好。山二哥说道，胡四，你舅子尽做大个个事哩，阴悄悄就得了个儿。连我也蒙在鼓里。做满月酒的时候，说不得要找拨人来朝贺朝贺。就叫把宝宝抱出来看。胡四婆娘早扣好衣襟抱了婴儿出来。"刚才正给娃儿喂奶哩。"脸上讪讪的，还为刚才敞胸露怀不好意思。

山二哥从胡四手里接过包得严严实实的宝宝。婴儿不足十天，皮色泛红，活像一只褪了毛的兔子。小眼睛眯着，还有些畏光，一股奶气冲出来，直叫人翻胃想呕。这胡四真莫名堂，整天陪着月母子和毛毛儿，沾一身奶臭有啥意思呢！山二哥这样想，却没这样说，按惯例还为婴儿封赠了不少吉利话。什么孩子天




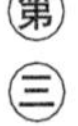

庭饱满地角方圆，什么眼大像妈耳大像爸，长大成人一定聪明伶俐造化必胜胡四千百倍。几句恭维话，说得月公子月母子笑逐颜开。这时胡母已端了醪糟蛋上来。山二哥水飘儿也不推辞，一是吃个喜，二是当用茶。然后胡四婆娘上来收拾碗筷。山二哥便搭话："你坐月子，也出卧房也做家务事？"

胡四婆娘嘴一噘："我们这些人如何讲究得起呢。若不是头上捆根花帕子，谁记得你是月母子。家里喂猪喂狗剁猪草哪一样不是我。"

山二哥笑道："那胡四不就剩下洗尿片片了？"

"他？片片是婆婆在洗。他一天就晓得骗床，比大户人家的月母子还像月母子哩！毛弟儿还没满半个月，他一天就捧在手里，儿呀肝啦，直叫得旁人浑身起鸡皮疙瘩。"

山二哥水飘儿都笑。"这也自然，三十岁得个儿子，哪有不当宝贝的。"山二哥说。



"这婆娘！嘴叉叉的，偏在二哥面前出我言语。"胡四恨恨地说。婆娘揭他老底，在外人面前毕竟不好意思，但心里终是美滋滋的。

山二哥凑近胡四耳根嘀咕一阵，先讲了外面的一些情况，又说了河下的正事。然后对胡四说："你又不是踏不出门的大家闺秀，一天蜷在屋里干什么呢？你不晓得，才几天没有看到你，河下一帮兄弟都惦着你呢！"

胡四有点儿不好意思了，只小声说："都说这几天有些不太平呢，一家人厮守着，我觉得放心一些……"

"你是怕丢了龙庭么？"山二哥知道胡四的经文儿，这里表面像是世外桃源，其实这几天一家人心里都是悬起的。索性再抵他一句，"你以为，河下兄弟们捆抱成团，不比你一个人在家里更安隐些？"

胡四婆娘也插嘴说:“一家人就靠他挣钱呢,却赖在家里坐月子……”

“胡四啊,你呆在家里一点儿插不上手,守着月母子……”山二哥想到一句极粗俗的话,想说你守着婆娘要抱血窝子么,到底因妇人在场,没说出来却笑了出来。

“还不是这婆娘,生怕我离了半步。就像我会在外面讨小,要把她甩了似的。”胡四也很男人气地烧了婆娘一句。

婆娘脸一红,急辩道:“那是生毛弟儿前两天。我生了毛弟儿谁要你陪着了?我知道山二哥今天是来叫你的,你随他去好了。没见过男人家成天骗床的……”

“好,有嫂子这句话,我便捉了他去。明生修船,就离不得胡四,王掌墨一伙人还等着他呢!”

胡四也算个老码头了,他懂得河下的规矩,一事当前,若贪生怕死,或者只考虑自己,都是被人瞧不起的。今天他见山二哥露面,本没有打算推托,当即进了卧室,忙着换鞋更衣。

山二哥在客厅喊:“你把那半截鞋踢了就行,又不是去岳家见你丈人,还要穿个周吴郑王的!”

胡四手里拎了件夹衣,也没带家伙,随山二哥水飘儿辞了老母和媳妇出门,刚走几步又折回去,不知同媳妇办了怎样的交涉,却被媳妇红着脸推着出来。山二哥水飘儿在院子外面啥也没说,只是笑。

三人走在路上,山二哥还逗水飘儿:“水飘儿水飘儿,你也讨个婆娘吧,你看胡四叔两口子好快活。”水飘儿嘴乖,接说:“我的婆娘在丈母娘家喂起的。倒是山二叔该办喜事了,不然房门大敞八开,屋里总是冷清清的。”胡四笑道:“如何如何?山二哥,小鸡儿也急着喝你喜酒呢!”

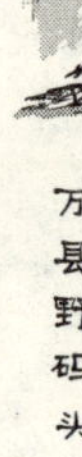

**万州老照片(之二、之三)纤夫曲。(都是从峨眉碛往万县北山方向拍摄的。)**

# 第四章

她用竹签把水桶穿了，嘴里念念有词，也不知念的是什么咒语，突然猛喝一声“起”，那两只平躺着的纸人儿竟站了起来。

## 13 宴客



山二哥领着胡四和水飘儿返回半边街，街上又多了些人。正跨进“默然酒家”，王掌墨一伙已起身招呼，山二哥却见一位熟人擦肩而过。这人时近岁末还穿一件补丁露肉的破褂，头戴一顶烂垮垮的草帽，过酒店门口将草帽往下一拉，只让人看到几根焦黄的胡须。“金老怪！”山二哥冒叫一声。那人似不曾听见，脚下只管加紧赶路。山二哥奔过去一把扯住：“金老怪，未必你真不同我们这帮人打搅了！”金老怪一脸凄惶，只好站下让到街边讲话。

老怪只说得一声惭愧，后面的话就讲不下去了。原来金家接连遇到几件不利索的事，老婆扯猪草从崖上摔下来成了半身不遂的瘫子，大儿媳妇也不知得了什么绝症，枯瘦如柴面如纸灰，多活一日多一日受罪。一家人七八张嘴外加两只药罐；花光了金家有限的积蓄不说，还背了一身债务。偏遇二儿忤劣，为了

自己讨婆娘,口口声声闹着要分家,说再不分家一把火烧了房子大家散伙。金老怪早年带着金大金二闯码头修船,捻船放样也曾是说一不二的人物,不料几年下来却弄得如此狼狈。

山二哥听金老怪说"屋里这阵就连刮痧的钱也莫得一个",猜他出来是找人借钱的。便叹道:"常言说,一文钱难倒英雄汉哪!"遂尽数掏出自己身上的钱,都是百万元千万元一张的大票子,数也不数全塞到金老怪手里。

"要不得要不得!"金老怪如捏了炭圆,像烫着一样手一松一叠钱全掉在地上,"啊!"老怪忙弯腰把钱捡起来,硬要还给山二哥。山二哥将老怪的手按住。说:"我今天在酒店候人,你有事,我不强你,你尽管去干自己的事。"说罢扭身进店去。金老怪呆了一呆,忙涨红着脸追进酒馆:"山二哥,这,这,钱……"他是想说钱要点个数或者留张借据。



"什么钱不钱的,你用我用不都一样!"山二哥把金老怪扯了坐下,"你拿去说不准能派个用场,放在我这儿却靠不住。我的祖师爷爷教过我,'江湖财江湖散,不散有灾难'哩。"

金老怪过意不去,仍不愿收此馈赠。山二哥正色道:"老怪老怪,如果够朋友,今日你再莫吱声,或者哪天你发了洋财还我也成。若实在没有这份交情,你把钱往地上一扔,走你的路,不会有人拦你。"

众人也劝金老怪不要过分违拗, 朋友之间原有个互相帮补,再要推却也就辜负了山二哥一番美意。

山二哥说:"你当我在学孟尝君呢?今天我把朋友们约齐,就为了打个堆儿,不然,一个二个都缩在家里,有什么意思呢!"

金老怪把众人逐个看了一遍,除了心存感激,还多少有点儿担心:"这,这几天,症候好像不对吔,难道你们就不……"

山二哥回头盯了金老怪一眼,笑了:"你是说,'难道你们就不怕么'？噢，我告诉你，而今，该说'怕'的人很多，可已经轮不上我这帮兄弟了！"

"对，"座上立即有人附和，"我们两只肩膀扛个脑壳，吃得下，睡得着，从没有做过亏心事，就算是排轮子，如今，也该轮到兄弟们说开心论快活了！"

胡四也扯了金老怪说："你就别焦眉愁眼的了！你看，我们都在这儿呢，我不相信，有谁敢舀一瓢水来把你吞了！"

金老怪再不言语，就被众人留下来饮酒。座上兄弟，除了高声大嗓在推杯换盏嚷酒叫菜，也有人交头接耳，在私下议论最新的政局。这时桌上又添了几位朋友，有的带着斧凿刨锯，有的没带任何家什。一席人早已匀做两席，大家谈笑风生很有些干大事的样子。

酒饮两盏，山二哥心里"格登"一响，暗叫一声拐了(坏了)，今天要现相。我刚才翻兜儿将钱全给了金老怪，过会儿付账，未必叫周老默打手板儿？想一想，却有了主意，回头对柜上叫道："周老默，我有件事要麻烦你一下呢。"

"不麻烦不麻烦，山二哥有事你说。"老板娘点水雀儿一叠声应着。

"把你的文房四宝借用一下，我要留张借据。"

"好，好，你干脆到柜上来写。"仍是点水雀儿在张罗。

众人都看到是山二哥硬把钱塞给金老怪的，不信他会要什么借据，都笑着看他要什么把戏。

借钱留字据天经地义，只有点水雀儿和金老怪当真。金老怪以为是山二哥怕他过意不去，留一张借据他心安理得一些，即随山二哥一道去了柜台。

点水雀儿找出笔墨砚台，从账簿上撕一张竖格便笺儿，交到山二哥手里。然后用小勺子舀了点水，帮山二哥磨墨。山二哥

略想一想，三下五去二几笔写了字据，金老怪就要过来划押。

山二哥说："慢，还得找个中人。"

周老默说："大家都看到的，要个啥中人嘛。"

山二哥说："是人有腿都跑得脱，唯有'默然'宝号是生了根的。就借宝号的光，请你作个见证人。"

"好么好么，我作中人，写哪里嘛？"周老默也当了真。

"就要你的大名，写在左下角这点儿这点儿。"

酒馆老板就提了毛笔，认认真真写了自己的名字。接着金老怪就过来拿笔，山二哥说："这儿没有你的事呢。"边说边用笔在店老板名字前面添了三个字，看时，便成了这样一张借据：

借　据

今因囊中羞涩，急等钱用，经人说合，借到半边街山二哥现金捌仟玖百万元整。恐日后无凭，立此为据。

借款人：周默然

×年×月×日



"嘿个舅子，兴这样坑人么！你骗我做中人，结果倒是我欠你一砣了！"周老默伸个脑壳瞄一阵，突然醒悟过来。

"你嚷什么嚷，白纸黑字，有什么说的。"山二哥笑扯扯地把字据折了往怀里一揣。

"个杂种，开玩笑不是这样开的哟。你快把你画的狗脚迹撕了！"周老默抓住山二哥的手真有些急了。

"个杂毛儿的，我就猜你输也输不起还也还不起。欠人家一回钱脸都黄了。这样这样，看你也还老实，我们还是来个君子协定——"山二哥说着掏出了那张"借据"。"这张借据你拿回去，好久有钱了好久还我；今天这两席酒的钱，先写在你的水瓢上，我好久想起了好久还你。”

周老默一把抓过“借据”，一点儿一点儿把那“狗脚迹”撕碎。说：“山二哥，你身上莫钱了就明说，你在我这儿吃赊赊儿账，也不是一次两次了，却不该这样编方儿打条儿辱没我。”

点水雀儿在旁边笑起来：“我说呢，是山二哥涮坛子（开玩笑）啊。”

“哈哈哈……”众人一齐开怀大笑。

何宝子正好从门口过路，并不知酒馆里出了啥事情，也伸个脑壳进来跟着傻笑。水飘儿骂了一声“狗日宝子”，便在山二哥耳边嘀咕了几句。

“什么，她摔出了血？”山二哥腾地站起来。众人不解，全拿眼睛望他。水飘儿看看众人，再看看山二哥，只好小声道：“其实，也没啥，只是膝头摔破点儿皮……”

山二哥也觉得有点儿失态，即随和地笑一笑，对王掌墨讲：“噢，掌墨师，我就拜托你了，你直接带着兄弟们下河。”回头对金老怪说，“你先去办你自己的事，屋里安排好了，能来就来。”金老怪连说“要来要来”。

山二哥复向众人抱一抱拳：“列位，对不起了，我有事得先走一步。”移开凳子，却走向柜台：“周老板，有道是一客不烦二主，请把你挂起的烧腊鸭子给我一只，不不，要两只。反正你那水瓢上写了我的名字，到时候一并会账就是。”

周老默道：“惨了惨了，你连吃带喝生的熟的都要。只见你热闹，我一文钱没进，这酒馆只怕开不长久了。”这样说着，却挑那最大最肥的鸭子取两只，点水雀儿笑嘻嘻地接过来，也没过秤，用两片荷叶包了，交到山二哥手里。

山二哥向众人道一声：“好，我走了。”遂带了烧腊鸭子出店去。

回头，山二哥却又把水飘儿叫到店外，塞了一只鸭子给他，悄悄儿地说："你帮我跑一趟，去看看水月。"

水飘儿挺神秘的，却仰起头问："要得(行)，我去看水月姐姐。可水月姐姐问我，我说什么呢？"

山二哥说："说什么？你就说'山二叔叫我来看你'。"

"还有呢？"

"没有了。"

"真的？"

"真的。"

水飘儿最肯做跑腿儿使嘴儿之类的事了，想一想，即有了主意："那好吧。"头也不回，径自屁颠儿屁颠儿地去了。

众人都猜山二哥是因为水月或秀秀家有事才走的，大家心照不宣，一笑带过。



## 14 法术

"水月姐姐，山二叔叫我看你来了。"水飘儿不辱使命，果然没有忘了山二哥的嘱托。

"真的吗？"水月惊喜地从水飘儿手里接过烧腊鸭子，顺手放在一边，忙给水飘儿倒茶。"他自己为什么不来呢？"

"山二叔忙啊，他正在帮明生哥张罗大事呢——明生哥的船上墩了，要大修，那边有一摊子的事。"

"山二叔说什么了吗？"

"山二叔说他喜欢你。"水飘儿自作聪明。他以为山二叔要不喜欢水月，能平白无故地送她鸭子吗？

水月的脸,腾地一下红了:“你,你乱说呢!”水月假装生气了。

水月姐的茶香喷喷的,水飘儿喝了一口,又喝一口,说:“真的,我没骗你。山二叔还对工友们说,说……”

水月盯住水飘儿:“他胡说什么了?”

水飘儿说:“没有,没有胡说,山二叔说,水月姐姐生得好看。”水飘儿想,大家都这样说呢。水月姐姐生得红是红白是白的,就是好看嘛。

水月听山二哥在背后议论她,虽然是好话,但仍有些不乐意,就说:“你回去给山二叔说,不准他们在背后说我。你记住了?”

水飘儿说:“好,我回去跟山二叔说,今后有什么话,你只能对水月姐姐一个人说,不能跟其他人说。”

水月笑吟吟地点点头:“对了,就这样说。今后若再听到他们背到说我的闲话,我割了他们的舌头。”随后搬出自己平时爱吃的板栗、核桃、油炸果子来招待水飘儿。

水飘儿一边吃果子,一边跟水月搭话:“水月姐姐,以后有什么跑腿儿使嘴儿的事,你一叫我,我就来了,凡有我能干的事,你都交给我!”

水月笑道:“你一个小孩儿,还大包大揽的呢。我想想,你能干什么呢……不过,姐姐这儿,平时很少人来,你没有事,就进来坐坐,陪姐姐说说话吧。”

水飘儿挺机灵的,立即说:“水月姐姐,要不,我拜你为师,你收我做徒弟好不好?”

水月一愣:“做什么徒弟?”

水飘儿说:“姐姐会使法,我跟你学法术,今后,我还可以跟水月姐姐当帮手儿。”

水月盯住水飘儿看了一阵，摇一摇头，说："不，你没这天分。我告诉你，想学法术的人可多了，但这是可遇不可求的事。"

水飘儿听工友们讲过水月许多精灵古怪的故事。说有一次水月在码头上遇到一位要把戏的老头儿，见他表演"分身术"、"隔山取物"、"纸人抬水"等节目，一时竟被迷住了。临到收拾要走，老头儿见水月一副痴迷的样子，就问她，小姑娘，想不想学点法术？水月点点头。老头儿过细端详她一阵，问她，你的父母是不是都不在了？水月默然，垂下了头。老头儿说，那么，你能不能带我去你家里看看呢？水月就带老头儿回家。老头儿进了水月的屋，见水月就一个人，好像猜到了水月的身世，发一阵子感慨，就在水月那里住了几天，教了水月好些本事。于是，水月在慈云庵的老师太之外，有了一位真正的师傅。只是，这位师傅行踪不定，外人很少见到。后来听说这个老头儿还来看过水月，水月皆以弟子礼接待，端茶递水，迎来送往，敬奉师傅如同神明。



水飘儿见水月不肯收他做徒弟，也不急于求成，即央求说："水月姐姐，大家都说，你最有本事了，你使个法术我看看好吗？"

水月也是心里高兴，说："好吧，我变个戏法你看吧——"

水月伸开两手，亮掌，给水飘儿看。水月穿紧身窄袖小袄，显得十分利索，十根手指细细的，长长的，干干净净的，手里什么也没有。水月捏起拳头，把五指次第伸开，手里仍没有东西。交待之后，突然五指一收，握成双拳。水月问水飘儿："你猜我手里有东西吗？"

水飘儿摸摸光脑袋，摇摇头，两眼瞪起核桃大，一眨不眨。

但水月再次摊开双掌，即见左掌一只核桃，右掌也有一只核桃。水飘儿奇怪了，关键是他离水月很近，根本没见水月伸手去取核桃。

水月叫水飘儿:“你把衣兜儿牵起”。水飘儿老实牵起自己的口袋儿,水月就把手里的核桃丢进水飘儿的口袋儿。然后就见水月的两只拳头轮番动作,一握,一丢,一握,一丢,就有接二连三的核桃,笃笃笃地滚进水飘儿的口袋里。

水飘儿好高兴,“好,好!”一松手,竟鼓起掌来。有两个核桃立即掉到地上。水飘儿弯腰捡起地上的核桃说,“水月姐姐好本事呢,两只空手都能变出核桃来,可惜了,我的口袋儿已经装不下了。”

水月看到水飘儿两只鼓鼓囊囊的口袋儿,笑了:“你的口袋儿装满了,姐姐也变不出来了。”

水漂儿偏起头,又冒出一个点子来:“水月姐姐,你再铰两个纸人儿出来我看看,好吗?”

水月想了一下说:“好吧,今天就陪你玩玩儿。”随即先净了手,再找出剪刀、丝线、黄裱纸来。她把黄裱纸对折一下,再对折一下,然后唰唰唰地,几剪刀就铰出一个有鼻子有眼睛的人物,吹口气分开,就有了两个纸人儿。她把两个纸人儿平铺在桌上,又用剪刀铰出一个纸筒,用红丝线缝了几针,变成一只纸桶。接着舀一杯水倒进纸桶里,纸桶居然滴水不漏。

水月表情严肃起来,不再跟水飘儿说话。她用竹签把水桶穿了,嘴里念念有词,也不知念的是什么咒语,突然猛喝一声“起”,那两只平躺着的纸人儿竟站了起来。水月把竹签放在两个纸人儿的肩膀上,再喝一声“走”,两个纸人儿抬了水桶,就在桌面上晃晃悠悠地迈开了步子。纸人走的是直线,当走到桌子边沿时,水月用手指一点,叫了声“止”,两个纸人儿即僵立不动。水飘儿还想再凑拢去看,水月却叫了一声“去”,两个纸人儿晃了晃,随即“噗”地倒下。纸人抬的水桶自然也跟着摔倒了,但

奇怪的是，水桶里面竟然是干的，桌子上也没见留一滴水。

水飘儿看呆了，他偏起脑袋看，既没有看出什么机关，也没有看出什么破绽。就用双手托了腮，仔仔细细地想，却始终想不透这其中的道理。

水月做完这事，默默收拾了桌上的剪刀、丝线和纸人儿，却没忘记去香案添一炷香，嘴里祝祷几句，以示遣神、送神。

水飘儿想了半天，嘴里自言自语说："水月姐姐，你真的是神仙呢！山二叔也该来看看啊……"

水飘儿还在动脑子，想怎样才能缠住水月，求她收自己做个徒弟。却发现水月的脸上，不知几时已经没了笑影。

水月转过身来，告诉水飘儿说："今天你可以走了。"水飘儿一愣，心想："别人说水月姐姐爱小气，是我得罪她了吗？"嘴里却立即说："好，我都搞忘了，已耽搁姐姐太久了。"水月迟疑说："你在姐姐这儿看到的事，不许对外人讲。"水飘儿说："好，我不对别人讲。那，我能跟山二叔讲么？"水月没有回答水飘儿可不可以跟山二叔讲，却问他："你还要不要些板栗？"水飘儿拍拍衣兜说："够了够了，我这口袋儿已装不下了。"水月说："那你下次来玩。"

水飘儿很知趣，站起来要走，水月却又叫住水飘儿，叮嘱他："你叫山二叔到我这儿来，我找他有事，你记住了？"水飘儿连说："记住了记住了，水月姐姐找山二叔有事哩。"然后被水月送出了门。

水飘儿走在路上，心里还在默，帮山二叔跑这趟差真划算，不仅喝了水月姐姐的香茶，吃了她的果子，揣了两口袋儿核桃，尤其是还能亲眼看到她使法。水飘儿心里仍揣着拜师学法的念头，只是，他怎么也想不透，后来水月姐姐怎么就不高兴了？除了没有笑脸，低头颦眉间，水月姐姐分明有什么心事，不然，好好儿的，她为什么叫我走呢……

水飘儿确实触动了水月的心事，一开始，水月听水飘儿说山二叔叫他来看她，还听水飘儿说山二叔喜欢她，心里当然非常高兴。但回头一想，这两个人之间的事，你自己为什么不来？你过来又没有几步路，哪怕是来这儿点个卯也行啊！就叫个半大小子来，是看希奇，还是探底细？你别是占了便宜，就瞧不起人吧？哼，我还瞧不起你呢，要不是……

水月记得，早些时候师傅为她占过一课，说她"出处艰辛，独存一身；少年坎坷，孤苦伶丁"。这也罢了。还有什么"岁在己丑，初现光明。乾坤颠覆，顺应其心"。水月掐着指头算过，今年正是己丑年，光明不光明的尚有一说。这"顺应其心"，是指他会顺应我的心，还是要我去顺应他的心呢？水月原本知道，男人属阳，阳属乾；女人属阴，阴属坤，这"乾坤颠覆"不就乱套了么，只有移船就岸，哪有移岸就船的理儿呢？水月一时心里发狠：即便是要"颠覆"，也不能便宜了你！本待放出本事，让那人天天往这儿跑，回头一想，那我不是把他当成木偶、当成纸人儿了么——女儿家到底善良，心里终属不忍。

其实，水飘儿并不知道山二叔此番托他送鸭子的本意，见了水月，他一任讨好卖乖，信口雌黄，弄巧反拙地竟差点儿把事情整拐(错)了——水飘儿如此这般一番奉迎，恰如百爪挠心，铮铮铮地拨动了水月的心思。水月反复掂量着水飘儿捎来的话，几经推敲，也就误解了山二哥，心头着恼，竟对山二哥生出一些莫来由的愤懑与怨恨……

水月却没有意识到，认真说起来，这事儿也挺滑稽的。水飘儿叫那人山二叔，她叫那人山二哥，而水飘儿却口口声声叫她姐姐，这不是已经乱套了吗？

# 15 回家

山二哥在“默然酒家”取第一只鸭子的时候，只想到回家。然后很快想到了水月，他请水月出来水月是帮了忙的，理该酬谢人家。况且水月是个单身女子，居家度日总有许多不便，于是叫水飘儿代劳，给水月送了一只烧腊鸭子。

不一会儿，水飘儿从水月家里转来，先在山二叔门口探一探头，然后招招手，把山二叔叫到门外，神神秘秘地报告，说我见到水月姐姐了，水月姐姐还给我揣了两口袋儿核桃。山二哥问，她没说什么吧，水飘儿忙说没有没有，噢，水月姐姐叫你到她那儿去，说她有事找你哩。山二哥问，那是什么事呢，水飘儿说水月姐姐没说，你去了就会知道了。山二哥说好，我知道了。心里也没想到其他的事，就叫水飘儿，那你先回去吧。

如今山二哥进屋的时候，总要先瞄一眼门上的吞口儿，然后再看一眼过往的路人。山二哥眼里的吞口儿，现在已有了新的身份、新的定义。它是老弯送给我的，负有特殊的使命呢。山二哥在这样想的时候，再看吞口儿就觉得心里非常舒服，他确信这只吞口儿是只瑞兽，一定会给自己、给半边街带来祥瑞和光明。

山二哥进了屋，要先去吊脚楼上眺望，一眼看到野码头外面已多出来一条洋船(轮船)。就想龚大哥说的果然没错，这儿当真靠泊了一条洋船呢。但野码头滩急水浅，它是怎么靠过来的呢？山二哥仔细观察，发现这条船应该是一条空船，吃水线却不该这样深。那么这洋船是在这儿触礁搁浅，底舱也进了些水吧？突然山二哥明白过来，他猜洋船上的人，大概也学了明生的办法，是有意把船晾在这儿的。再看港湾，木船靠泊了一大片，桅杆林立，人影活动，却没有往日繁忙的生意。山二哥感觉到有一股看不见的线，把客码头、布码头、粮码头、油码头、沙湾码头、野码头都串联在一起了。整个港湾就像成形的阵法，船舶布局有张有弛，一旦有事，定会首尾照应，形成不可抗拒的合力……

山二哥到底心里有事，他在外面一听秀秀摔了跤，便毫无来由地感到着慌。一脚踏进“山公馆”，他没有听到秀秀“回来了”那声问候。他从吊脚楼上转过身来，想起了摆在桌上的那只鸭子，叫了声“老姐子”，秀秀的婆婆应了一声，他把烧腊鸭子从石板水缸上的方洞递过去，“老姐子”接了只说一声“又破费”。山二哥隔着板壁见秀秀在家，挺关心地问：“秀秀，听说你摔了一跤，要不要紧呢？”秀秀没吱声，却有极压抑的抽泣。山二哥就有些急：“水飘儿说只是破了点皮，到底怎样了，还能不能走呢？要不要去请医生？”秀秀在那边小声道：“没啥。”就听到她的走动声。山二哥虽然放了心，却仍是疑惑，是刚才没听真，或真的是秀秀在哭呢？

山二哥混喊隔壁的“老姐子”“老哥子”已有好多年了。待秀秀过门，公公已经谢世，但仍听山二哥把她公公老哥子老哥子地挂在嘴上。秀秀说，我婆婆大你二十岁。公公大你三十岁，你如何能哥呀姐地称呼呢。山二哥说，幺房出老辈子哩，我和他们一辈。秀秀说，我们两家非亲非故，扯什么幺房不幺房的。山二哥说，那不管，你只随你男人喊我山二叔。她男人只比山二哥小七八岁，不知怎的从小稀里糊涂就叫了他山二叔。长大后叫得少了，待娶了秀秀，男人就对秀秀说，你快为我生个儿子，我们就随儿子叫他山二叔。但秀秀还没养出儿子，丈夫先没了。秀秀

始终没有叫他山二叔，也不叫他山二哥，要说话有时叫“你”，有时什么也不叫，但她实在没法阻止他叫婆婆“老姐子”。

“老姐子，你今天出去走人户儿，是会相好的么？”山二哥想跟秀秀的婆婆开开玩笑。

“该死，我都这把年纪了，你还说这种浑话！”秀秀婆婆在那边责备。

“说句笑话，开开心么。你一天到晚大门不出二门不迈，也是该出去走动走动了。”

“不行，一走动便累，便喘，是个废物了。”听那声音，“老姐子”是躺到床上去了。

秀秀一直没吭声。山二哥以为她受了委屈，还在怄何宝子的气，想劝她算了，何宝子是个愚人，是不能跟他计较的。却听到倒水的声音，振衣的声音，就说：“秀秀，以后洗衣服你就在家里洗好了。”



秀秀只说：“溪里水宽。”她想，守着安家溪，哪有在家洗衣服的。

山二哥说：“井里有的是水，包你用。”说着探头向缸里看了一眼，分明还有大半缸水，却找出一担水桶出门挑水。

秀秀追到门口说句“缸里水还多呢”，山二哥好像没有听见。

离家百步有口四方井。一棵黄桷树浓荫匝地，长年荫着这井。树的气根，粗胳膊大腿地搂着护着这口井。水井三尺见方，青石框沙质底十分洁净。井水冬暖夏凉甘甜清纯，知道这井的人都说，半边街的人生得灵灵秀秀全凭这口好井。山二哥每天早起健身，必挑几担好水。有时扁担也不要，就用手提，权当练功。直练得臂膀上、胸脯上腱子怒凸，竟添了一身男子汉的阳刚和健美。山二哥身上有肉，脸上却稍显瘦削。两颊各一道小凹槽，恰似一对酒窝，加上性格开朗豁达，正好配一副笑模样。秀秀的婆婆常常叹息，山二哥就不知道有愁事，天塌下来，还是一脸的笑。可我家秀秀枉自有个好模样，秀秀气气的，却很少见她笑过。看起来，凡事都不能强求的。

山二哥一连挑了两担水，缸满了，人还没转过身，秀秀已端了盆热水进来，“先擦把汗吧。”说着帮他捡了扁担和水桶。山二哥叹一声：“秀秀你，唉……”

山二哥的门反正开着，秀秀进出方便，早晨为他端洗脸水，晚上为他打洗脚水。山二哥居室虽然简陋，却一样需要收拾，每日上午山二哥出门后，秀秀便过来打扫清理，该缝的收过去缝，该洗的收过去洗，然后把缝补浆洗好的衣物叠好，放到山二哥清楚的地方。山二哥明白，他享受的待遇早超过一个搭伙人的限度了，于是过意不去，心里便处处顾着护着这个家。因单身汉无牵无挂，挣的钱除了交朋结友，就变了油盐柴米全往秀秀家里搬。秀秀一家见山二哥义气，心存感激，也索性像自家人一般待他。

山二哥在秀秀家搭伙已有多年了。那时秀秀还没过门，山二哥有一餐无一餐地整饭，一生火满屋子浓烟，“就像熏野猫子似的”。秀秀婆婆就说，一锅费柴二锅费米，山二哥你就在我家搭伙吧，我家每顿多打半碗米，不就省了你许多麻烦。山二哥说这办法最好，从此就在秀秀家搭伙。简便时，那边盛了饭菜，就将碗碟从石缸上的方洞递过来；若有几样好菜，便尽数端到山二哥桌上，两家人围坐一起，有说有笑饮酒进餐。左邻右舍有了好吃的，也要给山二哥端一碗，并且知道他在秀秀家搭伙，端过来的都是大碗。陌生客人见这两家人这边进那边出的，都猜他们原是亲戚，既是亲戚自然也就不分彼此。奇怪的是，秀秀的男人鼎罐，即便是做了死鬼，也要把这一点证明给众人看——

秀秀的男人，是落水后第三天在聚鱼沱浮起来的。浮起来以后仍把头埋在水里，随波逐流还在颠一颠的。据推红船（救生船）的王老爹讲，这死鬼大约还有什么心事没了，他只在沱里打转，就是不肯流出去。要是流出去就进了巴阳峡，然后进夔门、出巫山峡，就再也见不到家里人了。山二哥得到消息以后，从半边街第一个赶到聚鱼沱。当时江边已围了不少的人，山二哥排开众人，一眼认出秀秀男人那张惨白的脸。死人嘴角歪斜，眼睛微睁，就像要挣脱什么，又像在告诫什么。山二哥叫了他一声，禁不住泪涌。秀秀男人那鼻腔嘴角就一股一股往外呛血水。旁边人看在眼里，不免私下议论，说有人还不信，大家都看到起的，死人摆在这儿根本没动，可一见到亲人就呛血，这一位大概是他的哥子吧。不一会儿秀秀、秀秀的婆婆都赶到江边，一场呼天抢地的哭喊，哭得活人心尖子打颤，哭得死鬼又呛了许多血。王老爹神色怆然，说：兄弟，你总算又见到了你的亲人，有什么事情没办，有什么心愿未了，想必你也交代清楚了……

后来，秀秀的婆婆大病一场，病中她把山二哥叫到床边，说，山二哥，我儿子走时是认了你这门亲的。他，他不放心一老一少两个妇人家，他把我们两娘母都托付给你了……山二哥诚恳地说，你放心，有我青山在，你们就受不了欺，短不了用。从今往后，我就当你是亲婶，秀秀……回头见秀秀已哭成泪人，便再也说不下去。

从此，山二哥待秀秀婆媳愈发尽心，在感情上他已经把秀秀的家，当成了自己的家，把秀秀两娘母也都当成了自己的亲人。只是习惯了叫秀秀的婆婆“老姐子”，秀秀虽然也曾纠正过他，但山二哥一时并没有改口。

如今，好日子已经看得见了，秀秀和秀秀的婆婆，都对好日子怀了美好的憧憬。谁知节外生枝，一点儿很小的变故，即彻底毁了她们心头的宁静……

## 16 明生

当水飘儿回到野码头的时候，河下沙滩已经热闹起来。明生雇请的工人，一下子来了二三十位。来的人归掌墨师安排，都在露天沙坝劳作。有的四人一组。吭哧吭哧地在抬木头；有的搭起木马，呼啦呼啦扯开了大锯；有的则围着木船，乒乒乓乓抡起了斧凿。明生这船充其量算个中修，也就是一般的挖挖补补，自然没有造船那种排场。若是造同样大一条船，还得掌墨放样，龙骨龙筋生扯拢，工匠要请好几十人，方材板料一大坝，那场面也就壮观得多。

据老辈人讲，川江造船曾有过一个火爆爆的时期。光绪末年，造木船的船厂比比皆是，仅万县一地就有十好几家，工匠好几百人，一年总要修造三四百条木船。后来，屡经战乱，也就败下来。轮到快要解放的时候，木船修造业已很不景气了。

当然了，木船修造业的大起大落与木船航运的兴衰，是有着密切联系的。

说到川江的木船运输，从远古第一艘独木舟的渔猎航行，到 19 世纪末木船航运的鼎盛时期，其间已历经了漫长的五六千年。后来船型日趋先进合理，川江水运也出现了空前的繁忙，木船运输的发展走到了巅峰，也走到了尽头。从 1898 年英轮首次闯进川江，随后美、日、德、法、意各列强兵舰商船一轰而入，国内民生、招商、三北、强华等多家轮船公司也在川江迅速发展轮船，从此结束了木船运输一统川江的历史，与此同时，20 世纪

初至抗战前期,川境军阀混战,战祸此起彼伏连绵不绝,遂将木船运输的发展逼上了绝路。待抗日战争爆发后,因民国政府西迁,川江运输紧迫,木船运输及木船修造又得到了一定程度的恢复和发展。那时候港口南北两岸,桡橹成阵,樯桅如林,再现过一个水运蓬勃发展的假象。待抗战胜利后,民国政府又忙着张罗内战,强拉丁夫,掳掠船厂,抢劫木船。加上在滩险密布的川江航道上竞争,木船运输万难与轮船运输抗衡。于是,木船运输以及木船修造,也就在川江现了颓势。

明生老家在云阳,父亲留下一条木船,一直经营着云安镇到万县城的盐巴运输。后来成立万县木船公会,明生见万县船帮势力大,即举家迁到万县。如今解放战争进展迅猛,不到半年蒋介石就丢了上海、南京、武汉,前几天又说丢了宜昌,巫山以下木船已不能通航。眼看生意不好,加上到处是国民党的残兵败将,搞不好就被抓了差,到时候不仅性命堪忧,木船也很难得到保全。明生就把自己的苦衷全给山二哥说了。山二哥脑子来得快,又好帮忙,就给明生出了主意,叫他把木船拖上岸,趁机做个中修或者大修。你把木船先凿几个眼眼出来,他还再来抓你的差么?再说,我们组织起一帮兄弟,只要大家齐心,三五个七个八个的,前来勒索或找你麻烦,我们也应付得过来。明生即采纳了山二哥的意见,决定召集一帮兄弟修船。

这日正式开工,王掌墨只瞄一眼,见柏料杉料青冈料、桐油竹绒生石灰摆了一大坝,就说:“船老板儿,你这船就算是见烂挖补,全船捻缝,也用不完这么多材料。知道的,会说是老板儿出手阔气大方。不知道的,还说是掌墨师不会估料呢!”

明生说:“掌墨师傅,没有人会说你,俗话说‘宽比窄用’么。不过,我也在想,如果周转得过来,我还可以打条木划子呢……”

王掌墨开玩笑说:“你是看到这几天的木材便宜,想多买一些,留下来盖新房娶新媳妇是不?”

明生说:“这年头娶什么媳妇啊!我在衣兜儿里搓麻将,都抹不开了,还操那份心……”说的时候脸上还挂着笑。可王掌墨见那笑是浮在面上的,面子下边似乎还有一层灰心和失意。这也难怪,目前船户处境艰难,他们首先考虑的,自然是如何保住木船和如何渡过眼前的困境。

然而王掌墨却想偏了。他看出了明生的灰心失意,却没有猜到那灰心失意的根由。其实谁也不是明生肚里的蛔虫,谁又能看出挂在他心尖子上的那点儿事呢?

明生和秀秀是姨表亲关系,秀秀的妈是明生的亲幺姨。明生常想,幺姨一定是个喜怒无常不近情理的女人。小时候,幺姨好像也并不是不喜欢他,私下还搂着他,亲他,给他买樱桃、柿饼、糖罗汉儿。但她就是见不得他和秀秀在一起,一见他俩在一起就像见了鬼似的。还在系裹肚儿穿开裆裤的时候,有一次他跟秀秀坐在地上,正噘着小嘴儿你亲我一口我亲你一口。幺姨突然夜叉似的扑过来,扬手给秀秀一巴掌,一爪抓了秀秀就走。明生妈在后面喊,要死啊,你把丫头的手扯断了!幺姨根本不管。明生似乎至今还记得秀秀那哭。

两家都住在云阳汤溪河口,隔得并不远,小孩儿毕竟不懂事,一有机会又要到一堆了。有一次他们正在过家家儿,秀秀搂着个小枕头在“诳娃娃”,明生用线牵着纸折的篷船在木盆里打转儿,正学大人的派头吼一声“啊嗬嗬露尾罗(船过险滩已上滩口叫露尾)”,幺姨倏地冒出来,不仅扔了枕头打了秀秀,还指着明生臭骂一顿,小杂种,你敢再找秀秀玩这种下流把戏,我打断你的腿!明生当时瞪一对不屈服的眼睛,小嘴动一动的,却只在心里喊,我长大了要娶秀秀,我偏要娶秀秀!可后来他和秀秀见

面就少了。稍大一些，秀秀像是接受了幺姨的教化，似乎有意无意地也在回避他。

明生记得，幺姨爹死得早，幺姨一直带着秀秀孀居在家。若是爹行船在外，幺姨有时还过来走走；若是爹行船回来，她断不肯同爹照面往来。明生爹怜她孤儿寡母日子难过，好歹说服了明生妈请人过去说媒，要姨妹儿嫁给自己做二房。不料被幺姨妹儿骂个狗血喷头，说，我们就这样下贱？我们有多少姊妹他就得多少婆娘？天下男人又没有死绝！我非要嫁人也决不嫁他，叫他少做他娘的美梦！后来明生还暗为这事儿高兴，幸好两家没有合成一家。这时，秀秀已出落成远近闻名的大美人儿，明生暗地里发誓一定要娶秀秀。

明生不知道幺姨为什么讨厌在河里驾船的。幺姨说，说尽道绝戏班子，做尽做绝桡夫子，戏子桡夫子没有一个好的。既然幺姨不喜欢“桡夫子”，明生就下决心，走最后几趟生意，挣点本钱回来，开个字号或做点其他体面的事，然后再托人去幺姨家说亲。在当时，无论姑表或姨表兄妹联姻，都比较普遍，是亲上加亲的好事。但偏遇一场战祸，川江兵荒马乱，经营航运谈何容易。明生找了几位贴心的兄弟，都是为了生计舍得下力舍得冒险的穷哥们儿。大家千辛万苦走了两趟万县、重庆，又“薛仁贵征东”一般闯了一趟汉口，算是阴差阳错九死一生，钱没挣回来倒是捡了条命回来。回来却听说秀秀已嫁到万县去了。明生无异大白天听个炸雷，当时只觉山也融了地也陷了，手脚发木全身冰凉，当着众人的面，任凭泪水串珠般滴落。至此，明生妈才知道儿子一直苦恋着表妹，可事情已经无法挽回。明生一躺半年。这期间幺姨也过来看过他，除了听姐姐埋怨，陪侄儿落泪，她就一句话：这不可能的，注定了的，这是命！

明生对幺姨心存怨恨，稍后，听说万县成立木船公会，他就乘机搬家离了云阳城。事隔不久，突然得到秀秀男人意外死亡的消息，明生亦悲亦喜，以为这真是命里注定了的，心里复燃起娶表妹的希望。秀秀办过丈夫的后事，回了一趟娘家，明生在船上有意试探，无奈秀秀冷若冰霜，明明白白在脸上写了不愿意。明生相当失望，始终不明白自己为何讨不到秀秀的欢心。忽一日水飘儿拿一双鞋来，说是秀秀专为他做的。他喜出望外，还以为这是表妹抛给他的红绣[illegible]程去半边街拜访，谁知秀秀连门都不让他进，[illegible]作聪明玩的小把戏。三十天去团年，眼看[illegible]哥处得那等融洽那等亲密，心里如同打翻了[illegible]上嚼的什么饮食，回来再提不起精神。思来想去倒是为表妹着想，山二哥也算个重义气有胆识的人物，这辈子归了他，也算没有辱没她。明生从此把诸事看淡许多，便是水上这份事业，也心灰灰的，待要忘了秀秀，却不是一件容易办到的事。

明生还在想自己的心事，却听把杆那边有人嚷起来，走过去一看，见把杆上不知几时贴了张标语。标语有一把掌宽，两尺长，上面写着：

码头工人团结起来，积极开展护船护港斗争！

这不是共产党的标语么？明生不由心里紧张，忙伸手把标语揭了下来。王掌墨在旁边说："你揭它干什么，又不是我们贴的！"明生说："我们看到了就行了，揭下来，免得惹祸……"王掌默不以为然，说："怕个屁，听说杨家街口、万安桥上，钟鼓楼那边，到处都贴得有呢！"

说起修船，原是避灾躲祸的上佳选择，聚拢来的兄弟伙，又全是山二哥配备的脚脚爪爪，明生没有什么不放心的。但明生

清楚，这几天若万一遇到什么变故，自己绝没有山二哥那份胆略和魄力。因此就盼山二哥下河，有山二哥在身边，自己就有了主心骨，就会少操不少的心。

这天山二哥从半边街下河，已经是午后了。明生见他就一个人，他不问山二哥却问水飘儿："你请人下来做饭是怎么说的？"山二哥接过去说一句："秀秀过一会儿来。"

这时候，洋船上的船长从木划子上下来。众人就议论，这下玩安逸了，洋船开到野码头来放起，一时半会儿动不了，只有靠木划子递漂了。

这位船长是万县码头出去的人，姓皮，大家都叫他皮船长。还隔老远，王掌墨就在笑话他："皮船长，万县有这么多好码头你不靠，却把洋船擂(抵)到野码头来搁起！"

明生也指着洋船问皮船长："这，你这是怎么回事呢？"



皮船长边走边说："唉，别提了。一早打滩，见一条过河船横起来了，急着避让，舵工的舵拿得扣(扳过了头)，船一杵，就在这儿搁浅了。"

王掌掌说："从古至今，我还没有看到过野码头靠洋船的，你皮船长这回可做出榜样了！"

明生也担心说："你这一搁浅，只怕两三个月再也动不了了。"

皮船长说："谁说不是呢？刚刚搁起，机舱的徐老鬼就报告说，底舱已经进水了，还得修理呢——不过也好，搁起就搁起，免得扑爬跟斗儿地往重庆跑，还不晓得会落个什么下场呢……"

山二哥只上上下下地打量他："看样子，你是要去出席议员大会呢，今天显得挺精神的！"

皮船长敷衍说："呵呵，我上去有点儿正事要办呢！"

山二哥心里在默，你们唱的这出戏，还当别人都懂不起呢。嘴里却没有说破，只应酬说：“你们索性把洋船拖上岸来算了，好跟明生做个伴儿么。”

皮船长一路过来，偏起头看一阵，见明生摆开架势一副干大事业的样子，不觉一笑，说：“明生，你还捣鼓这破玩意儿干什么？等过了这阵子，你干脆跟我上洋船得了！”

明生摆摆手说：“算了，我们木船跟洋船是结过梁子（仇）的，大家互不搭界，我也玩不动你那洋玩意儿。”

山二哥见皮船长把船搁起了却并不着急，反而穿得衣正儿时正儿的（体体面面的样子），也不知上岸有何要事。本想跟他聊几句的，却不知道这个人的深浅，就见他大模大样地顺着半边街上去了。

山二哥在工地上清点了一下人，见掌墨师已经安排好了，大家按部就班都摸到活路在做。码头一有动静，大家得见机行事，好些话山二哥是分头跟人说的，众人心照不宣，他心里也就踏实许多。却惦记着水飘儿带来的口信，说水月有事要找我。到底是什么事呢？每想到水月，山二哥就有点儿犯难。但她既然带了口信来，就得前去打个照面，不然就有些失礼了。突然，山二哥想起老弯留下来的话，轮船若靠野码头，你们得互相照应，那么，皮船长走半边街，会不会是去找我接头的呢？还想皮船长自然认识我，刚才却没有跟我递点子（使眼色），一定是考虑到接头有接头的规矩。这样一想，山二哥在野码头就再也待不住了。

**万州老照片(之四)万安桥西侧闹市。**往右拐即二马路,远处亭廓是当时的北山公园。

# 第五章

裴神仙也不信邪，掐着指头又算一遍，说那好，我且搁句话在这儿：三天之内，你必有大灾。纵然不死，也得落个残疾！

## 17 厨师



上了半边街，山二哥见皮船长在前面晃晃悠悠地走，却没有去“山公馆”找他的意思。那么，他究竟要干什么呢？山二哥索性盯住他，就见他先在“默然酒家”探一探头，然后就进了酒店。山二哥想，皮船长是讲得起排场的人物，今天他咋想起进半边街的小酒馆了？也不好跟进酒店，只装着从酒店门口过路。

山二哥往上走，得经过何保长那家店铺。想起前几天“捉鬼”，毛铁匠逮到人家舅爷就是几碇子，山二哥生怕把熊老头儿给打坏了，总觉得有些对不住人。这店铺原本是熊老头儿在住，一早起来听人说，就为何宝子吃鱼的事，宝子妈把熊老头儿骂得狗血淋头，硬说是他安起心在整她的宝子，生生把个熊运松给撵走了。如今这店铺连门也没锁，是不是另外安排了人呢？正自寻思，猛听“轰隆”一声，屋里像是倒了神龛或撬翻了箱柜，那响动竟把山二哥吓了一跳。

屋里有人在说："这下安逸了，你把柜子撬翻了，还得给他搬还原。"另一个说："师傅，我算尽力了，再也找不到了。""师傅"说："找不到就别找了，你以为是叫你逮灶鸡儿(蟋蟀)呢。"另一个说："那，那我们怎么办？""师傅"说："人不见了，那么大个东西也不见了，你说这事儿是不是很奇怪呢？"另一个说："我看，这里恐怕不能待了，我们先得挪个窝呢。"那"师傅"就说："挪什么挪，回头我去找何保长，看他怎么安排吧。"

山二哥听到里面的人好像认识何熊，正准备要走，却听里面哼哼地唱起来："一更里呀月照窗，手把窗眼脚蹬墙……"唱了两句就不唱了，另一个声音说："亏你娃唱得出来，还'手把窗眼脚蹬墙'呢！你给我小心点，可别忘了自己的身份！"那唱的说："我的身份是徒弟，徒弟都听师傅的——噢师傅，我告诉你一件事。"师傅问："什么事啊？"那人就说："早上我出去打听熊老头儿的事，却在码头上遇到一个女子，说是'默然酒家'的老板娘呢，模样还可以……"



山二哥听到像是说的点水雀儿，眼睛眨一眨，也就留意了。

徒弟说："那女子主动跟我搭话，说一听声音，就知道我是从成都来的。我就承认我是从成都来的。我说我师傅是"天府酒楼"的大厨师，路过这里，何熊何保长留我们做事哩。她说那好呀，我得向成都大厨师学学手艺。我说学手艺不难，你用什么谢我？她说这还不好说呀，我请你的客就是了。师傅，你没见这女人，见面熟，说话风骚得很，细皮嫩肉的很迷人呢。"师傅说："你娃正事不做，就想勾引女人！"徒弟说："我们在这儿人生地不熟的，总得有几个相好的呀。师傅，我想把这个女人搞到手你看怎么样？"师傅说："你狗日的莫涮坛子啊！做这种事，你有把握吗？"徒弟说："有把握有把握，是她自己送上门来的，她说她要来请我们。等她来了，我把门一开，不等她反应过来，就亲她一个嘴儿,先开开心再说,然后也让师傅‘抽个头儿(揩油儿)’。”师傅说:“先说清楚,你娃想啷个整?”徒弟说:“你先躲起来,等我亲过她的嘴儿,你就出来正言厉色地训斥我们,我就苦苦哀求,你就说,放过你们可以,得让你也亲个嘴儿。”师傅说:“那好吧,就当出门在外日子寂寞,让你临时添个节目。”

这二人自编自导只顾嘴里快活,却让山二哥在外面听得明明白白。山二哥差点笑出来,心想,这两个家伙起心不良,我来跟他俩涮个坛子(开个玩笑)。即轻轻在门上敲了两下,细起嗓子说:“有人在吗?”

“谁呀?”

“我。”山二哥仍装了女人声音说。

“哦,来了来了,我正在等你呢。”里面叽咕两句,大概是叫师傅先躲起来。徒弟只想成其好事,猛地开了门,把山二哥往里一拉,不分青红皂白就在他脸上啵啵地亲了两口。



山二哥惊叫起来:“吔,这儿还有王法吗!”一边在抹脸上的口水,却一把将那徒弟揪住。

“啊呀!错,错了……”徒弟发现认错了人,立即慌了神,“我,我……”无奈山二哥的手像铁钳一样,只死死地揪住他不放。

山二哥喝道:“还有一个呢?给我滚出来!”

另一个年纪大些,想是被吓坏了,抖抖地从门背后钻出来,说:“这这,这不关我的事哦……”

山二哥骂道:“你两个狗东西,大白天躲在屋子里,打条儿编方儿,想坏我们半边街的良家女子。好,我们扯到大街上去说,让大家评评理!”

徒弟急忙“咚”地一膝跪下来,磕头如捣蒜:“老师饶命,老师饶命……”

山二哥做出要办他俩的样子："走走，去大街上说！"

那师傅也急了，忙拉住山二哥说："去不得，去不得，有话就在这儿说。"

山二哥说："那，你们是想跟我私了？"

徒弟和师傅都答应："私了私了。"

山二哥说："好嘛，私了就私了。那你们是愿打，还是愿罚？"

"愿打怎么说，愿罚又怎么说？"

山二哥说："愿打，我先扯你两耳光，再踢你们几脚？"

师傅急说："不能打，不能打，好汉手下留情，你就罚吧。"

"罚嘛，念你们……"山二哥想一想说："虽是起了歹心，但坏事还没有做出来，这叫'犯罪未遂'。我也不想跟你们废话了，走，你俩先跟我到'默然酒家'去，当着大家说清楚。"

二人一听还要扯他们去"默然酒家"，一时又慌了。"去不得，去不得！""去了挨得更惨！"

山二哥笑起来："呵呵，你俩也就这点儿胆子？我是说，去'默然酒家'把你们做厨师的手艺，都倒点儿出来！"

徒弟一听，半信半疑地："这，这……"

山二哥说："这什么这？点几个菜，我请客，你付账！"

徒弟心有余悸："好，好嘛。老师，你莫整我们喏……"

山二哥说："怕整，你们就老实点儿，从此莫起这种尻子心！"

二人忙说："不敢了，不敢了。"

山二哥就说："那你们就乖乖儿地跟我走！"

二人无奈，只好认了。极不情愿地跟在山二哥后面，顺着半边街下来进了"默然酒家"。

山二哥进了酒店，就喊："点水雀儿，上几个菜，我帮你请了两位师傅！"

点水雀儿一见，立即乐了："哟，神了！山二哥，你是跟小神子学的么，咋知道我要请成都的老师呢？"

山二哥说："这半边街上的事，能有我不知道的？我见有成都的大厨师过路，当然要请到这儿来传授点儿手艺。"

点水雀儿问："噢——你们是朋友，原来就认识？"

山二哥笑一笑说："刚认识不久。"

两位厨师也红着脸在一边附和："对，我们是朋友，我们是朋友……"

于是上了几个菜，还有一壶酒，周老默、点水雀儿还有伙房的厨子也围了过来。点水雀儿说："今天，我请客吧。"

那师傅到底老成一些，即说："不不，说好了的，今天是我们请山二哥。"他见山二哥为人爽快，已没有作弄他们的意思，也就放了心。

成都厨师望一眼山二哥，说："二哥，那，我就跟他们讲我的经了？"山二哥只点一点头。师傅又问徒弟："是你讲呢，还是我讲？"徒弟忙说："你讲你讲，师傅讲。"

成都厨师就说："也是今天遇缘儿，山二哥要我们来这儿传艺——我从哪儿说起呢——我们吃的是川菜，做的是川菜，若问川菜有哪些特点，还真够我们说上十天半月的。"接着当真谈起烹调手艺来，他正正经经地说："川江菜和成都菜都属于川菜体系，其中有个特点，就是麻和辣。你们熟悉的川江火锅和毛血旺儿，就是以麻辣见长的代表。但川菜并非只有麻辣，我们川菜强调一菜一格，百菜百味。就像成都小吃，既有麻婆豆腐和夫妻肺片，也有龙抄手、担担面、赖汤圆和叶儿粑一样，还有讲究清淡软烂、嫩滑酥脆以及香醇可口的菜品。比如我就爱做浓汁海鲜、清蒸大虾，还有闷罐牛肉。你们这里的鱼好，有一道江湖菜，叫酸菜鱼，就不讲究麻辣，而是以酸为主。还有船歌里唱的'脆

香元本是万县做，其名又叫落口酥'，我路过这里，看到几家小店做的落口酥，其实已经做走了样。你们知道落口酥的真正做法吗？"周老默和点水雀儿对望一眼，都摇了摇头。

周老默说："可能做来做去的，大家只图省事，结果都做走样了。"

成都师傅说："那好，我就来讲讲正宗的落口酥该怎么做。"

成都师傅讲，落口酥又叫脆香元或者舌香元。用的材料是猪肉、葱、姜、荸荠，先将猪肉、荸荠剁细，加葱花、姜米、盐巴、味精、胡椒面拌匀，灌进肠衣里，或者用面筋像裹春卷一样裹好，先蒸，后炸，然后切成铜板一样大的小块儿，裹以蛋清豆粉，再下锅，炸成黄酥酥的小饼，最后用葱、姜、醋、酱油、味精制一个味碟，吃起来香脆爽口，含在嘴里包你连舌头也酥了。

山二哥见成都厨师说得认真，心想这家伙虽不算正人君子，但也不是很坏，只是约束徒弟不严，出门在外，一时有些花心。本想回家叫秀秀也来听听，好跟他学些手艺，一想彼此到底陌生。突然想起皮船长进过"默然酒家"，就小声问侧边的点水雀儿："今天皮船长进你们酒店喝酒了？"点水雀儿"嗤"地一声笑出来，说："他在打水月的条儿(主意)呢！"山二哥忙问怎么回事。点水雀儿说："他想请我们做媒，说是想娶水月。"山二哥嘀咕一声："这个东西……"

成都师傅看了山二哥一眼，还以为是在说他，就有些坐不住了，说我们可不可以，直接去伙房做几个菜呢。周老默说这样最好。于是几个人都去了伙房，由年轻的徒弟动手，师傅在旁边指导。他又讲了川菜的选料、刀工、搭配和烹调。先炒了个凤尾腰花，又做了个酸辣鸡丁，最后还做了碗清汤鱼丸……

这一耽搁，花去不少时间。等山二哥从酒店出来，再去找水月，水月却没有在家。

## 18 皮船长

皮船长想娶水月，确实有点癞蛤蟆想吃天鹅肉。年纪大许多不说，关键是他已经有了不少老婆。那时开轮轮（洋船）属于高端技术，收入高，养得起老婆。加上常年走滩过槽在外漂泊，他在重庆、涪陵、万县、奉节、宜昌、汉口都安了家，这事儿众人都知道，只是不晓得他到底有多少个老婆。如今轮船已经去不了汉口和宜昌了，眼睁睁看着时局要变，听说往后要实行一夫一妻制，皮船长就感到很恼火。左思右想没了主意，突然想横了（下了狠心），决定把以前的老婆都给休了，就娶这里的水月。他把这意思跟酒店的周老默一说，点水雀儿就在旁边打破（反对）了："闯你妈的鬼哟！你以为你能开洋船，就了不起了？我告诉你，水月心性高傲得很，她瞧得起你吗？你莫异想天开尽做美梦，拿这种办不到的事情来为难我们！"

但皮船长不死心，他想，你们问都没问，怎么就知道她瞧不起我了？反正洋船就靠在外面，一时半会儿也动不了，既然你们不帮我的忙，难道我自己就不能去找她吗？也不管点水雀儿如何奚落他，他决定亲自告诉水月，他以前娶的老婆都不算数，他要把她们全给休了，重敲锣鼓另开张，只娶水月一个，他要过只有一个老婆的新生活。皮船长自我感觉挺好，还对点水雀儿说，就冲着你说的这些话，我也一定要把水月娶到手，竟离了酒店直接去水月家。

皮船长见到水月的时候，水月正开门出来。皮船长叫一声：

“水月。”样子看起来还挺激动。

水月只看他一眼，没有理他。

皮船长紧走几步，又说：“水月水月，我想跟你说几句话。”

水月拧起眉头，说：“你是谁？我不认识你！”

皮船长一愣，赶紧自我介绍：“我是皮船长啊，你不认识我？我的洋船就靠在外面的。”

水月回头说：“你的洋船跟我有什么关系？嘁，滑稽得很！”

皮船长说：“我有几句话想跟你说，噢，你是不是有事要忙？我能不能等你……”

水月说：“说什么说，我认不得你！”只冷冷地瞥他一眼，扭头便走。

皮船长见水月不理他，虽有些少兴，仍不肯罢休。他在心里默了默，贞洁女子还怕囚皮汉呢，我绝不能一碰钉子就打退堂鼓。



皮船长是知道外面“行情”的，解放军都打到巫山峡来了，只待政权一变，哪里还能有我那些乱七八糟的老婆呢？既然是一夫一妻，那我就要挑个最漂亮的。正好洋船在野码头搁起了，不然我还没有这个机会呢！他拿定主意，远远地跟在水月后面，看她究竟要去哪里。水月知道他还尾巴似的吊在后面，只当没看见，全然没拿他当一回事。

皮船长跟水月一直跟到慈云庵，见水月进了庙子，他就在外面等。据说每年二月初九、六月初九、九月初九都是观音菩萨的生日。每月逢九，香客进进出出也比平时多。这几天恐怕是听到政局要变，好些人心里不踏实，都来求菩萨指点迷津或者关照庇护。慈云庵竟然像是在开庙会，庙门口人进人出，除了有卖香烛火纸鞭炮的，还有占卜打卦算命人的小摊子。

皮船长先在庙门外等了一阵，不见水月出来，就进了庙子。

庙内香烟缭绕,木鱼声声。皮船长听到过水月父母早年的传闻,益发感到水月的高贵和神秘。他在佛堂里看到了那位德高望重的师太,正领着一班姑子及俗家弟子在呢喃颂经,偏起头看,却没有发现水月。退后几步,肘拐一碰,见是个功德箱,就随便往功德箱里塞了几个钱。然后又在天王殿、大雄宝殿、观音殿、藏经阁等处转了一圈儿,仍然没有看到水月的影子。他怕与水月擦身错过了,又赶紧往庙外走。走到庙门口,又回头往里面瞧,一不留神踩到一块石头,脚下一歪,一个踉跄蹿出去,差点掀翻了算命人的摊子。他不怪自己不小心,却怨别人的摊子挡了道:“咋个搞起的哟,一个摊子摆到路中间来了……”

算命人一边护住摊子,一边没好气地说:“晦气晦气!明明是你走岔了道,偏偏怪我的摊子挡路!”

算命人的摊子围个布幔,上面两排小字:占卜、问卦、抽签、算命。知过去未来;测吉凶祸福。下面三个大字:裴神仙。

这“裴神仙”仰起脑壳,在仔细打量皮船长,猛然吃了一惊,说:“先生,我看你面色不好,恐有大祸临头呢!”

皮船长也是个跑水陆码头的人物,知道江湖术士跟卖狗屁膏药的差不多,一惊一乍地无非是骗人钱财。他也斜着眼,把他那小摊儿推敲一番,心想,你娃相貌平平,也竟敢自称神仙呢。且不动声色,只对裴神仙说:“我抽支签吧。”裴神仙说:“可以可以。”皮船长当即拿过签筒,“哗啦哗啦哗啦哗啦”地猛摇,随即“啪”地飞出一支签来。他从地上捡起那支签,见上面写着:

白日依山尽,黄河入海流。慈云寺第三十六签。

皮船长想一想,不得要领,遂将那支签递给裴神仙。

裴神仙读了那支签,仰起脸来问道:“敢问先生尊姓大名,

在何处发财呢？”

皮船长具实回答：“我姓皮，叫皮日东，开洋船的领江，大家都叫我皮船长。”

裴神仙把皮船长又重新打量一番，心想，皮日东，皮船长，好，我正等着你呢！即摇一摇头说：“皮船长，你莫把我们跑江湖的，全看成了一蒙二吓三谎话的骗子。我裴神仙‘铁嘴’一张，说的话不晓得讨人喜欢，说出来却没有什么走展呢。”

皮船长见他装神弄鬼的，也就不客气了：“你有话就说，有屁就放。说得好，也就罢了；说得不对，莫怪我掀了你的摊子！”

裴神仙也不信邪，掐着指头又算一遍，说：“那好，我且搁句话在这儿：三天之内，你必有大灾。纵然不死，也得落个残疾！”

皮船长一听，立即恼了，上前一把扣住裴神仙的脖领子，举拳头要打，想一想，却又放下来，说：“你，你是在咒我？好嘛，老子先放你一马，你且说说这支签，如果说不出个‘子曰’，当心我把你的‘铁嘴’，揍成了歪嘴儿！”

裴神仙退后一步，理理衣领说：“行，我也不收你的钱了，算是免费指点一二。我告诉你：这支签，要是落在别人手里，或许是支上上签，但不幸被你抽中，也就变成下下签了。”

皮船长揣起手来，冷冷笑道：“哼，反正嘴巴两块皮，可以任你胡说。我要听你往下说——”

裴神仙并没有被吓住，只管讲：“那你听好了：签文是一句唐诗。‘白日依山尽’是说太阳已没有光泽了，是白的，就快要落山了。先生名叫皮日东，名号里有‘日’，正应了这‘白日’的‘日’。‘黄河入海流’是说河水向东流。你是开洋船的，得水流之利，打滩过槽如履平地，先生在事业上风光得很呢。可惜你今天走错了方向，这慈云庵分明坐落在西山，人称西山慈云庵，跟你运程方道相反。今天你趁早回船上去，或者可以躲过一劫。这

‘第三十六签’，扣‘三十六计，走为上计’，也暗示了你得走。另外，我观你方面大耳，多财多福，家里一定妻妾成群。但我看你来慈云庵，已逗留多时，心里定然装着一位花容月貌的女子。只可惜这位女子你看得见，却摸不着，好一似镜中之花、水中之月，你纵然苦苦相求，却偏偏与你无缘。到头来，只能是水流归大海，相思一场空！”

裴神仙一席话，头头是道，说得皮船长心里十五只吊桶打水，七上八下的没了主张。但他并不死心，强自争辩说：“你信口开河，满嘴胡言！你说第三十六签扣了‘走为上’，我偏说六六三十六，扣了‘六六大顺’，应该是心想事成，大吉大利！”

裴神仙嘴角漾一丝冷笑：“先生，那是你在做梦，心里尽想好事！”

皮船长也只管冷笑：“哼，你这种人，骗吃骗喝的我见得多了。你走到哪儿骗到哪儿，着你‘道儿’的，全是傻子、哈子、瓜娃子！我说得一点儿不错吧？”皮船长想，这年头虽属多事之秋，我的船已搁在野码头了，一时并无大碍，这两天谁又能把我开船的怎么样呢？

裴神仙往旁边一让，两手一摊，对在场的人说：“各位各位，大家都是看到起的，今天我既没有骗他的吃，也没有骗他的喝。”他又对皮船长说，“在下姓裴，敢自号‘裴神仙’不是没有神通的。我实话跟你说，有些事我不便说透，泄露太多，我会瞎了眼睛。”

皮船长恼怒道：“那好，我俩打个赌如何？三天以后我如果没有事，你该怎么说？”

裴神仙说：“打赌也行。不过我仍然奉劝你一句，你马上走，说不定还没事儿。挨过申时，三天后你如果还能见到我，算我输。”

“不对，三天后你肯定不会来慈云庵了。”

“那三天后我去杨家街口等你！”

“我的船是靠在野码头的。”

“好说，那我去野码头等你！”

“行，那你输了该咋说？”

“我跟你磕头，挂红，放鞭炮，你还可以砸我的摊子。”

“好，格老子的，一言为定！”

“一言为定！”

“拍掌？”

“拍掌！”

二人举起巴掌，“啪！”“啪！”“啪！”当着众人对击了三掌。



## 19 卜事

这位“裴神仙”原系江湖术士，跟普通算命的其实没有太大的区别。不同的是他深谙术数“原理”，“断事不可泥，变通方是道”。除了能背一套一套的口诀，他还有一副好“钢口”，说出来的话，一口咬定“没有走展”。万一说出来的话跟事实不符，或者大相径庭怎么办？这也难不住他，他能巧舌如簧，随便作出一些解释。就像跟皮船长打赌，他说皮船长三天内必有大灾，不死，也得落下残疾，到时候皮船长全须全尾地来找到他，他必有一套应对的办法。最不济的是拉了他去见官，他会说我姓裴，裴同非，非神仙就是说我不是神仙，是为了穿衣吃饭才出来混码头的。何况几天前他曾见过皮船长的老婆，皮船长的老婆对他是有过重托的。

那天，裴神仙刚在野码头上坐下来，就有妇女要来掀他的摊子。说是一天前他为这位妇人占过一课，说她得逢贵人，最近不发大财也要发点儿小财。那妇人别无生财之道，回去把一口肥猪卖了，竟得到一块银元。临近解放，货币一再贬值，金元券银元券都不值钱，唯有银元还算值钱。她得了一块银元就像发了大财，欢天喜地地把钱拿回去交给男人，男人却认出那块银元是假的。男人想是气疯了，抓住女人就像捶猪样一顿好打，女人挨打受气想不通，就来找裴神仙拼命。一边要掀摊子，一边自然是不让掀，两边拉拉扯扯叫骂撕打正不可开交，遇到山二哥和明生正好从这里过路。

山二哥挤上前去，连问怎么回事怎么回事。男人就把事情的前因后果说了一遍，越说越生气，又使拳头又用脚踢，扑过去还要整他的女人。山二哥忙把他架开，臂膀上还替那女人挨了两拳。山二哥喝住他，说你这人好不晓事，哪能这样打自己的女人！她卖猪的时候，你为什么不跟她一道？上了当，就只晓得拿女人出气！那女人披头散发的，说我不活了我不活了，我要去跳河！明生忙把她拦下来，见她满面泪痕，脸上青一道紫一道怪可怜的，就说，你那银元在哪里，是不是你们看错了。那女人就摸出那块假银元，明生接过来，悄悄从兜儿里换了块真的给她。说，不对呀，你这块银元是真的呀，怎么说是假的呢？她男人半信半疑地接过去，先看了看，再用牙咬一咬，然后吹口气将那枚银元放在耳边听，银元当真是真的。男人知道是怎么回事了，就向明生作个揖，说有劳大哥费心了，既然银元是真的，我也就不该打自己的女人了。说着拖了女人便走，一边走还一边说，你也当真是遇到贵人了。那女的仍没有明白过来，还在抽抽搭搭地说，我说嘛，这银元啷个是假的呢……

山二哥和明生见那对夫妻走远，就对算命的说，这回你整

安逸了，差点让你闹出了人命！这位“裴神仙”原是眼观六路耳听八方、最能见机行事的人物，刚才的变故他已洞若观火，脸上虽还挂着狼狈，却扯蓬转舵说，惭愧惭愧，不过在下说她会得遇贵人，还是说对了的。明生说，说什么贵人呢，我兜儿里正好有块银元罢了。裴神仙说，只要运程对了，你就是她的贵人。话说回来，也难得你有这样的善心！

明生从兜儿里摸出那枚“银元”，说这假钱害人，如果落在穷人手里，还真能要了人家的命。说罢划个漂漂儿，一扬手把那枚假币远远扔到河里。

山二哥对裴神仙说，你们算命的，也都是这样蒙人的吧？

裴神仙即正色说：“大哥，你要这样说可就不对了。搞我们这行也是有书的，《周易·系辞》云：‘《易》之为书也，广为悉备，有天道焉，有地道焉，有人道焉’，自古以来就讲天人合一，天地人同构。天、地、人三才可相互感应。所谓‘指节可以观天，掌文可以察地’是也。《吕氏春秋·大乐》上说：‘万物所出，造于太一，化于阴阳。’‘在天成象，在地成形，变化见矣。是故阴阳相摩，八卦相荡，鼓之以雷霆，润之以风雨，日月运行，一寒一暑’，莫不对立统一也。再说《周易》占卜，以阴阳二爻组成六十四卦，可以经天纬地，解释世间万事万物，只是在下才疏学浅，略知皮毛，未必吃得透罢了。”

明生见他说得头头是道，不觉心动，说：“那你为我占上一课如何？”

裴神仙立即说：“行。你是相面，算八字，或者是算卦呢？”

山二哥在旁边插嘴说：“打卦、算命、相面，你那里现成，都套是套的，我们听了也似懂非懂，不如你把你那布袋儿拿过来，让他抽个‘彩头儿’，看看有个什么讲究。”

裴神仙说：“好。这抽彩头儿跟抽签是一个道理，要的是心诚则灵。这位大哥如果嫌我说话啰嗦，抽彩头儿就最省事了。”

明生当真从裴神仙手里接过一个小布袋，先在心里默一默，然后从布袋里摸出一根两寸长的纸棍，打开卷成小棍儿的纸条一看，上面写着“亲上加亲”四个字。明生脸上一热，即将纸条递给裴神仙。

裴神仙瞄了明生一眼，笑了笑说：“这位大哥的心事并未与人说破，我也不必点破。但我在想，你大概默的是自己的终身大事，这‘亲上加亲’，自然是天大的好事了。”

山二哥心想，见鬼了，我就知道明生心里装着两件事，一件是默着如何避祸如何保住木船，另一件就是想跟表妹“亲上加亲”的婚事。可咋这样凑巧呢？于是冒一句：“你那袋子里，是不是只有一个‘亲上加亲’啰？”

裴神仙笑起来：“那你怀疑我满口袋都是‘亲上加亲’么？这样，你自己来，我让你随便抓一把，看看还有没有一个‘亲上加亲’。”

明生见裴神仙说破了自己的心事，一是高兴，二是不好意思，即说：“算了算了，你那一口袋的纸棍儿，哪里还会有两根相同的呢。”

山二哥却纳闷了，心想一布袋的纸棍儿，就这么独一根，偏又让他给抽到了。单凭这巧劲儿，就很耐人琢磨了——莫非真有所谓“天意”？

这时皮船长的老婆坐一乘滑竿过路，看到裴神仙正在给人算命，就喊滑竿停下来。皮船长是从本码头出去的人物，他的老婆叫丹凤，丹凤应该是他的原配夫人，或者该叫大老婆才对。但皮船长一是因为工作关系，常年很少落屋；二是他的老婆太多了，他也应付不过来，因此丹凤老是落得形只影单的。这天丹凤下河来打听洋船的消息，有的说洋船在宜昌已回不了川了，有

的说皮船长的船正在往重庆赶，她心里发毛（发虚）没有个底，听说码头上有个算命的很神，就坐了滑竿来找裴神仙，果然在野码头找到了算命的人。

丹凤人到中年，也还生得富富态态的。她下了滑竿，见山二哥和明生在场，原是认得的，便打招呼："哟，你们也在这儿算命？"

山二哥说："我们是路过这里，顺便看看。你是出来接皮船长的？"

丹凤不无失意地说："也不知道他的船这阵在哪儿，问也问不到个准确的消息——噢，我听说这裴神仙神得很呢，我早就想请他给算张八字了。"

裴神仙见有生意上门，即趁机卖弄起来，说："要说我神得很，那不敢当。但这两位大哥既未动步，也听我裴神仙解释几句。我们跑码头的，并非都是不学无术之辈。今天我得说个所以然出来，不然，你们会说我只晓得蒙人、欺人。这算命第一步，要立四柱，什么叫立四柱呢？就是你的出生年、月、日、时。按四柱排八字，查明天干地支。十大天干是甲乙丙丁戊己庚辛壬癸，十二地支是子丑寅卯辰巳午未申酉戌亥。出生年、月、日、时所占天干与地支相配，就有了八个字，比如甲子、乙丑、丙寅、丁卯等等。所以说算命又叫排八字或者算八字。排好八字，再定用神，以日柱为主，定他与其他三柱的生克关系。再查神煞，看看是否有星宿照命或神煞入命。最后才推算大运、小运、流年和命宫。这位大姐既信得过我裴神仙，那就请你把四柱报来——"

丹凤原是有心要请裴神仙算命的，当即就向裴神仙说了自己是何年、何月、何日、何时出生的。裴神仙就掐着指头推算一番，微微点一点头，说："嗯，大姐这命，本不失为该享福的命。凡命，金木水火土五行，贵阴阳相等，如两金见两木，或两火两土两水之类，各自成象，为吉。若太过不及，如三水一木，一水三木等类，俱不为福。假令金人，三金一木，金克木为财，三金争一木是分擘其福，多主财物不遂。若一金三火，火多金少，煎熬太过，主一生不闲。另外，我一说出来，大姐也是明白的。所谓正财为妻，受我克制；夫为妻纲，妻则从夫。男命以我克者为妻，女命则以克我者夫，如火克金，夫为火，妻为金最好。看女人的命，须先看夫星。”

丹凤说：“你是说，还要看看我先生的八字了？”

裴神仙说：“不错。如果不知道你先生的八字，我也只好泛泛而论，终是有层隔膜的。”

丹凤立即说：“那好，我正在想，站在这儿终不是个事。那你跟我走，到我家里去，我家就在东门进去不远。你把我先生的八字也仔细算一算。然后我再叫几个姊妹来，这半天你也就不愁没有生意做了。”



生逢乱世，唯有丹凤这类人，心里是最没有底的。万一皮船长没有下落，丹凤们就不知道该怎样活了，于是算卦问卜，不断有人来成就裴神仙的生意。山二哥只把这些冷冷看在眼里，其实早有些不耐烦了，他把明生一扯，说走吧走吧我们走吧。明生本来还想听裴神仙说几句的，见丹凤上了滑竿，裴神仙也收拾摊子要随了她去，即跟山二哥一道，往桥沟木材市场走了。



## 20 债务

秀秀的婆婆也是个相信算命的。儿子鼎罐死后，她悄悄请人算过一次命。算命先生说，她前世欠了鼎罐的，这一世鼎罐变

了她的儿是来收债的,因此儿子去了她也不必伤心。孽障孽障,孽债还清了,也就没有障碍了,两边扯平,也就各不相干了。还说她命里有个好媳妇,她守着媳妇,还会享几天老来福。不过这两年磕磕绊绊的,总要有点小过门儿(小纠葛)。所谓"万事由天莫苦求,须知福禄赖人修。当年诸事难如意,晚景欣然便无忧"。秀秀的婆婆,也就一直把算命先生这几句口诀藏在心里。

"媳妇,你莫急嘛,我们慢慢儿想办法来还……"吃了午饭,秀秀的婆婆又到陈婆婆那边去了一趟,带回来的消息,无异在秀秀耳畔响了个霹雳。

秀秀受了何宝子的欺,回来婆媳二人见过面,就听婆婆说她得再去找陈婆婆,还以为婆婆一是去回话,二是想正告何家几句,哪晓得还有这回事呢!

"天呢,这是哪儿跟哪儿的事啊……短命的鼎罐,你是在作死嘛,你咋会做出这种事呢……你死都死了,还要给我们留一笔冤孽债呀,你这没良心的东西……你阴悄悄地整,说都不说一声,你害死人啊! ……"婆婆无可奈何地诅咒一阵,终于撑不住了,拖着身子上了床。

这消息对秀秀的震撼,是可想而知的。其实,秀秀正准备下河,听了婆婆带回来的话,一下子就木了。她想安慰安慰自己,还想说妈你别操心了,可就怕一张嘴自己会哭出来。

她麻利地收拾了桌上的药碗。用火钳灭了灶里的余火。看到灶里的草木灰,想起该换痰盂了,就端了婆婆床前的瓦盆,出门把陈灰倒掉,从灶里另铲了些热灰。她洗了手,摸了一下坐在棕包里的瓷壶,茶水还暖暖的。她想到河下的工友们还在等她,可心里却难受,就想躲起来大哭一场。她坐到织布机上,两脚踩动踏板,左手推拉机头,右手扯动梭绳儿,哗啦、哗啦、哗啦、哗啦,五寸木梭便黄鼠般在梭槽内来回奔蹿,机上经线纬线交织,秀秀的辛酸与不幸，也就一丝一线全织进了布里。

这台老式织机还是秀秀娘家陪嫁的。她一坐上织机，就感到有种酸涩的亲情。上了织机，手脚腰身全闲不住，唯有汗粒儿和思绪可以自由自在溢出。

苦，她其实并不觉得生活多累多苦，只觉得同娘一样，这辈子命孬。在娘家，娘只教秀秀纺纱织布做针线，喂猪下力之类粗重活从不让她沾手。秀秀常盯着娘疲乏的身影，心疼地叫妈你歇歇。秀秀的娘掠一掠汗湿的头发，笑一笑说：你是怕妈累着了？你看，路上背盐的女人，一天两个盐包，一百二十里山路，一动步汗水摔八瓣儿呢，不背行么？

云安镇盛产井盐。船载，马驮，人背，有水旱两路往外运盐，云安镇到云阳城三十里山路，半天来回背一个盐。一个盐就是一包盐，连篾包带盐共重二百零二斤。一天赶两趟，可以背两个盐。背盐用的是上大下小的背篓，人人手提T形打杵，走起来一步一啄，可以增加走山路的稳性；歇下来往腚后一支，盐包背篓的重量全落在打杵上，在崎岖的山道上歇气方便得很。世人见那坑坑洼洼的石板小路，总会想起那些打杵的成就，其实忘了还有背盐人汗滴浸润的功绩。

背盐的多数是女人，一般二三十岁，三四十岁，但背盐的时候她们不再是女人。盐包一上背，她们只有全力以赴，拼心劲、耗体能，计划怎样挣过这三十里山路，把越背越沉的负荷背拢城关码头。汗水肆无忌惮地在脸上脖子上流着，湿透的鬓发成绺成饼地贴住两颊。摞补丁的大襟便衣敞开来，不时有蠕动的奶子探一探头。衣服干了又湿，湿了又干，一圈儿一圈儿，就显出了腊染似的盐霜。那一阵，背一个盐能挣千多块钱呢（后来换成银元卷金元卷却不值钱了）。一天两趟大约可挣三千多元（也就相当于解放初期的三角多钱吧），能买几斤米呢，可以供一家

好几口人了。只要能维持一家生计,这些妇女还有什么苦不能吃呢?

唐代杜甫称夔州为“乌蛮”,宋朝张愈叫万州“蛮城”。古诗人皆视峡江一带为蛮夷之地,恐怕是对此地“妇人之苦极矣”感触太深了。杜甫的《负薪行》,就写夔州处女,至老不嫁负薪背盐供一家生计的事。有人研究,说此地有男逸女劳母系氏族的遗风。杜诗曰“土风坐男使女立”,其实,男子在家闲坐、女子包揽重活支撑门户的现象并不普遍,须知峡江弄潮儿尽是男子。不过,自母系氏族以来,世代相袭,劳动层女子吃苦受累特别多。

每遇愁苦,秀秀就拼命劳作,因有家乡女子作榜样,便再不觉苦。随着织机哗啦哗啦的宣泄,心里难以遏止的酸楚就会得到衰减。夜里织机响声过大,她怕吵了婆婆和近邻,就纺绵花。丈夫总耐不住,常在纺车吱吱嗡嗡吱吱嗡嗡的呻吟中鼾声大作。只有隔壁的山二哥知音,他从整夜整夜的吱嗡中听出:“秀秀哪是在纺纱,她是在和纺车说话呢。”



如果秀秀会骂人的话,她会骂丈夫一声畜牲。婆家勉强也算个中等人户,偏遇男人游手好闲立不起志。也不知在哪个娼妇那儿学的手段,刚过门那几天,她男人每夜整得她哭不敢哭叫不敢叫,第二天甚至动不得步上不得机。婆婆对儿子的房事充耳不闻,由着儿子性子整,新媳妇顾及脸面,有些话说不出口,只忍不住嘤嘤地哭。山二哥却知道那边的动静,对秀秀的男人放出话来:“咋个的哟,你整得楼翻镇倒的。我睡不着,莫怪我一把火烧了房子!”玩笑归玩笑,那“阵仗”后来也收敛许多。

秀秀的男人特别懒。婆婆见媳妇一天脚不停手不闲地做,就规劝儿子:你闲着没事,总该帮帮秀秀。甚至连山二哥也看不过意,着实说他两句:你五尺多高一条汉子,就吃你婆娘穿你婆娘?看秀秀可怜,只怕外人还要搭把手呢!秀秀男人就嘿嘿地笑。男人只道女人是供他耕作的土地，自以为是主宰，便一味在女人身上办蛮使狠，以为就把女人改写了。殊不知女人却是炼铁的丹炉，任你生硬顽劣，待一腔纯情引燃，阴阴柔柔也就把你改造了。秀秀过门后，不仅改造着自己的男人，甚至影响到另一个男人。山二哥在家待的时间比过去明显增多了，对此，秀秀的婆婆稍有些知觉。不过，众人也知道，秀秀的男人，婚后确实变化不小：秀秀烧火他知道劈柴，秀秀织布他知道为妈端水递药了。结婚才一个月，夫妻刚有些和谐，秀秀男人却意外地死了。秀秀曾伤心过好一阵子，大约认为同男人的孽缘已满，心里正一天天平静下来，却又遇上今日平地风波。

陈婆婆今天把秀秀的婆婆找去，原是想跟秀秀做媒，她劝秀秀嫁给何保长的独生儿子。说何宝子虽是笨一点，但笨人有笨人的福。秀秀嫁到何家，你们婆媳俩就有了依靠。说何保长看起了秀秀的能干和贤惠，她一过门，整个家就交给她管了。但秀秀的婆婆回信说，秀秀根本就不想嫁人，更别提是嫁给何家那傻儿子了。陈婆婆的心就凉了，说那好吧，本来何保长心好，见你们日子清苦，秀秀男人欠他的债他提都没提。可现在，你们就看着办吧！秀秀的婆婆一惊，说我们几时欠下何家的债了？陈婆婆说，是你儿子欠下的债，我是看到了那张借条的，这难道还兴有假么？

“其实，陈婆婆只想说媒，看到我们这边封了口，再没有商量的余地了，才放出狠话来。说未必然，民国手里欠下的债，硬要等二天改朝换代了，你们才能还给人家么……”婆婆把这话也跟秀秀讲了。

“……”秀秀耳朵里嗡嗡地响，她满嘴是苦的，却又说不出苦来。

“媳妇，这事儿，能不能找山二哥商量一下呢？”婆婆愁迷了

路，从床上侧过身来试探着问。

婆婆的问话恰恰踩到了秀秀的痛脚。且不提秀秀跟山二哥的感情如何，只说山二哥待两娘母这样好，你还忍心指望别人帮你还债？秀秀默了一下，自家母女俩即便口积牙省，甚至是不吃不喝，近期要攒一笔钱出来还债，也是相当困难的。过去，跟山二哥相处惯了，秀秀只感到两家合得来，彼此互相帮助，大家是平等的。现在突然冒出这么件事来，秀秀才觉得她跟山二哥一下子拉开了距离。过去两家人居家度日没有分过彼此，现在她才知道是自己占了山二哥的便宜，且不说别人会怎样议吧，首先自己就觉得对不住山二哥……

秀秀盯着织机上左冲右突的木梭，心里哗啦哗啦地根本无法平静。她怨婆婆糊涂了，一个病人，去陈婆婆那里扯什么淡呢，还要找山二哥商量哩，这种事我们能说得出口么？如果厚起脸皮请他设法帮忙还债，那我们又是他什么人呢！秀秀从没有听说死鬼男人还欠何保长一笔钱。心想，这笔钱即便是不明不白的，我也得去给何保长说说清楚：父债子还，夫债妻还，男人欠下的债，无论多少，我来还。但你们何家不得心存不良，不能再起邪念头，再打歪主意！

秀秀认为女人也该有些钢性，再穷也要立得起志，绝不能让别人在背后说自己的闲话。秀秀停了织机，抹掉头上的汗水，一边收拾一边对婆婆说："妈，我得去跟何保长说说清楚，这到底是一笔什么钱吧，我也想看看他到底让我们如何支付……"一边说话，一边匆匆出门。

"你不是要下河去做饭么？"婆婆却把秀秀后面的话听岔了，还以为秀秀去找何保长，是要去他家里做几天活路。

**万州老照片(之五)苎溪河。**(是在万州桥上往万安桥方向拍的,近景巨石即印河石,当时苎溪河上还没有拦河坝。)

# 第六章

师爷看了何熊留下的“清单”，后脊梁直冒冷汗。过好久才喘过气来，长叹一声：天要下雨，娘要嫁人，我只当是熬鹰被啄瞎了眼睛！

## 21 交手



山二哥没见到水月，心想那就改日再来找她吧。见自家门口没有人，就顺半边街下河，一路留心着野码头的动静。走到铁匠铺门口，看到毛铁匠正光起膀子在打铁，还同毛铁匠说了一阵话。山二哥说，我们那里匠人多，这几天你就去我那儿吃饭吧。毛铁匠说，好的，你尽照顾我。山二哥问毛铁匠，你见秀秀下河了吗？工地上那几个打杂的，搞不醒豁(利索)，我们都在等她下来弄饭呢。毛铁匠说，我今天忙，埋起脑壳打铁，没有注意到她。

山二哥满以为秀秀已到工地了，但工地上哪有她的影子？中午开饭的人还不算多，临时指个人下厨也就对付一餐。下午工人陆续到齐，仍没有看到秀秀下来。好些人见水飘儿在厨房帮忙，却没有见到他去请的人，都在问，水飘儿，做饭的咋还没来呢？水飘儿说，秀秀姐说好是要来的。

山二哥在这支修船队伍中位置特别，按而今的称谓，应叫他乙方(承修方)代表或包工头儿，当时川江叫揽头儿。揽头儿专门从船主手里承揽修船业务，再"赶人市"到茶馆、酒馆寻那帮待雇的水木工，被雇的人带了家伙下河，就是一支临时组成的工程队伍。揽头儿一般由技术最好的掌墨师充任。山二哥的手艺，可能还没有达到"掌墨师"级的水准，但他人缘忒好，除了极少公用开销，他从不短扣工人工资，从不"抽头儿"提手续费之类。因此，只要他说有事，许多水木匠放了手里的活也愿跟他走。在工作现场，要靠山二哥掌墨放样或许勉为其难，若要他做个修造船的质量监督却是满在行的。

沙滩靠里，有个干涸的大石槽。一名工人正挥着木锤在舂桐油捻子。山二哥其实并没注意槽内的桐油石灰拌没拌匀，舂没舂熟，他从那人手里接过木锤，"蓬蓬蓬"地捣了几锤，好像不顺手，又把木锤还给那人。那人便疑惑地看着他，不明白是山二哥在作示范，或是自己出了什么问题。山二哥只是对他笑一笑，却转身走开。

车过来看到金老怪领着金二正在捻船，先用凿子把船缝理好，再将竹绒和桐油捻子一凿一凿地把缝捻实。山二哥突然想起一件事，上前把金二叫到一边，说："老二，听说你要烧了房子大家散伙呢，你可真长能耐了啊！"金二的脸唰的一下红齐耳根。山二哥又说，"不是我说你，家里有困难，你却急着讨媳妇。一家人嘛，缓一下都不行？外人还兴有个帮补呢！"金二诚恳地说："是我错了，谢谢你帮了我们……"山二哥忙打住说："好了好了，你去捻你的船，我今天也只是点到为止。"接着小声说，"另外，你也放精灵一点，看到有啥动静，先给明生和王掌默他们提个醒，自己不要乱来，要听招呼啊！"金二点点头说："嗯，要得。我爹也跟我说了。"

山二哥绕过把杆去看木匠补船。众人正七手八脚，把下好

的杉板安在挖开的豁口上。有的在钻眼,有的在敲钉,看似简单,却都有些讲究。山二哥对正在钻眼子的胡四说:“尺板三钉,距离拿准了么?”胡四回头说:“笑话,干这行手倒拐都长毛(老手)了,还有跑了码儿的!”山二哥点一点头,笑道:“来,你先歇歇,我来钻。”说着接过木钻,将一端抵住肩胛,两手扯动皮条,“呼呼呼”地将钻花儿斜钻进船板。“呼呼呼哧”钻穿了。“呼呼呼哧”又穿了。明生看了笑起来。胡四忙接过木钻:“山二哥,你看明哥儿在笑话你呢。”山二哥噢一声,才想起自己忘了规范。原来钻眼子除了大小、距离和倾斜度的要求,有的眼钻穿有的眼不钻穿还有不少讲究。

山二哥问明生:“今天有人来找麻烦吗?”明生说:“我这里摆一条破船,倒是没有人来过问了。不晓得从哪儿钻出来一位参谋,带起人想上洋船,正好洋船上有人下来了,是他们船上轮机部的老鬼,参谋问你们这是怎么回事,老鬼说轮船触礁搁浅了,底舱还进了水。参谋就问你们船长呢,老鬼忙回答说,船长到专员公署去了。参谋就凶起来,说上面有命令,叫你们火速赶赴重庆,不行了把船就地炸毁。老鬼说我们急得很,都不想困在这儿,正在想办法脱身呢,说着塞了一把钱给他。我们也帮到他说,长官,不能在这儿炸船哈,野码头炸一堆废铁来摆起,今后我们啷个行船呢。参谋得了钱就说,那你们必需尽快把它拖走,然后就带起人走了。”山二哥笑起来:“无非出来再捞一把么,现在他们的主子正忙着逃命呢!”

明生见秀秀还有没下河,山二哥似乎也有点分心,就跟山二哥商量:“山二哥,这一摊将近四十号人,解料、钉船、砸麻饼、舂捻子,哪一项都是重体力活,秀秀还没来,这晚饭……”山二哥心头发毛,正想秀秀今天有些反常,究竟是怎么回事呢?她知道下面的场合,早就应该到了呀?即皱了眉头说:“我回半边街看看吧,看是啥事把她耽搁了。你先叫两个人把菜收拾一下,把米沥起来。晚上若吃到生饭,是要被掏(骂)先人的。”说着进船棚拎了自己的衫子,往肩上一搭,向王掌墨挥挥手,扭头走了。

回到半边街,山二哥先问:“老姐子,今天有没有人来找过我?”“老姐子”说:“有人找你我会帮你招呼的。”山二哥不便明说,只说:“算了,用不着你招呼,你只留意有没有人来过——他见我不在,就会走的。”说的话有点绕,“老姐子”不明白山二哥的意思。山二哥就问起秀秀:“秀秀是怎么搞的,大家一直在等她下去弄饭呢。”唉,我家秀秀……”没想到“老姐子”几句话一说,山二哥心头的火“噌”地一蹿:“他何熊算个什么东西!不就一个垮杆儿保长么,还当操袍哥那阵可以欺男霸女?”他扭身出门要去找何保长,“老姐子”在后面连声喊他他听也不听。

刚才秀秀的婆婆告诉山二哥:今天何保长托人来说,要秀秀嫁给他那宝子,还说我们几时欠了他一笔钱。秀秀知道后急了,赶着去跟何保长办交涉,硬要去他家做活路抵债呢。山二哥心里十分焦躁,一怨秀秀有事阴在心里,根本不和他商量,还拿他当外人,她这是咋个在想呢?二恨狗日的何熊心怀叵测,平空设个陷阱,只当半边街的人好欺!还想拿他那只知道吃饭拉屎的哈宝儿(傻子)来坑秀秀,他哪里还要什么脸皮!

气头上脚下生风,从半边街翻岩上去是两层桥,两层桥上去没有几步就到了歪楼门。歪楼门有一座院子,大门坐北面朝西南,位置却摆在圈椅形山凹正中。前面一方坝子,几块水田,左右两厢,点缀着翠竹杂树,还照应了几处瓦房草屋。据说这是何老爷子为了发家致富,请阴阳先生端着罗盘跑了几匹山,最后才把歪楼门给定了下来。

山二哥见何家大门紧闭,就上前哗啷哗啷拍打门环。门开

一条缝，露出一颗人头。山二哥说，我找何保长何熊。头缩回去，不一会儿有了动静，嚯唧一声大门敞开，“汪”地先窜出一条黄狗。山二哥急往旁边一闪，却见何保长带着两个伙计出来。黄狗立即被人喝住。

山二哥抱一抱拳，说：“何保长，请你把秀秀叫出来，我要说话。”

何保长年近五十岁，寡骨寡脸的，白净面皮，外罩一件阴丹士林蓝布夹衫，袖口卷起，露出月白洋布内褂，倒也给人一种干净利索精明老练的印象。他把山二哥从上到下打量一番，待要把客人迎进屋去，却见来人说话不软不硬不冷不热，脸上虽有笑意，却仅仅是一种定式或习惯，于是简单答道：“秀秀是来过这里，但走了，说是要下河。”

“当真？”



“你以为这能骗人？”

山二哥也信他不至于说谎，就说：“听说秀秀家借过你一笔钱，我咋没有听说过呢？”

何保长心想，你是她什么人呢！嘴里便冷冷道：“是她男人找我借的。”

山二哥说：“她男人都死了一年了，真的是死无对证呢！”

何保长说：“你难道说我在诈她？笑话，白纸黑字是有借据的。”

山二哥问：“她男人刚死的时候，我咋没听说他还欠人家的钱呢？这阵突然冒出一条新闻，你手里还有他的借据？”

何保长听得起了反感：“你，你这是什么话？”

山二哥说：“我只是感到稀奇。”

何保长说：“她男人刚死那阵，我看到她两娘母可怜，尸体还摆起的，你能去找她们要钱么？再说了，那张借据当时放失了手，到处翻到处找都没有找到。直到昨天，我帮两位客人找东西，才从历书里翻了出来。”

“这样说起来，就好像是真的了？”

“你当我凭空画个圈圈，就能蒙人了？”

“那么，请你把那张借据，拿给我看看如何？说不准，我还可以凑几文儿帮她还你。”

正好刚才秀秀看过这张借据，何熊随手掏出来一抖：“这，这不是！你看清楚没有，是真的假的？”直凑近山二哥眼睛，要他看个“明白”。

山二哥却视这一动作为侮慢。他一把抓过借据，只瞄一眼，就猜这是秀秀男人欠下的赌债，却作势也抖一抖那纸，气他说：“哼，这也算数么？这能说清什么问题呢？”

何保长见他找上门来“拿言语”，原该“懂得起”些，不曾想竟是一位不讲理的主儿，便有些出言不逊了：“日妈的，你睁起二筒盯仔细点儿，按了手印的还不算数？”

山二哥心里作恼，面上仍不紧不慢道：“污个红砣砣，这有何难？随便找人按个脚模手印，哪个晓得是鬼老大鬼老二的！”没等何熊收回借据。山二哥将那纸折成几折，嗤嗤几声撕碎，扬手一撒，顿作粉蝶儿飘飞一地。山二哥当时只想，欠你的钱，无非如数还你，却不管撕字据输不输理。

何熊身为保长，过去也是一位放刁讲狠的角色，几时在自家门前受过这等鸟气，“你、你……”顿时脸也青了唇也白了。山二哥见他气得发抖，正想此人疼钱一定比疼儿子厉害，没提防何熊疾如闪电出手就是两耳光。“啪！”右边躲过，左边已着实挨了一巴掌。山二哥“嗷”地一声怪叫，猛蹿起来直取何熊，无奈两个伙计扑上来将他死死抱住，嘴里嚷着“要不得要不得，是你不对，是你不对么”，那黄狗也在一边呲牙咧嘴猜猜然助威。

山二哥没想今日会动手，经两个伙计一扑，却权衡了一下形势：想甩开伙计也并不难，要对付三条汉子一条恶狗则是一场苦斗。他挣开伙计，指了何熊说："姓何的，我且记下你这一掌，淮阴侯还受胯下之辱呢。你请我吃瓜子，我会还你盘子。有种的，明天、后天、望后天，望后天一早，我登门拜访！"说罢扭头便去。

何保长直气得莫法，喉结蠕动一下，却没发出声音。他自认今日吃亏，对方反而不依不饶，若是过去，我何熊岂能容他走人！

## 22 何保长



保长是个什么头衔？可能现在有好多人搞不清楚了。国民政府为"维护社会治安"，曾在全国推行《保甲条例》。保甲编组以户为单位，设户长；十户为甲，设甲长；十甲为保，设保长。大的乡镇若干保还设有保长联合办公室，由联保主任负责。各保甲区户长（户主）一律签有"保甲规约"，声明不得"为匪通匪纵匪"，否则实行连坐。这保甲制度，说起来还关系着国民政府的基层行政组织。在农村，保长的权势相当大，抓丁征粮助纣为虐什么都干。但城里的"官"多。随便一个处长、局长、科长、队长都好像要比保长"大"，许多事情宪兵、军警都可以直接处理，保长挂名形同虚衔，尤其是临近解放，不少保长见"势头"不对，早就"明哲保身"，跟政府"划清界线"了。

而何熊何保长，有房产，有铺面，据说还是某某银行的襄理，走到街上倒是个体体面面的人物。他过去一直在码头上混，动不动放刁讲狠。后来当了保长，不时抛头露面，早年所干的“勾当”反而鲜为人知了。

何熊早年习武，闯过码头跑过滩儿，靠着袍哥势力的扶持，一张大嘴走到哪儿吃到哪儿。最不济的时候，他也有生财之道。譬如走到乡场上，一摸，身上没有钱了，他就躲到屋背后捡块瓦片儿，用鹅卵石将瓦片擂成粉，再用粗壳纸一包，拿到场上摆个地摊，外衣一脱，亮出膀子，拍着胸脯子高声叫卖打药。他声称他的药是祖传秘方，药效神奇无比，除了水淹死的枪打死的，内服外抹明创暗伤无不能治。如果有人不信，他说你去问蒋县长，蒋县长认识我爹，早年我的奶奶病重，医生说要人肉做药引子，我父亲二话没说，用刀儿在左臂上剜了一刀，利利索索割了块肱二头肌下来。当时血流如注，我爹抓一把药填在创口上，顿时就止住了血。何熊并不知道肱二头肌有什么作用，只管满嘴跑舌头，且让他老子替他先挨一刀。有人迟疑着问，是不是啊？他说，我哄你狗日的不是人，我奶奶的病很快就好了，我父亲只是留下了碗大一块疤……

何熊的老婆叫何桔子，何桔子其实是何熊没出五服的姥姥儿。年轻的时候何熊跟他姑爷混过，他姑爷是衙门里的师爷，何桔子是这位师爷的二房。何熊跟何桔子原本沾亲带故，二人一个大门进出，眉来眼去的久了，后来竟相约私奔。走的时候，何熊“正大光明”地给师爷留了封信，称他跟何桔子情深意笃，相处日久，已经不能分离，从此不劳师爷再为照顾他们而费心。信后附录一份“清单”，“清单”详细记载了这位师爷，如何作奸犯科行贿受贿、如何上下其手草菅人命、如何诬良为盗淫人妇女，以及参与者谁谁，知情者谁谁等种种隐私。据说，这位师爷原也算个很了得的人物，但他看了何熊留下的“清单”，全身发抖，后脊梁直冒冷汗。过了好久，师爷才喘过气来，长叹一声：天要下

雨，娘要嫁人，我只当是熬鹰被啄瞎了眼睛——小老婆被妻侄儿拐跑了，他既不能声张，也不敢追查，枉自给人留下一大话柄。

何熊后来有了些本钱，就学着做生意了。有一次他乘船从宜昌回川，同船有一位武汉客人，为人十分老实。从宜昌回万县，在船上要耽搁半个多月，一路上何熊就陪着这位客人聊天，彼此问答，有一句无一句的相当随意。他问客人："老板贵姓？"客人说："我姓刘。""嗯，刘老板，你台甫是？""噢，草字有福。""刘有福，有福之人，难得难得。府上住在哪里？""小地方，武汉黄陂。""好地方啊。你家老太爷可好？""我的爹已经谢世了。""西去几年了？""去世已有两年了。""老太爷在时叫什么名字？""他在世时叫刘天贵。""他叫刘天贵，你叫刘有福，天贵，有福，不错不错。请问刘老板，你家几位昆仲？""好说好说，我家弟兄三个。""你是？""我是老大。""那老二叫什么名字呢？""老二叫刘有禄。""啊，你家是按福禄寿起名的，那你的三弟，一定是叫刘有寿了。""对，老三就叫刘有寿。""你的二弟三弟如今在哪里发财？""他们都在南京，混得都比我好。""做什么贵业？""一个开杂货庄，一个开小吃店。""请问尊夫人是哪里的人呢？""这……"刘老板也曾望他一眼，心想，这人好玩，罗里罗嗦的什么都问。也罢，反正一路没有事，我就陪他聊聊。即回答说，"我家眷娶的是南京人氏。""结婚几年了？""过门整整十年了。""生了几个孩子？""生了一个。""是男孩儿还是女孩儿？""男孩儿。""今年几岁了？""今年八岁了。""叫什么名字呢？""小名狗伢子。""狗伢子是什么时候生的？"刘老板差点笑起来，未必然你是算命的吗？就告诉他，"狗伢子是三月初九午时生的。"一路之上，何熊还问了刘老板的岳丈，岳丈家住哪里，有几位舅爷，大舅爷作何营生，二舅爷作何营生等等一系列问题。刘老板碍于情面，一边除了据实相告，一边还得拿话应酬，但对何熊盘根问底式的攀谈，既不太适应，也嫌有些招架不住。

不知不觉地进了三峡，船靠万县码头，大家就要起坡上岸了。何熊把刘老板的肩头一拍，说："刘老板留步，我有话说呢。"刘老板还以为船拢码头了，何熊会邀他去他家里作客呢。

待客人都起坡了，何熊才对刘老板说："刘老板，感谢你送了我一程，你现在可以回去了。你回去跟你爹说，这十担瓷器我收下了，货款在定金里扣。你们留意着，只要是景德镇的上好瓷器，我都要，你们还可以送十担上来。"

刘老板一听，蒙了："么事么事？你说这十担货是你的了？还说货款在定金里扣？"

何熊说："你把货运到了，当然就是我的了。我付给你们的定金还有剩的，先不忙结账，我们以后再说吧。"

刘老板急起来："定金？你说什么定金，我怎么听不懂呢？"

何熊说："两年前我付给你爹一百个大洋，委托你们进景德镇的瓷器，当时你也在场嘛！"

刘老板跳起来："个板蛮的，我爹都死了两年了，我认都认不得你！"

何熊装着吃了一惊："什么？你爹已经死了？噢，你爹死了我们还不晓得，但你爹死了你却不能赖账啊！"

刘老板气坏了："我认不得你，也从没有接过你什么定金！"

何熊拿腔作势地在船头吼起来，"刘有福，你爹死了你就翻脸不认人了？还说认不得我？好好好，帮我卸货的伙计已经来了，我们且拉到岸上去说！"

二人纠缠不清，一起扭扯到岸上，一个说你爹死了，就想赖账，我交定金的时候你也在场，现在你爹死了就不认黄（认账）了。另一个说，我几时收你定金了，我认都认不得你，不晓得你

家门朝哪边开，树朝哪边栽，你是想吞我这几担瓷货！一个说，吔，刘有福，你说你认不得我了，你要不要我把你的根根底底都抖出来？另一个说，个婊子养的，我根本认不得你，是这次坐船才闯到你的！一个说，刘有福，你娃嘴巴放干净点！各位各位，大家都来评评理，看看天底下还有没有这种混账东西！二人你一句我一句吵成了一锅粥，船上岸上顿时围过来不少看热闹的人。

一个老人挤上前来排解："究竟是怎么回事？我只听到你俩吵麻了，你们能不能一个一个地说。"

何熊就希望有人出来排解，即说："好，那我来说……"

刘老板情急，忙抢着说："我从没遇到过这种事，我有几担货物，从宜昌运上来，刚拢码头，他就说货是他的了，还说给过我定金。个板蛮的，真不要脸，我说都不好意思说了！"

何熊说："行，刘有福，你说，我就不开口；我说，你就不要打岔；我们一个一个地说，不要抢着说。我请你先说，还有什么话，你都说出来。"

刘老板气急地说："日妈的，我是个骗子，我都没有脸说了，你说！"

何熊说："好，我说，就请你莫插嘴了，你要抢着说，我用鞋底子抽你嘴巴。"

老人和在场的都说："说嘛说嘛，到底是怎么回事嘛？"

何熊说："我是本地人，原先也跑过码头，说起来可能还有人认得我。这几年我在学做生意。其实，我早就认识他们一家人了。"他指着刘老板说，"他叫刘有福，武汉黄陂人。他爹叫刘天贵。他还有两个弟弟，老二叫刘有禄，老三叫刘有寿，一个开杂货庄，一个开小吃店，都还混得不错。他老婆娶的是南京人，进门十年了，生了一个男孩，今年八岁，叫狗伢子，三月初九午时生的。刘有福，你说，你娃敢说一句我说得不对！”

刘有福气得没法，恨不得扑上去啃何熊几口。

何熊接着还介绍刘有福的岳丈姓李，住在南京，两个舅爷也在南京，都是生意人。“两年前我去汉口，委托他们买景德镇的瓷器，我交了一百个大洋做定金，钱是交到他爹手里的，刘有福当时也在场。因为是知根知底的人，当时我也没留字据。现在刘有福说他爹死了，他认不得我。我不知道他爹前年已经去世了，但天底下有这种混账吗，爹死了就可以耍赖就可以不认账了？常言说‘父债子还’嘛，况且我还并没有要求马上结账，只是说这几担瓷器的货款，从定金里扣出，余款待以后结算，这娃就翻脸不认人了！”

众人一听是这么回事，就议论开了。说老爹接的定钱后人是要算数的。你如果手头很紧，就跟人家说清楚，让人家丢几个现钱给你嘛。有几个河下的茶客，感情上只偏袒本地人，说这个武汉侉子分明欠揍，竟大老远的跑到这里撒野来了。由何熊安排前来提货的人，这时早就等得不耐烦了，都嚷起来，还跟他罗嗦些什么，打他狗日的一顿送他见官吧！

刘有福百口莫辩，直喊“天啦天啦”，脚一跺只吼：“我不要货了，我不要这十担货了，这总该行了吧！”刘有福认栽了，怄一肚子气空手回了武汉。

当然，后来何熊金盆洗手，很少再干坑蒙拐骗的勾当了。一是逐渐形成气候，好歹在商界立住了脚跟，不必再做无本生意。二是经人“举荐”当了保长，不时需要端起架子，本来面目也就收敛许多。有知道他根根底底的人，每次提及过去，他会笑一笑说，当初人穷志短马瘦毛长，不提了不提了。更多的人见他当着老板，做着襄理，人五人六的样子，也就不相信他会干什么烂事儿了。

不过，以何熊的个性来说，当初没有字据，他尚能讹人钱财、放刁使狠；如今有人骂上门来，还当面毁了他所看重的借据，他何熊何保长即便时运不济有所顾虑，但也绝不会轻易认栽，咽下艾老二这口恶气。

## 23 逢凶

皮船长自诩新派人物，他熟悉川江航道航线，了解木船船帮的根根底底，骨子里他根本瞧不起吃水上饭的这帮“兄弟”。

川江天险，航道复杂水流湍急这话不假，自古以来礁石密布满河是滩，前人亦有“蜀道愁过八百滩，滩滩险处觉心寒”的叹息。但皮船长搞不懂船帮为什么会有那么多“条款”，有许多“条款”简直不可理喻！譬如在木船上有很多忌语，什么打水叫扯水，翻了叫张面，倒了叫倾了，烂了叫皮了，沉了叫焉了，搁起叫放起，砧板叫菜板等等。除了忌语，船上还有许多规矩，什么不准上坡吃饭，不准船头解便，不准在跳头上提水，不准吃坐汤饭（先舀饭后舀汤）等等。此外，还有老鼠上坡不开航，犯了忌语不开航，每逢忌日不开航，遇到阳公忌也不能开航。船民把每年的正月十三，二月十一，三月初九，四月初七，五月初五，六月初三，七月初一，八月二十七，九月二十五，十月二十三，冬月二十一，腊月十九定为忌日；而每个月的初三、十三、二十三又叫阳公忌。遇到这些日子，木船是不能挪窝的。

皮船长把川江船帮兴的这些规矩一概视为迷信和愚昧。他想起就好笑，洋船搁浅了，说搁起也行，说“放起”那是人说的话吗？他自恃开的是洋船，肚里喝过不少墨水，除了不信鬼神，也从不信邪，还把自己的独往独来，称之为“不合群”。但皮船长这一回真的是闯到鬼了，因为他跟“裴神仙”打了赌，必须跟“裴神仙”对着干。“裴神仙”叫他走，他偏不走，他非要在观音庙外面等水月。

庙门外的游人走光了，摆的小摊子也散场了，仍没见水月出来。皮船长不断安慰自己，反正洋船泊在野码头正在搞机修，难得忙里偷闲我就在岸上多玩一会儿。就听慈云庵敲响云板，大约是用过斋饭了吧，才见水月步履轻盈地从里面出来。

“水月！”皮船长迎上去喊了一声。

水月一怔，快步从皮船长身边走过，拧了眉头说：“我不认识你。你怎么还在这儿！”

皮船长诚恳地说：“我一直在这儿等你，我有几句话要对你说。”

水月边走边说：“我跟你没有话说，你走开，不然，不然我就恼了！”

皮船长跟在后面：“你别忙赶我。我听人说，大家叫你小神仙，”他本想说大家叫你小神子，怕水月生气，临出口改成了“小神仙”，“都说你本事通天，难道就不敢听我说两句话吗？”

水月听出皮船长是在用话激她，索性站下来：“有什么敢不敢的，好，我就听你说！”

皮船长赶紧说：“水月，我有几句心里话要说。我是开洋船的，许多人都认识我，我是有老婆，安的家也多，听说如今时兴一个男人只能有一个老婆，我就想把那些老婆都休了，明媒正娶，把你接过来跟我过。我有的是钱，也算是有本事的人了，你让我养着你，我们一起过舒舒服服的日子……”

水月冷笑道：“可惜我没有你说的这个福！况且，我有手有脚的，也不需要谁来养我。”

皮船长说："不不，我都想好了，请半边街的周老默和点水雀儿来帮我做媒，我来先跟你说一声，求求你一定要答应我！"

水月一听，皮船长当真是在打她的主意呢，不由讥讽说："看起来，你对我倒是一片真心了？"

皮船长忙说："真心，真心！过去那些事都不提了，别人以为讨的老婆多，就花心了，其实，开船的……今后不能乱来了，要实行一夫一妻。我敢对天发誓，我若对你水月虚情假意，愿遭天打五雷轰！"

水月不动声色地："这样看来，你已想好了，是死心塌地的了。那么，你肯听我的，我说怎样，你就怎样？"

皮船长说："对对，今后你说怎样我就怎样！"

水月说："行，那我就考验考验你，"慈云庵出来有一架岩，深七八丈，水月随手一指，"那你马上从这儿跳下去！"

皮船长看到岩下面黑森森的一片，跳下去那还活得了？即知难而退地摇一摇头："这，这恐怕……"

水月似笑非笑地说："我告诉你吧，师太讲过一个这样的故事，说有一位比丘，犯了戒非常后悔，就去问佛，佛说：'若听我言，罪即可灭。'然后指个火坑，厉声喝道：'汝欲赎罪，速投火坑！'比丘只想赎罪，心一横就跳进了火坑。火坑却立即变成了清流。佛说：'汝至诚悔过，罪即灭矣，你已是无过清洁之身了。'可是我才说要考验考验你呢，喊你跳岩，你马上就害怕了。看起来，你那点儿'真心'，也就很有限了。"

皮船长探头探脑地，又看了一眼那七八丈深的悬岩，猜水月是有意在为难他，即犹犹豫豫地说："你，这是要我死呢，还是要我活呀？"

"我要你死了这条心！"水月硬梆梆地扔下一句，然后翻身就走。

“水月水月……”皮船长心想，她在出难题呢，我不能灰心，只要她肯跟我说话就有希望，于是紧紧跟在后面。“水月，我们都是肉体凡胎，你想啊，从那儿跳下去，哪里还活得了吗……”

前面是一片树林，刺槐、麻柳、黄桷树枝枝蔓蔓纠结一气，遮天蔽日密不透光。水月站下来说：“叫你不要跟着我，你不听？”

皮船长说：“水月，我对你是真心的，真的，我从来没有像现在这样喜欢过一个女子。”

水月说：“我已经对你说过几遍了，叫你莫跟着我！你是想试试我的手段么？那你别后悔哟！”

皮船长涎脸说：“水月，我知道你会使法，可我也知道你不会害我。”

水月随便问：“你怕蛇吗？”

皮船长说：“不怕。”

水月又问：“你怕鬼吗？”

“不怕！”皮船长就像在说豪言壮语，“我从不相信有鬼！况且，有你水月在一路，我什么都不怕！”

“好吧，那我就拿你没有办法了。”水月转过身去仍在前面走，任皮船长跟在后面自说自话一路唠叨。

“当心点儿罗，这片树林里蛇多。”水月手里有一张粉红色的手绢儿，初时谁也没有在意，只觉得她走起路来挺好看的。哪知道她随手一挥，眨眼间手里变出一条火练子蛇。那蛇弯过头来像要咬她，她扬手一扔，那蛇嗖地一声从皮船长的脚背上梭过去了。

皮船长没有提防，猛地感觉到那蛇冷飕飕的味道，吓得双脚直跳。再四下一看，树上挂着蛇，草丛里也有蛇，到处都在动，四周都有蛇。皮船长不知如何是好，想抓根棍子，刚一伸手，棍子立即变成了蛇。手一缩回来，又碰到了树上垂下来的蛇。青





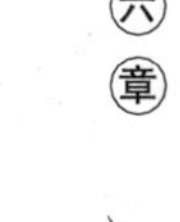

蛇，黑蛇，菜花蛇，还有火练子蛇，都丝丝丝地吐着血红的信子。莫非是闯进蛇窝子来了？皮船长吓坏了，半步也不敢乱动。只等那阵混乱过去了，蛇也不见了，再看水月，水月却走远了。

皮船长惊魂甫定，就想，这是水月玩儿的小把戏吧，是她有意在吓唬我？但也说不准，往天路过这里也遇见过蛇的……

再前去是腊梅湾，柏树、腊梅树成片成阵。本是薄暮时分，雾气飘渺，夜色扬尘似的直往下沉；晚风一阵阵地吹，让人感到肉皮子发紧。皮船长突然想起此地有一句民谚：“腊梅湾，鬼打湾。”是说这里有几座乱坟，不时有鬼出来作祟。这样一想，不觉腿肚子有些发软。他听到后面好像有踢踏踢踏的脚步声，待回过头去看，却什么也没有。于是又往前走，但又老觉得后面有什么东西在响，不，后面是像有个什么人。

皮船长瞻前顾后地犹豫一阵，然后大起胆子往前赶，不远处却冒出了几个坟包包。好在看到水月也在前面，影影绰绰站在石头包包上等他。看起来水月也有点儿胆怯，两个人一道走，大家总可以彼此壮胆。



“皮、日、东——”皮船长听到从后面传来一个声音，极低，极压抑，“回、来、哟——”既像是在喊他，又像是七月半有人在为谁招魂。再听，却听不到了。是自己耳鸣，或者是风声呢？正想往前走，那声音又传过来了。“你—回—来—哟——”这回不再是幻觉了。皮船长的耳朵好使，他听到确实是有人在喊他，待他扭过头去看，仍然没有发现任何动静。“皮—日—东——”喊声像阴风一样吹过来，直吹得路边的树叶儿簌簌发抖。

皮船长没来由地感到一阵阵发冷。想往回走，却记着水月还在前面等他，于是自己给自己壮胆，“不怕不怕，水月都不怕，老子怕个球！”

前面确实还有个人影子，但走拢一看，皮船长觉得有些不对了。水月踮起脚站在高高的坟头上，她这是想干什么呢？只见水月解下腰间一根带子，往上一抛，挂在一棵树上，然后将带子挽个圈圈，就要往自己的脖子上套。

“水月水月，你，你这是干什么！”皮船长往前紧跑几步。他感到害怕，感到恐惧，水月咋会干这种傻事呢？正不知道该怎么办，“水月”一回头，乱发披散，面如白纸，两眼直勾勾地瞪着他，舌头吐出来近一尺长！

“哦呀！”皮船长的精神本已处于高度紧张，就像绷满的弓弦猛添外力必招致断裂。他一路过来只拿水月为自己壮胆，却突然看到这“水月”不是活人，而是个鬼！皮船长头皮一紧，只来得及叫了一声，两眼一黑即轰然倒地……

## 24 救人

裴神仙本来计划着是要吓唬吓唬皮船长的。他看到皮船长守在慈云庵门口，见一个姑娘从庙子里出来，就一路缠住人家不放。进了腊梅湾，裴神仙还放出手段装神弄鬼，在后面为皮日东叫魂。不料这老小子非要跟那女子去，走到前面一个坟包包，却不知受了何种惊吓，他竟突然倒在地上不动了。

裴神仙见皮船长倒了，才觉得事情有些不对。他壮起胆子上前，见皮船长没有任何反应。忙把他从地上扶起来，只见他脸青面黑，牙关紧闭，嘴里白泡子鼓鼓的，人已没有知觉了。裴神仙忙掐住皮船长的人中，过一阵虽缓过气来，但眼睛还是闭起的。裴神仙本想把皮船长背回他家去，一想，要不得。这皮船长要是真有个三长两短，或者真的落下了什么残疾，我裴神仙纵

然口吐莲花，能保证脱得了干系？

那天他到皮日东家里，丹凤把家里所有情况都给裴神仙说了，她担心的是皮船长不要她了，又张罗着要在外面讨小。还说她也曾劝过皮船长，皮船长却发狠，居然说要休了她，也不知道他走的是什么运，真的是鬼迷心窍了。裴神仙子丑寅卯地掐算了一阵，说这就是命。运程走起来了，凡事不由人作主，是自己跟自己过不去嘛。丹凤就问，那用什么办法可以化解呢？裴神仙说，禳解的办法，倒不是没有，只是太淘神了，你们不晓得，这淘神费力的事最伤人的元气了。丹凤即说，先生，那你无论如何要救救我们，你为我们消灾禳祸权当是做好事啊！说着拿出一笔酬金，一定要裴神仙帮帮她的忙。裴神仙叹一口气，说好吧，我得使出浑身解数，不然，皮船长毁了，你们这个家也就完了。

裴神仙原想使些手段只当给皮船长一点儿警示，然后凭着他三寸不烂之舌，一吓二哄地就把皮船长"禳救"过来。不料皮船长到底有灾，我若半死不活地把他弄回去，万一丹凤不依教，硬要说是我弄整的，这好比黄泥巴滚裤裆，不是屎也是屎，我裴神仙不是捉个虱子在脑壳上来挠吗？

天黑下来，裴神仙正不知该道怎么办，却来了个过路的人。过路人打个火把，一见他们非常吃惊，问："这么晚了，你们还在这坟包包的，到底怎么了？"裴神仙见他戴副眼镜，即说："我也是过路的，看到这人倒在这儿，想是中邪了。想走吧，又怕出人命，就看到你来了。"眼镜问："你认识他吗？"裴神仙犹豫一下，说："好像是洋船上的皮船长呢。"眼镜说："既然是船长，那我们更应该救他了。"裴神仙说："对，我们做个好事，先把他抬下河去。"裴神仙不想把人送回家去，无非是为了避免嫌疑，自己少担些干系。

二人试了试，裴神仙抱起皮船长的身子，眼镜则一手抬脚，另一手擎起火把。他俩抬着人高一脚低一脚一路拉拉扯扯地很不协调，眼镜索性把火把递给裴神仙说，算了，你拿着火把，我来背。然后把皮船长背起来，一路下来到了半边街。这一阵，“默然酒家”的客人正多，裴神仙就说，我们把他背进酒店，叫人先去洋船上报个信，让船上来人弄吧。眼镜正背得汗淋淋的，说那好，就把皮船长直接背进了“默然酒家”。“默然酒家”靠墙有一只长长的春凳，二人就把皮船长顺下来，安放在春凳上了。

解放前夕，半边街还没有电灯电话，也没有电视、电影什么的，酒店、茶馆就是人们休闲、消遣的场所。当然，半边街上的人还可以去较场坝看川戏，下河看马戏或者目莲戏。不过马戏或目莲戏不是天天都有的，他们只是路过这里，间或在沙滩上围个布幔，临时“客串”一下半边街人的娱乐。而较场坝那边不仅要掏钱，还有那么远，码头上的人一年是很少去光顾几次的。于是半边街人，尤其是半边街的男人，晚上就只有去茶馆听书，或者进酒店喝酒了。

默然酒家四壁挂着油灯，梁上还悬吊着三五个亮油壶儿。每个亮油壶儿拳头大小，触角般向外伸出三个细长的灯嘴儿，每个灯嘴儿就是一盏明晃晃的油灯。只要酒店进来几个人，油灯闪闪，满屋子都会有人影子晃动。这种朦朦胧胧的意境，跟后来的烛光晚会颇有几分拟近。

见抬了人进来，点水雀儿首先跑过去看，一眼认出：“这不是皮船长吗？他，他这是怎么了？”

背人进来的眼镜说，他像是发了病，或者是中了邪。裴神仙却说：“屁，他肯定是闯到鬼了。不然，他咋一个人直挺挺地倒在腊梅湾那坟包包上了！”

周老默也赶了过来，却说：“要不得要不得，你们咋往我这

儿送呢！”

裴神仙说：“我跟他也只是过路的，见这人快不行了，就动了点儿善心。你们这儿人多，叫个人去通知船上，让他们来人把他弄回去吧。”

周老默说：“你们不如把他送回家去，就这样子弄回船也不是事啊。”

眼镜说：“我们不知道他家住哪儿，况且……”

酒客也围过来好些人，也有不少人认识皮船长，却没一个说知道他家住在哪里。有一位老成的客人则说：“我看这样行不？你们一边着人去通知洋船和他家里来人，另外还得马上帮他找个医生。现在看到他这副样子，我们都不晓得他患的是什么病，病重病轻地万一误了医治，也就害了一条人命。”



有人立即附和，说对，是要先帮他请一位医生，他家里出得起钱，费用是不必担心的。可请医生还得打起火把进城，进了医院还得先交出诊费，即便医生请来看了还得跑来跑去的帮他抓药，说到底，大家只不过是过路人、旁边人、看热闹的人，除了酒店老板，谁也不想担更多的义务和责任。

点水雀儿明白了，这皮船长既然已抬进了屋，她绝不能再去撵人家走，但摆在这儿总不是办法呀。她突然想起水月，水月神通广大兴许能解决问题。怕的是水月不好说话，本待叫山二哥去请水月，但山二哥没在，况且夜间孤男寡女的也不方便呀。于是点水雀儿决定亲自去请水月。

没想到这次水月十分爽快，点水雀儿几句话一说，水月就答应跟她走了。

其实，水月整了皮船长之后，很快就后悔了。她看到他直挺挺地倒下去，想是立即昏过去了，她根本没料到他会这样经不住吓。如果就那样半死不活地摆在荒郊，会不会送了他的命呢？

这皮船长虽说是可恶，但也罪不至死。如果就这样把他弄死了，我一辈子会受到良心谴责的。眼看天已经黑了，水月心里七上八下的，正不知该如何是好，见点水雀儿来请她去给皮船长看病，她二话没说，就收拾起东西跟点水雀儿走了。

水月赶到“默然酒家”，掰开皮船长的眼皮看了一下，即从头发上拔出几枚银针，在皮船长的百会、人中、天突、命门等穴位扎了几针，皮船长当即哼了一声。水月说：“要童便。”点水雀儿问：“什么？”水月又说：“要童子尿。”点水雀儿听懂了。立即出去满街张罗，说要小崽儿的童便。不一会儿，点水雀儿端了半碗小孩儿的尿回来。水月从身上摸出一红一黑两粒药丸，对点水雀儿说你给他喂下去。点水雀儿当真用勺子把药和尿都灌进了皮船长嘴里。

点水雀儿见水月忙完了，准备要走。就问水月：“他到底怎么样了？该没事儿了吧？”

水月说：“没啥，你们可以把他送回去了。”

这时，丹凤得到有人捎给她的信以后，竟找到“默然酒家”来了。一进门就问，他怎样了他怎么样了？水月听说丹凤是皮船长的女人，就对她说：“他不要紧了，你把他接回去吧。”然后也没有跟其他人打招呼，就独自一人走了。

丹凤见给皮日东治病的医生，竟是这样一位标致的姑娘，却没有想到她就是皮日东所追求的目标，更没想到皮日东就差点儿死在她手里了。见裴神仙在场，丹凤还以为是算命的禳解使法整了他。急问裴神仙：“先生的办法管用吗？你不会让他落下病根或者残疾吧？”

裴神仙就叹了口气，说：“我就算准了他有这一灾。不过现在好了，你把他接回去好好过日子吧。”然后把他如何发现皮船长倒在腊梅湾坟头上，他如何跟眼镜把他抬到默然酒家的经过

说了一遍。

其实，谁也不知道这场灾难的真相，就连裴神仙也不知道前面有小神子作法，而水月也不知道后面有裴神仙在配合。若非二人一前一后“通力协作”，现场也绝不会有那种恐怖的氛围和“恶鬼显身”的效果。

倒是丹凤很心疼丈夫，她见他遭到如此意外，担心得不得了。立即扑到春凳旁边，抚着丈夫的头问：“日东，日东，你不要紧吧？我们回家去好不好？”

谁也没有想到，躺在“默然酒家”半天不动的皮船长，突然把丹凤的手一拨说：“你自己回去，我要回船上去！”

其实皮船长早就清醒过来了，他也知道水月来给他治了病，还给他喂了药，灌了童子尿。但他不好意思睁开眼睛，他已猜到是水月整了他，这姑娘确实很美，但她心肠太硬了，也确实太狠了，就像裴神仙说的，她是水中月镜中花，他只能看到她，却得不到她。皮船长的心已经凉透了，也彻底对水月死了心了。但他听了丹凤跟裴神仙说的话，又想起裴神仙跟他打过的赌，就对丹凤和裴神仙起了疑心：原来他们早就见过面了，是合谋在整治我呢。于是对丹凤反感透了、腻味透了，丹凤要他回家，他坚决不肯回家。

周老默也对皮船长说：“你就跟丹凤回家吧。你那洋船是泊在河心的，要回船得靠小划子，可这么晚了，到哪里去找推划子的人呢？”

“不，不行，”皮船长仍然拗起，只坚持说，“我不回去！等天亮了，总有划子推我回船！”

丹凤原是畏惧丈夫的，不敢有违他的意愿；而众人帮着好说歹说，皮船长只高低不依。一伙人都陪着皮船长熬夜，竟在“默然酒家”整整耗了一个晚上……

**万州老照片(之六)　古万州桥**(1870-1969),这是万州存世最早的老照片。一次极偶然的机会,让我得到了这张弥足珍贵的照片(最初,有人称它为“伟大的经典之作”却错把它当成“云南的大桥”)。2007 年见证三峡库区蓄水 156 米高程,我曾发表散文《古万州桥祭》(附有此照片)。2007 年 12 月《重庆日报》在网上征集人文、地理稿子,将我所写的《古万州桥祭》作为样文,此照片遂引起世人关注。

# 第七章

足有几秒钟，二人都僵在原地，一位是惊呆了，一位是吓坏了。“对不起，对不起！”山二哥猛醒过来，前脚踢后脚急忙退了出去。

## 25 传闻



皮船长中了邪，井里扔了死耗子(老鼠)，山二哥要找人打仗，这几条爆炸式的新闻，就像是自己长了脚，不到一上午就把野码头和半边街都跑遍了。

修船工地上是水飘儿最先得到这几条消息的，一早他去茶馆，先是看到了皮船长，然后就听人说四方井里有人扔了死耗子，紧接着就听到说山二哥被何宝子的爹打了。

水飘儿在伙房打杂帮厨，秀秀一早下了河，侍候工友们吃了早饭，水飘儿就溜开了。也不是偷懒，他只是想去茶馆转一圈儿，看看昨晚说书的人有没有变动。茶馆昨天刚换了《三国演义》，水飘儿听说东吴的折冲将军甘宁，竟然是从本码头出去的人物。

水飘儿刚拢茶馆，就见一位汉子背了皮船长下河，还有一位眼镜在后面经佑，走拢茶馆，他们找一把凉椅把皮船长放了下来。众人围拢一看，见皮船长头发蓬乱，脸色苍白，嘴里虽然还在喘气，却闭着眼睛一直没有说话。有人问："这不是皮船长吗，是不是要死了？"那汉子说："你才要死了！你没见他已经没事儿了吗？"一同下来的眼镜也说："不碍事儿了不碍事儿了。"那汉子却说："你们没看到，昨天夜里，有人把他背到上面那酒店，他满嘴白泡子鼓鼓的，不省人事，倒是叫小神子来看了，说是中了邪。小神子留下两颗药，叫周老默给他灌下去了。他也不肯回家，天一亮就在喊背下来，看是用划子把他送回洋船，或者找人给洋船上的捎个信去……"旁边有人说："叫洋船上的下来接人吧，你还在这儿罗嗦什么呢。"这位汉子说："嘿个杂种，我也只是个过路的，你喊我我喊哪个？"他接着又说，"我听周老默说，皮船长想娶小神子，上午还在求他们帮他做媒呢，不料晚上就弄成了这副样子，也不晓得究竟是哪个回事……"

茶馆老板喊："还等什么呢！快，叫推划子的张老爹，去把洋船上的徐老鬼叫下来，不然都围在我这儿，算个什么事呢！"

"怪糟糟的，"有一位下河喝早茶的客人挤过来说，"这边有人中了邪，那边井里有人扔死耗子，这是人作孽呢，还是天老爷在作孽呢？"

"你是说哪口井里扔了死耗子？"

"我刚从半边街下来，半边街不是有一口四方井吗，今早晨发现井里面有两只死耗子，都泡胀了，嘿，真是害人！"

"是不是老鼠自己掉到井里去的哟……"有人不太明白。

"屁！井旁边有块石板，上面用粉笔写着'谁跟共产党走绝没有好下场'，这不明明是在恐吓么？"

"这么说来，这次他扔了死耗子，下次他就要投毒了啊……"有人真有些害怕了。

水飘儿挤在人堆里，正要打听扔死耗子的人查出来没有，

背后却伸个脑壳出来说:“这几天的形势，还真有点儿紧张,你们有人担心投毒,那边还有人喊要打仗,都凑到一起来了。”

众人一惊,忙问出了什么事。那人说:“我也是听歪楼门出来的人讲的,昨下午山二哥找何保长较劲儿,何保长先动了手,二人约好两日后决斗呢。”有人问,是为什么事呢?那人说:“听说好像是为了秀秀的事,何保长出手打了山二哥一耳光,其他的事我就不清楚了。”

水飘儿一听,明白了,难怪山二叔一早还没有下河呢。忙扭住问:“你说的,是何宝子的爹吗?”那人说:“是啊,何保长就是何宝子的爹何熊。”水飘儿不干了,说:“那得了!这姓何的是不想活了,敢出手打我们山二叔!”想立即回去向明生报告,得找人去修理修理这个姓何的。急抽身出来,没走几步就是铁匠铺,水飘儿心想毛铁匠跟山二叔关系最好,我得先告诉他。



“毛铁匠!”水飘儿喊,“你知不知道,何宝子的爹打了山二叔?”

毛铁匠停了手上的活路问:“你在说什么?”

水飘儿说:“刚才听人说,为了秀秀姐的事,山二叔找何宝子的爹论理,被何宝子的爹打了,还说过两天他们要决斗呢!”

毛铁匠一听,“哐”地一声扔了手里的铁锤,一边解身上的围腰,一边说:“格老子的,搞邪了,走,看老子去找他姓何的算账!”

水飘儿一把把毛铁匠拉住，说:“我先去跟明生哥说说好吗,还得找几个帮手儿,不然,他那里人多,我俩怕搞不赢他。”

毛铁匠说:“怕他个锤子，那何熊寡骨寡脸的像个痨病壳壳,上来三个五个的老子都不虚他!”

“水飘儿,水飘儿!”这时有人从半边街下来,隔老远就在喊,“你快跑一趟,水月叫你有事呢!”

水飘儿忙问:“是什么事呢?”

带信的人说:“我也不知道,只听水月说,你跑一趟,快把水飘儿帮我叫上来,就说我有事找他。”

水飘儿纳闷,一大早,会是什么事呢?毛铁匠说:“走吧走吧,我陪你去见水月,再上歪楼门去找那姓何的算账!”

水飘儿一想要不得,水月姐姐明明是找我呢。忙说:“不行,我要先去水月姐姐那儿看一下,你帮我跟明生哥捎个口信,然后你就在他那儿等我。”

毛铁匠见水飘儿的作派像个大人似的,心想,明生那帮人,若听了山二哥跟何熊的事,说不准也炸了。就说:“好吧,你去见水月,我先去明生那儿,看看山二哥是不是已经下河了。”

等水飘儿上了半边街,毛铁匠即车身去修船工地,没有见到山二哥,就找明生和王掌墨。他把从水飘儿那听来的消息一说,明生果然大吃一惊,然后就议论起来。

明生说:“何熊是活得不耐烦了,竟敢出手打人,也不想想,这是不是他打人的时候,是他打得打不得的人!”

毛铁匠说:“老子手痒,马上就想去收拾他一顿!”

“嗯,说起来,野码头这边没有出事,倒是山二哥那里有事了……”王掌墨在旁边默了默,他知道何熊的根根底底,只说:“何熊何保长也不是等闲之辈,他习过武,当年还是袍哥的红旗管事,动辄讲‘三刀六个眼’,‘丢翻’个把人连眼都不会眨的。”

毛铁匠说:“球,何熊算个什么东西,老子打他就当打铁,还怕锤他不扁!好在昨天山二哥没有还手,兵书上叫‘哀兵之计’,或者叫‘后发制人’,现在主动权是操在我们手里的,我们想几时还席就几时还席!”

王掌墨分析说:“何熊也是个死要面子的人物,歪楼门也还有几个人,他打了人也肯定是有防备的。那保长名号现在虽不

值钱了,但……"

明生说:"山二哥当时没有还手是对的,我不是说要去找何熊打群架,只是叫几个人去跟他评理,他肯赔礼道歉就不说,他要讲狠,我们再跟他讲狠。"

毛铁匠说:"嘁,光赔礼道歉就行了,他得认罪,然后挂红,放火炮儿(鞭炮)。不然,山二哥叫人打了就打了,那以后他还怎么在码头上走?"

三个人在一边儿说话,还没有作出决定,又有几个人凑上来,一听,在说山二哥跟何熊的事,山二哥还吃了亏,一个个都气炸了,都要出来为山二哥打抱不平……

这边尚在嘀咕,没提防胡四从渡口那边回来,隔老远就在大声武气地喊:"皮船长想娶水月,听说是撞到鬼了!"有工友忙问是怎么回事。胡四说:"他上午找人做媒,要娶水月,晚上就撞到了鬼,一个人白泡子鼓鼓的睡在腊梅湾,差点连命也丢了!"有人就笑:"皮船长有那么多老婆,他还想娶水月,人心不足蛇吞象,他能不撞到鬼吗。"有人问胡四:"他撞了鬼,你是怎么知道的"胡四说:"刚才张老爹把他送到洋船上去了,看样子,人还没有还阳呢。"又说:"格老子的,歪楼门的何熊,怕也是撞到鬼了,敢打我们山二哥,他不是在太岁头上动土吗!"有人立刻急了:"什么什么,山二哥挨打了?"

外面说的不要紧,却把个秀秀害苦了。秀秀在伙房弄饭,伙房没有门,只用篾席子围了一下,外面的情况一目了然。秀秀一早下河没有见到山二哥,就有些放心不下,一是怕他插手自己的债务,二怕他去找何保长扯皮。见毛铁匠过来找明生说话,几个人神秘兮兮的,不时拿眼睛往伙房瞟,就预感到是不是山二哥出了什么事,那心儿便不由自主怦怦地跳。偏遇到一个伙计听了胡四的报告,恨恨说一句:狗日的敢动手,不怕遭山二哥打来摆起！另一位钻过来听个半截。冒冒失失咋呼起来："啥呀，山二哥遭打来摆起了？"王掌墨回头短他一句"你锤子吃多了"，却听秀秀那边"噗"地一声，一勺汤浇在火中腾起一股灰，人晃一晃便软软倒在地上。

临时搭起的伙房，顿时炸了营。幸好没有打翻滚沸的鼎锅，否则还会酿成大祸。几个年纪大点的工人七手八脚把秀秀抬到一边，卡的卡人中，喂的喂水，不一会儿秀秀悠悠然醒转来。她推开众人，却只是嘤嘤地哭。

明生知道是怎么回事，挥挥手将众人赶开，然后他低声对秀秀说："秀秀你搞错了，山二哥没事，真的没事，你回去看看就知道了。"

秀秀扬起脸，眼睫毛上还挂着泪珠，见明生不会骗她。忙站了起来，拍拍身上的灰，也顾不得跟谁打招呼，竟一边拭泪一边往家里去。



## 26 拔钉子

水瓢儿找山二叔找一大圈儿，最后总算在他家里把他找到了。

水瓢儿忠实地传达了水月的话。他说，山二叔你快到水月姐姐那儿去吧，上次她说要见你，却一直没有看到你，她肯定是有什么急事呢。水瓢儿见山二叔像是气色不大好，就猜是不是让何熊那事儿给闹的呢，本想问问山二叔，怕一打岔，完不成水月姐姐交给他的任务。

山二哥闷闷的，确实有点不舒服。他跟何保长之间的事还

没有完呢，一早起来，却听人说四方井里有死耗子，他还不信，去井边一看，见死耗子还在水里泡着。水井旁边的石板上有一行粉笔字："谁跟共产党走绝没有好下场！"旁边还有四五个人，大家一边捞起死耗子，一边在分析，这是谁干的过恶事呢？只怕生的儿都没有屁眼儿！半边街有好几口井，但这口井最好，大家几乎都在吃这口井里的水。这扔死耗子的人多半不是半边街的人，那么，他会是谁呢？大家一时理不出个头绪。山二哥就用桶把井里的水提干，因为蓄的水深，待他把水井淘洗一遍，已累出一头汗水。

山二哥正想问水飘儿的话，却见老弯顺路过来，忙起身把他迎进屋里。

"我们半边街有人做过恶事呢！"山二哥顾不得说别的，先把四方井有人扔死耗子的事对老弯讲了，还说了水井旁边写的粉笔字。"这个东西很坏，我猜，他肯定是共产党的死敌和对头。"老弯一边听一边点头，说："这事儿我也听说了，他们是在吓唬人呢。"山二哥说："这吓得倒人吗？只让人恶心，只能引起大家的公愤！"老弯问："你们分析过没有，是谁干的呢？""我们也分析了，做这种过恶事的，不是半边街上的人。因为半边街上的人都晓得这口井最好，都在吃这口井里的水。"山二哥甚至想到过何熊何保长，但立即否定了他。因为何熊在半边街也有个铺面，虽然没有营业，却不时下来看看，也要用这口井里的水。老弯想了想，问："听说，最近你们这儿来了两个厨师，这两个人怎么样？"山二哥眼里一亮，觉得这两个人倒真有些嫌疑，于是把这二人想调戏点水雀儿的事也对老弯讲了。老弯在默默地思考，说："这号人不能放在半边街。他们是想在半边街插颗钉子呢——这种钉子得尽快拔掉……"

水飘儿在旁边听，有些事虽然搞不懂，但听说要拔钉子，立即说："拔钉子这事儿好办，请水月姐姐画道符，就把他们赶跑了！"

老弯不认识水飘儿，猜他是河下的小伙计，只对他笑一笑。

山二哥突然想到老弯会有要事跟他谈，不能让水飘儿在旁边添乱，即说："去去去，大人在这儿说话，你捣什么乱！你快办你的事去！"

山二哥把水飘儿赶走了，接下来又跟老弯交换了一些情况。老弯讲了这两天的情况比较特殊，我们不仅要把自己的兄弟组织起来，还得随时留心敌人的动向，并着重布置了护船护港方面的一些事情。

水飘儿见山二叔好像没事儿似的，一早起来还淘洗了水井，就想他跟何熊打架的事莫非是误传吧？这山二叔也是的，我提个建议你不采纳也罢，还当着客人的面赶我……水飘儿心里不高兴，觉得今天很没面子。这"拔钉子"不就是要把那两个家伙赶走吗？这对水月姐姐来说，又不是什么难事。水飘儿本来是要下河的，回头一想，我就去找水月姐姐把这件事给办了，省得再跟你们罗里罗嗦地费口舌。

水月见水飘儿回头又找她来了，就问："怎么样？你碰到山二叔了吗？"

水飘儿就讲山二叔遇上了难题，他要拔钉子，要把外来的那两个厨师赶出半边街。还说了这两个厨师很坏，真的。他们不仅往水井里扔死耗子，还想调戏默然酒家的点水雀儿呢。水飘儿并不是有意要扯山二叔的旗号，他只想把话说得更简捷一些，更集中一些，于是云里雾里如此这般地瞎汇报一气。不料几句话一说，倒也立即引起了水月的重视。

水月也觉得这两个人坏，却只说："那你就等山二叔拔这钉子好了。"

水飘儿说："不，他们说起来费事，做起来也费事，远不如水月姐姐能干。水月姐姐只须画一道符，就能把这两个人赶走了！"

水月听了水飘儿的，脸上露出微笑，想一想说："好吧，但这事你不能对山二叔说，也不能对其他任何人说，否则，我的符就不灵了。"

水飘儿直点头："好，我决不跟任何人说。水月姐姐，那，你就动手吧！"

水月找出一张黄裱纸，裁出自己需要的大小。先磨了墨，然后提笔画了一道符，最后又录了一副对联交给水飘儿："好了，你把这道符拿去贴到他们门上，然后把这副对联贴在大门两边，你去做的事儿，不能让任何人看见，也不要让任何人知道。你记住了吗？"

水飘儿从水月手里接过那道符，还有一副对联。即从水月家里悄悄出来，直奔何保长的何家店铺。他在那里观察了一会儿，见四下无人，先往大门两边贴了对联，本想把那道符贴到门框上去，人却没有那样高，就跳起来贴到旁边的木枋上。然后四下一看，见没有被人发现，就一溜烟儿地下河去了。

过了一会儿，从半边街过路的人发现这家店铺出怪事了。别人门上的对联，都是贴的红纸，这一家却贴的是黄裱纸，一边看还一边读：

黄泉路上不见金乌玉兔
幽冥府中岂容恶棍奸雄

不大功夫店外竟围了一大堆人。有人认出来，嘿，这不是丰都鬼城用的一副对联吗？更有人指出，这是鬼门关到望乡台那段路用的对联。还有人眼尖,看到旁边木枋上还贴着一道符,于是议论,只怕这屋里真要死人了……

众人的议论,终于惊动了住在屋里的两个厨师。两人出来一看,门上贴了一副黄裱纸对联,一读十分晦气,不由心头起火,两爪撕下来,正想张口骂人,突然看到旁边巷子里跑出来一个老头儿,一边跑还一边哭腔哭调地喊:“不得了!不得了了!这后面有个人吊死了!”

一伙人从那巷子进去,爬上土坡,果然看到后面那颗歪脖子麻柳树上吊着一个人。有人上去把那个吊颈的人放下来,却认得,正是不知去向的熊运松。尸体硬翘翘的,想是已经死了几天了。

报丧的老头儿这天在岩上捡柴火,从上面隐隐约约看到岩下麻柳树上挂件长衫子,当时他并没有看到头,也没有看到衫子下面的脚,只以为是大风从哪里刮来的“财喜”。阴悄悄从岩上下来,从这个小巷子进去,待走拢一看,才发现是个死人,顿时吓得脚炉手软的,一步一跌地跑出来报丧。

半边街的人把那具尸体抬到何熊的店铺前,下了块门板,把他停放在大门口。待那两个厨师上前辩认,果然是他们要找的熊运松,却脸青面黑的,舌头也吐了出来,手上、身上已起了尸癍。

众人只管七嘴八舌地议论:

“这人是怎么死的呢?”

“怎么死的?闯到鬼了,该他死!”

“想是老了,活起没意思,就上吊算了!”

“只怕是怄气死的吧?那天他的侄女儿把他骂了个狗血淋头,他大概也就不想活了……”

熊运松在此地只有何桔子这么一个亲人,于是有人去歪楼

门通知何桔子和何保长。何桔子和何保长只说晦气，叫打发他一口棺材算了。却一时半会儿不见动静，人也懒得去半边街张罗，就让死人摆在街边儿。住在那里的那两个厨师，好歹按照当地规矩，先往死人脸上搭了张草纸，又往停放死人的门板下塞了盏油灯。满以为再也没有他们的事了，没有想到接下来那个晚上却出了怪事——

天黑了，大门豁敞着，门板上孤零零地停着一具尸体。尸体下面那盏灯，扑闪扑闪的，活像是死人子在出气。那两个厨师自然不是胆小的人，只是不想为熊运松守夜。他们一边埋怨何保长不来收尸，把死人摆在门口很不好；一边洗了脚蜷到床上睡下，就议论熊运松的死。



“你看到没有，他是被人卡死了然后再吊起来的！”一个在床这头说。

“是的。看样子，他根本没有反抗。”另一个在床那头说。

“估计是来不及反抗。他手里的东西没有了——这肯定不是生手干的。这半边街，不是世外桃源，可能藏得有共产党！”

“那那，那我们……”

“那我们，我们咋的？你害怕了——哼，真没出息！”

“我，我是说，我们得防着点儿……”

“防也是要防的，这防人倒还好说，防鬼，可就防不胜防了……”

“我总觉得，这屋里阴森森的，只怕真的……”

这时门口传来呻唤的声音，好像是熊运松在翻身，在喊身上痛。二人一惊，忙趿了鞋出去看。门口没有人，搭在熊运松脸上那张草纸已经被风吹跑了，尸体吐出舌头，微睁着眼睛，仍然硬翘翘地死在那里。二人只当是错觉，仍回来蜷到床上躺下。可没过一会儿，又听外面那扇门板有动静，像是死人一翻身坐起来了。二人一激灵都从床上坐了起来，探头一看，外面仍然没有动静。索性下床，把屋里的桐油灯拨亮一些。他们也不再睡了，只能靠在床上打瞌睡。可刚一迷糊，就见熊运松进屋了，眼睛使劲眨巴眨巴，还看见熊运松的影子直晃，刚刚想喊，熊运松的影子又立即变成了灯影子。关键的关键，这不只是一个人的幻觉，而是他们两人共同产生的幻觉。于是二人就有些胆寒了，干脆两个人睡一头。但仍然睡不安隐，朦胧中不是这个在喊你别摸我的脑壳，就是那个说你在摸我的脚。后来，就连那个胆子稍大一点儿的也挺不住了："不行，这里不能住人了，这里确实太危险了！"

第二天天亮，人们路过何家店铺，见门口仍躺着那具脸青面黑的尸体，木枋上贴的那道符，还在风中飞一飞的。门洞大敞八开，住在屋里的两位厨师，却早已逃得不知去向……



## 27 治臭虫

再说水飘儿顺着半边街一溜烟下了河，他神不知鬼不觉地办了件大事，心里头十万八千个毛孔无不感到快活，无不感到滋润。这时候，水飘儿最希望碰到两个人了，山二叔或者明生哥看到他一脸高兴的样子，肯定会问，水飘儿水飘儿，你咋这样高兴呢？水飘儿就会说，没有哇，我本来就是这个样子。山二叔尤其是明生哥肯定还会说，不对，你肯定遇到了特别高兴的事。水飘儿就笑，只说大概是因为天气好的原因吧。反正，水飘儿绝不会把秘密说出来。他跟水月姐姐保证过，不对任何人说，那就一定得遵守自己的承诺。

水月姐姐神通广大，要从半边街赶走两个坏东西，不过是举手投足画道符的事。如今水飘儿最欣赏水月姐姐，最信服水月姐姐了。就像水月姐姐的功夫是由他发现的，他也早已把自己当成水月姐姐一伙的人了。

一路上水飘儿却并没有遇到他熟悉的人。经过铁匠铺，见毛铁匠没在，只当他还在明生那边等他。水飘儿认为毛铁匠这个人好是好，力气大，但只会打铁，却没有山二叔稳沉。做人，还是要稳沉一些的好。水飘儿走拢修船工地，偏起头一看，没有看到明生哥，却见毛铁匠在伙房里帮厨。想了想，因为没有见到明生哥，他也懒得跟毛铁匠搭话，即转身往河边走，心里仍装着那团高兴。水飘儿心里有了高兴的事，却不能对任何人说，就像喝了好酒，酒劲直往上冲，既不知道该怎样发泄，也不知道该往哪里发泄。水飘儿在沙滩上一连打了几个倒踢，还翻了几个空心跟斗儿。又在江边捡了几个石子儿，使劲儿往江里扔，要一个比一个扔得远。不一会儿，竟整出一身毛毛儿汗来。水飘儿突然觉得他该转去了，工友们正在忙呢，他们看到了，会笑话我的。于是往工地上走，一扭头正好看到明生哥从东门码头过来。



明生心里有事，刚从环城路船民协会转一圈儿回来。路过东门码头，他叫了三个船主，要把有关“精神”先跟他们通通气。本想先回修船工地看看，见那里人搞搞的(人多)摆一大摊，就折转来，往沙滩走。水飘儿看见了，也跟了过来，明生只瞟了他一眼，却没有像山二叔那样把他赶走。大家找个干净地点坐下来，就像几个朋友临时碰到了，在吹龙门阵似的。

明生原来是去船民协会打探消息的，却在那里遇到省万师的一个老师。那个老师戴副眼镜，好像说是姓李。听明生说，省万师就是四川省立万县师范学校，原先叫四川省立第四师范学校，最是个了得的地方。早年，孙中山大元帅府秘书长章太炎先生来校视察，还亲笔为学校题写过门匾和校训碑。共产党的一批先驱人物，如刘伯坚、萧楚女等，都曾先后来这所学校活动或在学校当过老师。这所学校也确实出过不少仁人志士，而今有不少民众敏感的消息，最先都是从省万师传出来的。

明生说，李老师在船民协会首先向我们介绍了重庆的“9·2”大火灾。他说根据初步调查，重庆9月2日这场大火，最初是从赣江街17号油蜡铺三屋燃起来的。火势蔓延十分迅速，延烧了朝天门至小什字、长江与嘉陵江汇合地带的大片房屋。并且引燃了江面上的囤船和其他船只，浮油在江面上燃烧，还延烧到江北部分地区。整个大火持续18个小时，余火烧了三昼夜，被毁房屋万余幢，近10万居民无家可归。大火焚毁街巷39条，学校7所，机关10个，银行、钱庄33家，大小仓库129个，囤船11只，木船135只以及大量其他物资。而重庆警方事后公布的数字却很不完整，仅说受灾百姓近万户，受灾民众四万多人，已掩埋尸体两千多人，重伤不到两百人，轻伤还不到四千人……



“嘁，涮啥子坛子(开啥子玩笑)啊，才死两千多人！”一位船主骂起来，“光是9月7号，万县就打捞起‘9·2’火灾烧死、淹死的浮尸七八十具。这是推红船(救生船)的张老爹亲口告诉我的。重庆一路下来近七百里，流了五六天，一路上都在组织打捞，况且，还有好多人没有往河里蹦，是死在坡上的、死在火里的，有的就埋在倒下来的废墟里，有的就闷死在防空洞里，未必那些人就不算死人子了？”

“国民党喜欢搞新闻封锁，你娃又不是不晓得。唉，只令人痛心的是，‘9·2’这把火，让重庆哥子遭受大难了！”另一位船主也在叹息。

明生说：“李老师旨在提醒船民，川鄂边区绥靖公署早已宣布万县城进入战备状态。他们一边在疏散城里的非战斗人员，

一边将所有船只全部集中到长江北岸，说是要阻挡解放军渡江。大家担心这帮人狗急跳墙,临走的时候像重庆那样放一把火,那万县船民可就惨了！”

“那是啊。如今木船已全部集中起来,船挤船靠起一大帮,木船本来就容易着火,要是他们再放一把火,就像赤壁之战,来他妈个火烧连营——那我们就真的只有跳河了。”一位船主说。

明生说:“因此我们必须加强联络,加强团结,加强戒备！要是他们真敢动手烧船,那我们就没有退路了,只能跟他们一拼到底！”

另一位船主站起来说:“明生说得对。当局平时只知道对我们敲骨吸髓,临到要垮台了,还想拉我们垫背,那我们就得跟他拼个鱼死网破,绝不能让他们白捡了便宜！”

明生说:“最可气的是水警所那几个臭虫。平时耀武扬威地不得了,这几天不随他们的主子坐观其变,还照样出来梭巡扰民。一会儿出来说要搜查水码头的陌生人,一会儿又说要收保护费,无非是想临走的时候再捞一把,我真想给他们留点儿教训！”

一个说:“这几天城里几乎已经看不到兵了,就剩几个二杆子警察在那里晃,还以为‘山中无老虎,猴子充霸王’,现在该他们狠。”

“嗯,”一位船主点头说,“这几天,大动作我不跟他来,我可以来点儿小动作;明的不能来,我就跟他来点暗的。尤其是那个姓刘的大肚子臭虫,反正,我早就想弄整他了……”

“就是,要治治那个臭虫！得让他知道点儿厉害,不,要给他一个警告！不然,龟儿子的以为只有他凶,我们就拿他没有办法了！”

“要不,盯他狗日的梢,晚上等他出来,给他狗日一闷棒？”

“不不，整狠了也不好。这种时候，万一让他抓住把柄，我们反而要吃亏……”

水飘儿一直挨明生坐着，就听他们议论，这时却出了个主意：“给他挖个坑，让他狗日的自己跳下去！”

众人只白了他一眼，都以为一个小孩儿还能想出什么好主意。不料明生默了一下，突然把膝盖一拍，说：“对，我就挖个坑，让他狗日的自己跳进去！”

那三个人只一愣，立即猜到明生是想挖个陷阱，却笑起来。明生说：“那，你们先走一步，这事儿，就交给我跟水飘儿去办好了。”

那三人拍拍屁股站起来，一路交头接耳地去了。明生就找来一把铁锹，带了水飘儿出来“做事”。他们选在水警出巡的必经之地，挖了个三尺见方足有半人深的沙坑。见挑粪的农民从这里过路，就悄悄上去给他们说了几句，农民还往坑里“捐献”了两挑大粪。然后在坑口横七竖八地搭了几块篾片，又找块破席子铺在上面，然后再薄薄地撒上一层沙，就完成了陷阱的伪装工作。

这时，最先提出要整刘警官的那个船主过来了。他说行了，后面的事就交给我来办了。他找来两块破条篷，架成人字形遮住陷阱，是怕其他过路人捷足先登误踏了“雷池”。然后守株待兔，专等那个大肚子臭虫前来领死（屎）。

这刘警官肚子特别大，是警察局下面专管水码头的一个队长。平时又歪又恶的，挺着肚子常带两名“义勇警察”出来祸害百姓。这天该当这小子要吃点儿苦头，就像是随便出来消食似的，他独自一人挺着大肚子一摇一摆地出了东门。

守在河边的人，远远看到刘警官从东门大梯子下来了，急撤了搭在那儿的破条篷，还把其他地方弄得乱糟糟的，专为他

留下一条坦坦荡荡的“大路”。这刘警官的感觉也确实好，一路端起大肚子高视阔步地走过来，他一边走，一边还在琢磨，今天，我该找谁“发财”呢？突然一步踏空，只听“唉呀”一声刘警官就不见了——怪只怪刘警官的肚子太大，一跤迭下去肚子挺在坑沿上，直痛得他半天缓不过气来。等他蜷在陷阱里好容易哼出了声，才发现坑里是又脏又臭的大粪。他哼哼地在坑里喊：“来，来人，来人啦……”有几个过路的人，远远地朝他望了一眼，一扭头都捂着鼻子跑了。刘警官这才想起，今天没带“义勇警察”出来，不是他不想带，是他发现这几天他都喊不动这些狗日的了。

刘警官只能依靠自己救自己了。他忍着肚子痛，好容易像蜗牛一样爬出了粪坑，一看手上、脸上、身上，到处都是粪，帽子也掉在粪坑里，显然是再也不能用了。他捧起自己受伤的肚子，扑嗵一下跳进江里，江水很冷，冷得扎骨，但他已顾不得冷了，他必须把自己从头到脚清洗干净，不然他没法走路没法见人。

这时候，船上岸上围过来不少人，听岸上的人在说，这个粪坑害人，我们把它填了。更多的人则围在江边看刘警官洗澡，大家只当是看稀奇——

“哟哟哟，这不是刘警官吗？怎么了，今天掉进粪坑里了？”

“唉呀，一身都是屎！你没有吃到屎吧，啊，好臭啊！”

“唉，刘警官工作起来太负责了，得罪的人多，这不是遭到报应了吗！”

“刘警官你这是招谁惹谁了？平时专治坏人，今天怎么遭坏人治了？”

“听说刘警官要带人下河烧船呢，船可是人家的命哪，你若把人家逼急了，自然就会有人出来找你的麻烦了……”

“唉哟！刘警官你不晓得，常言说‘说尽道绝戏班子，做尽做绝桡夫子’,水流沙坝的人,莫得多少文化,你想弄整他们,说不定他们倒先动了手。他们人多势众,什么事做不出来呢?”

“哪位回去给他报个信嘛。天气好冷啊,一身肥肥白白的肉,就这样泡在江里,也不是个事啊……”

刘警官全身着冷发寒,直冻得牙齿打战,他一边忙着清洗身上的腻物,一边听大家七嘴八舌的议论。刘警官当然能听出众人的弦外之音,大家表面上是在关心他,安抚他,骨子里却无一不是在奚落他,诅咒他。如今,在这种绝对孤立的形势下,他终于切实感觉到了,大家的幸灾乐祸以及对他的刻骨仇恨……

## 28 亏心事



山二哥这早上没有出门,心里一是默着河湾的动静,二是默着自己跟何保长的过结,这两件事他都没有告诉任何人。尤其是跟何保长交手的事,他必须瞒住众人。他知道此事若声张出去,要来帮他打锤儿(打架)的人有的是。平时他讲大家的事就是我山二哥的事,而今我山二哥的事还能不是“大家的事”?山二哥也在检讨自己,昨日撕毁借据确有些输理,但脸上挨一耳光,这就太丢人了。码头上的人都有这德性:宁输脑壳,不输面子。山二哥认为被人打了耳光,是丢了面子。丢了面子,不能靠别人帮他找回来,他必须亲自找何熊作个了结,而这件事又是由秀秀的事引起的,他更不能让其他的人插手,绝对不能将两人的拼斗变成一场群殴,因此,他必须向外界封锁消息。

当水飘儿来找他的时候,山二哥以为水飘儿只是来带信的,还当他跟何保长之间的事大家并不知道。后来老弯来找他,

给他交代了不少情况，他认真记了，都是护船护港以及半边街方面的事情。回头想起水飘儿，因有老弯在场，自己不由分说地赶走了他，会不会伤了这娃的心呢？还有水月，水月几次叫水飘儿来找我，我还一直没有见到她。如果水月真有什么要事，我可不能怠慢了她。

山二哥要去水月那儿，路过何保长的店铺，见门口围一堆人，大家指指点点地在评一副黄裱纸写的对联，瞄了一眼，差点儿笑出来。看起来，住在这里的两个厨师，人缘关系也太差了。他们无皮无毛的，居然还想在半边街上钉颗钉子，可不，这副对联，分明是纸船明烛地在送瘟神呢！

山二哥进了水月的门，水月把他让进客厅，给他倒了一杯茶，然后二人分别在左右两把椅子上坐下来。

水月的客厅，大约是受了慈云庵老师太的影响，布置得有点儿像一座佛堂。客厅正中靠墙有一张香案，香案上供一尊镏金的观音坐像，还有烛台、香炉、供果。墙上还挂着一副观音菩萨的画像，观音一手端净瓶，一手拿柳枝，神态慈祥，法像庄严。左右两边挂一副对联：

掬水月在手，
弄花香满衣。

看了水月厅里这副对联，山二哥又想起何家店铺门上贴的那副对联，却怎么也没有料到，那副对联竟出自水月之手。想起那副对联他心里感到痛快，但在水月面前他却没有提那副对联的事。

水月家这副对联，是当年一位过路的高僧，见水月可爱，随手题写的。客厅的几案桌椅都是紫檀木做的，云龙花草，雕工细腻;榫头衔接,中规中矩。中式木椅美观端庄,只有一样,坐着不如西式沙发舒适随意。这一点,山二哥很快就体会到了,水月的椅子,适于正襟危坐,坐久了,换一种姿势就不太适宜。

“昨天我来找过你,你没在……”山二哥说。

水月没有任何表情,拿一本什么书在手里翻,就等山二哥拿话来说似的。

“水飘儿说,你有什么急事找我。有什么事,你说吧,我做就是了。”山二哥又说。

因为山二哥还默着何熊的事,心情不是很好,但水月今天的心情似乎更不好。水月想,你还要我三请四催地才能来呢。自“那件事”以后,你既没有个交代,也没有负起责任,难道就算了不成?尤其想到昨天的事,那个皮船长好讨厌,一再劝阻他,他却不知进退。偏偏又经不住吓,使个手段他就差点儿丢了命。若不是想到师太说的“慈悲为本,方便为门”,晚上我才懒得救他呢。再一想,如果山二哥昨天一早就上我这儿来了,哪里还会有后来的事呢。她越想越有气,见山二哥说话了,她仍不理他,就让他一直晾在那里。



山二哥见水月两次派专人把他叫来,见了面却又不说话,心里不免有些发毛(发虚)。他在野码头和半边街上也算个行止有声的人物,平时天马行空超脱得很,走到哪里虽然不能说是一呼百诺,但几时受过水月这般“冷遇”。他想说,水月,你说话呀,你说话呀你。却说不出来。坐的太师椅又冷又硬,他感到这也不是,那也不是,很不舒服,却偏有一股力量把他死钉在那里。



水月在心里恨恨地想,艾青山,我今天倒要看看你怎么走路了,你就没有问问自己亏不亏心!

山二哥终于看出来了,水月这是在逼他,逼他自己说出来,

今天必须揣起这张老脸，对水月作个交代了。

“水月，我知道，你想叫我说那天的事，我……”山二哥提起那天的事，声音无端有点发颤。那天的情景历历在目，事发突然，惊心动魄，但要叫他说，他怎么也讲不清楚说不明白——

那天是王掌墨求他问水月，能不能求一道符，把大门给正一正。王掌墨盖房子准备娶儿媳妇了，有一天水月从那里过路，顺便看了一眼，说你这石门框是歪的。造屋的匠人说，说邪了，我用锡锤儿吊过墨，咋会是歪的！后来石门框装好了，大家发现真有点歪，重新吊墨，上下果然差了两分。又不好推倒重建，匠人就叫请水月画道符，再把歪的地方修正修正。

山二哥去找水月，大门没关，说明水月在家里。推门进了天井，却没看到人。山二哥就喊：“水月，水月！水月在家吗？”小院儿里没有动静，除了客厅，几间屋子的门都是关起的。咦，水月去哪儿了呢？山二哥正转身要走，忽听东边房间里哐啷一声响亮。山二哥心里一惊，出什么事儿了？紧走几步把门一推，谁知门是虚掩着的，一步跨进去，山二哥立即惊呆了——水月全裸着，正一丝不挂地从浴盆里站起来！

水月并非有意给人留着门，是她刚打了洗澡水，一摸，不烫，又去厨房提了半桶热水，门是用脚后跟关上的。后来听山二哥在外面喊，才发现门没关严，慌慌地想去关门，哐啷一声却打翻了旁边的铜盆。山二哥一步跨进来，水月尖叫一声，只本能地用手护住自己的胸乳和下部。足有几秒钟，二人都僵在原地，一位是惊呆了，一位是吓坏了。“对不起，对不起！”山二哥猛醒过来，前脚踢后脚急忙退了出去。

最不能接受的肯定是水月，一个姑娘家，原身都被人看到了，那还得了！水月最初想到的只有死。师太知道了这件事，就开导她，每个人来到世上，还都是赤条条的呢。一个姑娘，总要嫁人，说不准这就是你们的缘分。水月原本心性高傲，后来不得不面对事实，无奈贞洁观念太强，她看过的杂书多，记不清是《三门街》或者是《孟丽君》，有个姑娘女扮男装，无意中跑掉一只靴子，让一个男人看到了她的三寸金莲，这女子后来只能死心塌地地嫁给这个男人。水月强迫自己接受了山二哥，哪晓得山二哥懵懵懂懂的，还不知道该怎样来承她的情！

山二哥看到了他不该看到的画面，他简直没想到水月会有这样美丽，现在只要眼睛一闭，就能想起那个无与伦比的“玉人”。山二哥虽然是码头方面的“公众人物”，但毕竟还是个处男子，他有羞耻心。那天的事纯属偶然，他没有想过要占水月的便宜，却偏偏“占了别人的便宜”。每想到这事，他既感到无奈，也感到心跳，还感到伤了水月，自己便有些亏心……

“水月，很对不起，那天的事，我，我绝不是有意的……”废话，山二哥自己也知道这是废话。“这种事，不可以跟任何人说，你是个姑娘，你怎么责怪我、怎么处罚我都行。我感到无地自容，也不知道该怎么办了。”

水月听山二哥终于把这事说出来了，心里不觉又羞又恼又急又恨，一时间五味杂陈，泪珠儿已禁不住流了下来。

“我，我……”山二哥见水月哭了，顿时手足无措，更加慌了神。

哼，你这个呆子，难道非要我说出来吗？水月千难万难地真不想开这个口，她弯了山二哥一眼，恨恨地说：“艾青山，你都做出来了！你知不知道，我今后还怎么嫁人！”

山二哥愣了一下，他完全没有想到，水月一张口，竟把话说到这份儿上了。低头一想，人家姑娘家，更顾及自己的脸皮。她要嫁人，只能把自己下嫁给一个，随随便便闯进自己生活中来的男人。他这样一想，心里就乱了。山二哥承认水月很美，水月

是他所见到的最标致的姑娘。但他既怕辜负了水月，也确实还没有要爱水月、要娶水月的思想准备。

“水，水月，可我配不上你，我怕辜负了你……”山二哥顾虑重重，说话也是胆怯怯地。

“你不负责任，那你就杀了我，然后再杀了自己！”水月绝然说。

山二哥窘住了：“不，水月，你怎么想得这样绝呢？你是世界上最好的姑娘，既能干，又好看，我只是说，我只是……”

“你知不知道，皮船长昨天差点儿就死在我手里了？”

山二哥一惊：“那，那，是怎么回事呢？”

“他向我求婚，死皮赖脸的一直跟着我。我只得使出手段，一回头变个吊死鬼，就把他吓倒了。”

“噢，人吓人吓死人呢，何况……”

“若不念我心善，慈悲，只怕他连命也丢了！”



山二哥心里一抖，随即想起点水水雀儿告诉他的，皮船长还想娶水月呢，脸上佯笑道：“皮船长也算个有本事的人，但他大你许多，也真的配不上你。”

水月是个孤傲性急的人，见山二哥不像个感情细腻的男子，也不想再跟他啰嗦，就干脆挑明说：“我今天把你叫来，只是想把话说开。我，我俩……两个人的事，我是说，我知，你知……”

山二哥见水月想说什么，仍觉得有些碍口，就说：“水月，你怎么想的，就怎么说吧，我听你的。”

水月说：“那好吧，你回去好好想一想，在想好以前，我不嫁人，你也不能娶亲！你做得到吗？”

山二哥见水月说话霸道，虽说来得突然，却也在情在理。“嗯，好吧。”山二哥望了望水月，略想一想，即认认真真地点了头。

# 第八章

他说共产党虽然不搞什么“共产共妻”，却讲的是一夫一妻。你想，从重庆到汉口，皮船长有多少老婆啊……

## 29 船歌



明生领着水飘儿给刘警官挖了个陷阱，回到修船工地，才悄悄问水飘儿，山二哥那边怎么样呢？水飘儿就讲了山二哥上面的情况。不料众人都围过来问他，山二哥到底怎么样了？水飘儿只好说，水月姐姐叫他有急事去了。看那样子，就像没事儿似的，我也没问他跟何保长之间的事。毛铁匠嫌水飘儿不灵醒，这么简单一件事都问不明白。明生却对毛铁匠说，我晓得山二哥的德性，他不会随便让我们插手这件事的。你且别慌急着要去打锤儿(打架)，等一会儿山二哥下河，我探探他的口气再说好吗？毛铁匠想了想说，好吧，那我就等山二哥发话了。这口气，他咽得下去，我是咽不下去的！明生仍怕毛铁匠闯到歪楼门去惹事，就对毛铁匠说，秀秀回去了，你铁匠铺的活路如果不是很忙，今天你就在我这边帮帮厨吧。

众人散开，该做啥子仍做啥子。自然，水木匠的习惯，手里

做活路，嘴上还免不了有些闲白议论。有说皮船长昏了头的，有议何保长瞎了眼的。金老怪问王掌墨，你说何保长那借据是真的假的，到底欠了他多少钱呢？王掌墨说，谁知道呢，大约只有何保长、山二哥和秀秀他们几个心里有数了。金老怪试着问，那，能不能去问问他们呢？王掌墨上上下下把他打量一遍，说，算了，你就别操这份儿心了，你问他们，他们也未必肯说。

明生临时又指定一位做饭的人。他在伙房外边儿找一段圆木坐下来。心里有一种困乏的滋味儿，就感觉江水匆匆流，凉风阵阵吹。旷阔的沙滩又奏起修船的交响乐，乒乒乓乓呼呼啦啦吱吱嘎嘎，杂乱而又和谐地混响着。那条被把杆支撑着的木船，没了桅杆，没了拱棚，没了锁幅，把一张陌生的面孔暴露在世人面前。船底船帮触损朽蚀的地方凿开几道口子，恰似一只打了孔的漏勺。明生想，这多孔的木船就像一只筛子，若将那撑船的把杆一拉，就会有几个人被罩在里面了。明生叹一口气，想起儿时同表妹一块儿在小河边罩雀子的事。那时雀子真多啊，除了麻雀，还有点水雀，画眉，斑鸠，腊嘴儿，白头翁。人不长大该多好，小时候过家家还可以娶表妹当媳妇，而现在却……

这时秀秀在明生心里格外生动起来，今早上她那张含泪的脸，竟比出水芙蕖、带雨梨花还叫人心疼。明生心里涌起一种极复杂的情愫，是哀怨？是敬重？是坦然？是失望？连他自己也说不清楚。他承认，表妹用情是专一的，深沉的。当她误听山二哥遭到意外，竟至昏厥晕死；而自己呢，一门心思却讨不来她的一张笑脸……

这时，明生耳畔响起了悠远的号子声，过细一听，却是一首峡江人爱唱的古歌：

月照江头半掩门，

待郎不至又黄昏。
夜深忽听巴渝曲，
起剔残灯酒尚温……

男人死后，秀秀回云阳想接妈上来住。秀秀妈大约是故土难离吧，苦苦求她她就是不愿离开老屋。秀秀回来坐的是明生的船，一路上情绪低落到极点。船上的伙计们这回格外文明，该打光胯的，他们宁可穿湿裤子；该骂粗话的，他们宁可捂在肚子里生蛆。除了男子汉与险滩恶水的顽强拼搏，除了群体表现的阳刚之美，他们不愿在秀秀心目中留一丝怯懦和猥亵。可船工的努力根本没引起秀秀的注意，而秀秀的哀伤反而引起了船工的不安。

峡江木船皆一桅一帆，下水全凭推桡摇橹；上水依靠划桨拉纤，此外，逆水行舟还可以借风扬帆（因峡江水急，下水船是不能升帆的）。这天，待明生的木船拉上一处险滩，正遇上风，便收了纤藤挂上布条（风帆），船工们推六七把桡片唱起了川江号子。船上有专门领唱号子的工人，这人姓章，大家叫他章号子。章号子先是几句书帽（唱段前的引子），再从盘古老王开天辟地，唱到乾隆皇帝游江南；从梁祝小别十八相送，唱到秦重为花魁怀里温茶。众人齐声喝彩。明生说，他一个人唱好累，我们每个人来一段如何？船工们说好。大家为了讨秀秀欢心，无不精神抖擞，一呼一应轮流领起号子来。

其实，川江号子要分三大类，即桡工号子，拉纤号子和搬运起卸号子。这些号子，是船工和码头工人在长期作业中为了协调一致、鼓舞士气，形成的一种一呼一应或一呼众应的歌子。其中，拉纤号子和搬运起卸号子，往往近乎于发力时的呐喊，一般比较短促。而桡工号子则比较丰富，根据行船位置及水流缓急

等不同情况，又分起桡号子、招架号子、抓抓号子、烟炮号子、斑鸠号子、诉板号子和连巴浪号子等等。桡工号子合辙押韵，内容千变万化，唱的有古代神话传说，有川江沿途风光，有个人的经历遭遇；既有口口相传的老段子，也有不少“即兴创作”的新段子。

听明生发了话，水飘儿便自告奋勇，说我来我来。竟头一个唱起了现编的幺二三号子——

太阳出来哟
——嗨咳
一点红哟嗬
——嗨咳
扯砣糍粑哟
——嗨咳
拌白糖……

众人笑起来，说这是什么话，打回去打回去。换上一位——

有朝一日哟
——嗨咳
时运转罗嗬
——嗨咳
两条裤儿舍
——嗨咳
重起穿哟……

有人说你这气魄也太小了，我来我来——

有朝一日哟
——嗨咳
时运转罗嗬
——嗨咳
我坐江来哟
——嗨咳
你坐山罗嗬……

众人先是一愣，却突然开怀大笑起来。

章号子说前次路过巫山，我找扯船子（拉纤人）学了两段五句子，跟我们的川江号子也差不多。你们要不要听听？众人说好，是得换换口味了。章号子的嗓音高亢嘹亮，即穿云裂石般唱了起来——

吃了饭来好乘凉
问姐想郎不想郎
丝瓜开花长对长
豇豆开花双对双
哪有情妹不想郎

章号子接着又唱——

凉风飘飘好做鞋
可惜没带样子来
口叫情哥脚跷起
照样剪来照样裁

给哥做双换脚鞋……

大家不便张狂，偷眼看秀秀，秀秀却无动于衷。然后轮到明哥儿，跟众人唱的却又不同——

大河涨水哟
　　滩对滩罗嗬
我扯根芭茅舍
　　做桅杆罗嗬
妹妹轻轻哟
　　把郎唤罗嗬
哥在盆里哟
　　撑纸船罗嗬……



唱的是秀秀听得懂的往事。怎奈秀秀人如木石心若死灰，除了在火舱内埋头为众人做饭，她始终没露过一丝儿笑脸……

后来，又冒出个自作聪明的水飘儿，拿一双鞋来哄明生，说是秀秀姐专门为他做的，让明生暗地高兴一阵。明生为了“还情”，提了东西去见表妹，表妹连门都不让他进。等到大年夜在山二哥家里团年，明生才看出来了，表妹的心早已属于另一个人……

明生心里空落落的，这时偏又想起在裴神仙那里抽的彩头儿。他使劲儿搓着手里的纸棍儿，就想把那几个字铭刻在自己的掌心。一用力，手里一声脆响，低头一看，才发现自己搓的不是那根纸棍儿，而只是一根折断的小木棍儿……

## 30 兄弟

水飘儿走过来,见明生一动不动地坐在木礅上,偏起头一看,见明生脸上挂着泪水,忙问:“明生哥,你咋哭了?”

明生一惊,忙往脸上一抹,掩饰说:“噢,是河沙吹迷了眼睛。”水飘儿把嘴一瘪,有些不信。

水飘儿悄声说:“山二叔下河来了。”

山二哥往伙房望了一眼,明生猜他大概是找秀秀,即迎上去小声说:“秀秀听到说你挨了打,人都急昏了。她回家去了,你还没有看到她?”

山二哥一愣,心想好事不出门,坏事传千里,他们咋这么快就知道了?见毛铁匠一双眼睛在往他身上看,便拉了明生和毛铁匠说:“来来来,我跟你们说。”旁边水飘儿也凑上来,山二哥要把他支开,即进了伙房,顺手拿起一只洋瓷碗,盛了几样现成菜,递给水飘儿,“兴许这碗还是秀秀带下河的呢。水飘儿,你给秀秀两娘母端去,就说我好好儿的,屁事莫得。”水飘儿本想说句什么,瞄了山二叔一眼,只得端起碗往秀秀家去。

“唉,你们这些人!”山二哥扯了明生和毛铁匠到一边,简单讲了一下他跟何保长的冲突,然后说:“真没有想到你们就知道了。我可先招呼了,这事儿不准你们任何人插手,谁要是多事,可别怪我翻脸不认人。”

毛铁匠十分不满地说:“你别说了,打人还有打脸的吗?何熊这个东西,你别管了,就交给我去处理!”

山二哥说:“我就知道你有这德性!你姓毛,性子毛(野蛮),

使手锤儿锻铁，那是你毛铁匠的本分；但动不动找人挫锤儿（打架），逞强斗狠，你以为别人就高看你了？”

毛铁匠把头一梗说：“我……”

明生忙把他拉住，息事宁人地说：“算了，事情不出已经出了，我看这样行不，你们把这件事交给我，由我出面来处理，一定叫他赔礼道歉。”

毛铁匠反对：“算了算了，你那温吞水。我要叫何熊下跪认错，当众放火炮儿（鞭炮）了事！”

山二哥有些恼了，拧起眉头说：“毛铁匠，你还听不听招呼？我再说一遍，这是我跟何熊两个人之间的事，我不准你们任何人插手！”

毛铁匠仍然不服地说：“你说过，我的事就是你的事，你的事未必然就不是我的事了？你还讲不讲理？”



山二哥拿他没法，只好说：“我跟何熊的过结，由我跟何熊解决。这样吧，到时候，我叫上你一道，但你只能在旁边做见证人。”

“那……”毛铁匠见山二哥主意已定，也就不好再说什么了。

回过头来山二哥看到金二远远站在一边，一副想过来又不敢过来的样子，就问他：“你有什么事吗？”

金二吞吞吐吐地，指一指毛铁匠，说：“我，我找毛铁匠……”

毛铁匠走过去，金二就跟他嘀嘀咕咕地，看样子毛铁匠很不耐烦，手一甩就转来了。毛铁匠对明生说：“那，今天我就在这儿给你帮厨。”然后进了伙房。

明生又对山二哥说，现在万县的木船，已经全部集中到北岸来了，千万不能发生重庆“9·2”火灾那种事。山二哥说，嗯，这是头等大事。船民兄弟一定要齐心，一是要严防有人纵火；二要有充分的消防意识和思想准备。船与船不要绑得太死，万一有情况得撑得走、荡得开，不要让火烧连营遂了歹人的心。明生心里还惦着秀秀呢，就对山二哥说，秀秀知道你的事以后急得很，这阵河下暂时没有什么事了，我看，你是不是先回去看看秀秀呢？山二哥想了一下，觉得不能让亲朋友邻为了自己的事着急，况且秀秀是个特别细心、特别重情义的人。就说那好吧，我先回去看看。

山二哥从野码头回来，肚子里仍揣着心事，乃至后面有人喊他，他都没有听清。直到上了半边街，山二哥才发现有人跟着。“山二哥，是回家么？”后面的人问他。山二哥一回头，却认得，是洋船上的轮机长徐老鬼。山二哥“噢”了一声，也问：“你上岸有事？”

山二哥知道，洋船上的船员分轮、驾两个部分，驾驶部控制轮船的行止和航向，船长除了管理全船，还直接指挥着驾驶部；轮机部则由轮机长负责，具体控制轮船的动力和机械设备。那时候的轮机长，俗称“老鬼”，这位“老鬼”姓徐，大家都叫他“徐老鬼”。

山二哥就跟徐老鬼搭话，却想起水月说的差点儿让皮船长丢了命。就问：“听说，你们的皮船长‘遇了邪’，他现在好些了吗？还要不要送医院呢？”

徐老鬼说：“不要紧了。这回，他只是觉得很丢面子。他想娶你们这里的水月，却让水月伤透了心。”

山二哥说：“噢，不要紧就好。在这种时候，洋船原是离不得船长的。”

徐老鬼笑一笑说：“就现在，船摆在这儿，他倒可以省心

了——不过,他心里的病,只怕一时半会儿还好不了呢。”

山二哥不解:“你是说,他想水月……”

徐老鬼神秘地压低了声音说:“你知道皮船长现在最担心什么?他不是害怕变天——他知道国民党气数已尽,这天下已经是共产党的天下了。他说这共产党什么都好,就一样不好。”

山二哥问:“他说共产党什么不好?”

“他说共产党虽然不搞什么‘共产共妻’,却讲的是一夫一妻。你想,从重庆到汉口,皮船长有多少老婆啊——如今共产党来了,他得把那些老婆都甩了,无论是感情上、生活上,他一时半会儿哪里接受得了?”

“那,他咋个又在打水月的主意呢?”

徐老鬼一笑:“他说水月漂亮,一个水月可以抵他十个老婆。他说如果他娶了水月,原先那十个老婆就可以不要了……”

山二哥听到别人这样说水月,心里就有了维护水月的念头,还想这皮船长讨了这么多老婆还不知足,也真有点儿太那个了。却想起老弯招呼过,轮船、木船要互相帮扶照应,即换了话题:“你们洋船泊在野码头,一时半会儿动不了,下面又是个滩,有啥需要帮忙的,你们只管打招呼。”

徐老鬼说:“把轮船擂(抵)到这儿靠起,确实很危险,如果有事,我们肯定是要依靠船帮兄弟的!”

山二哥极是关心地问:“听说你们的洋船漏水了,漏得凶不,这几天能不能修好呢?”

徐老鬼却卖关子了:“我们的船怪,要它漏它就漏,叫它不漏它就不漏了,不像明生的木船……”

山二哥觉得这话值得琢磨:“我不相信,洋船会有你说的这种本事?”

徐老鬼仍笑着说:“你又没上过洋船,当然就不知道了。”

山二哥说："虽说是'隔行如隔山'，但我知道你是在乱说。"

徐老鬼却十分认真地说："兄弟，以后，你就知道了……"

山二哥说："以后？不，以后我也不信。"

徐老鬼也不辩解，却换了话题，问山二哥："你还是一个人过么？"

山二哥说："对，就一个人。一人吃饱，全家不饿。"

徐老鬼说："那你是该成家了。到时候，你可别忘了请我喝喜酒。"

山二哥应酬说："还不是一句话。只要你肯赏光，我一定请你喝酒！"

二人说着说着就拢了山二哥的家。山二哥要进屋了，回头见徐老鬼没有离开，还站在门口对他笑。山二哥问："进屋里来坐坐？"徐老鬼摇摇头，仍笑眯眯地望着他。山二哥说："那么，下一次我请你喝酒！"徐老鬼仍站在门口，不像马上要走的样子。山二哥正有些不解，却见徐老鬼指一指门上的吞口儿，然后双手合十，念了声"阿弥陀佛"，山二哥猛想起老弯的交待，顿时醒悟过来，忙接口"好好好"，即将徐老鬼让进了屋。

山二哥重新把客人打量一遍，脸上显得非常激动。山二哥说："噢，我一直在等你们，生怕错过了——却没想到是你哥子！"

徐老鬼笑了："知道有个野码头，就该知道野码头有个山二哥；不认识山二哥，也该认识门上的吞口儿啊！"

山二哥也笑了，扑上去一把搂住徐老鬼，徐老鬼也抱住了山二哥，二人就像一对多年没有见面的弟兄，十分亲密地拥抱在一起。

"兄弟，是老弯叫你来的吧？"

"嗯。"

“那，他们几时来呢？”

“大概，该到了吧。”

## 31 运筹

山二哥里面房间有一张条桌，秀秀提了茶水过来，见有生客，也就回自己的屋里去了。山二哥忙着为徐老鬼倒了杯茶。茶才刚喝上口，老弯就进了屋，随同进屋的还有那个送皮船长下河的眼镜。

老弯就互相介绍，大家彼此握握手。眼镜姓李，竟然是省万师的老师。老弯对山二哥说，还得请你动动步，你去把毛铁匠帮我请来，我喜欢这个人，豪爽，靠得住。山二哥问，还要不要请明生和王掌墨来呢？老弯说，不用了，我请毛铁匠来是有事呢。

不一会儿山二哥把毛铁匠带进了屋，老弯、眼镜和徐老鬼都迎上去跟毛铁匠握手。见人到齐了，老弯坐下来说：“行了，我们开个碰头会，首先告诉各位一个好消息：解放重庆的战斗就要在山城打响了！”

“好！太神速了！”众人一听都兴奋起来。徐老鬼问，“他们是从哪条路线杀过去的？”

老弯说：“解放军第二野战军由湘入川，突破乌江、白马山防线直插重庆，直打得蒋介石匪众溃不成军。从表面上看，万县一直风平浪静，其实前几天我们还是挺紧张的——川鄂边区绥靖公署的孙震是个死硬分子，市民罢工罢市，他宣布对罢工罢市者处以死刑；他把木船全部集中到长江北岸，我们也怕他狗急跳墙放火烧船烧城；‘永安’、‘郝家’两条军舰在忠县宣布起义，他还开炮企图阻止他们通过万县。如今好了，看到解放军由宜昌、恩施分路挺进川东，他啥也顾不得了，只有带起残部渡渠河，向川西北方向逃跑了。”

毛铁匠说：“个龟儿子的，这个孙震平时比哪个都狠，如今解放军来了，也去逗逗硬哪！还没看到他打一仗，就翘起屁股跑了？”

山二哥说：“他再不跑，就该成为瓮中之鳖了！”

老弯还说：“这几天，解放巫山城的战斗打得很激烈。我们已得到可靠的情报，说胡宗南的一批残兵乘坐三条小火轮，不日要经过万县。他们准备抢劫银行，破坏港口，炸毁电厂，我们得组织船民、市民、码头工人，作好对付贼船的充分准备。”老弯进一步分析说，“不过，这三艘小火轮，不一定会在万县靠岸，一是他们已如丧家之犬，被解放军打得失魂落魄，现在只顾逃命了；二是我们已挖掉了他们潜伏下来的电台，他们得不到岸上的消息，经过这里就成了瞎子聋子；第三，也是他们最顾忌的一着，重庆城一旦被解放军拿下，他们从水上再也无路可逃，就只有缴械投降了。”

山二哥问：“那我们该做些什么事呢？”

老弯说：“目前万县几乎已是一座空城，我们也不准备在万县跟他们打仗。我们得学诸葛亮使个‘空城计’，放一炮送送这些瘟神。”然后老弯问毛铁匠，“兄弟，你会做炮吗？”

毛铁匠摸摸脑壳，犹犹豫豫地问：“是发射炮弹的那种炮吗？”

老弯笑一笑说：“不，只要是肯响的铁炮，就像不装弹丸的火铳……”

老弯一说毛铁匠就懂了，他说：“那还不容易么，打胜利炮那年我就做过的，轰隆一炮，地动山摇的。”

老弯说："好，那我拜托你好好做一门铁炮，等敌船经过万县的时候，你且轰他几炮！"然后对山二哥和徐老鬼说，"你们也分头再做点文章，在船上岸上多插几面彩旗，插外国旗帜也可以，使敌船摸不清情况，不敢轻易靠岸惹事。"接着老弯还说，"我们只是不想由他们上岸，祸害万县城的百姓——其实，我们也还有其他的准备，如果万一遇到的是几个亡命徒，只要他们肯上岸，我们还是有办法收拾他们的。"

然后又听老弯介绍了万县码头的综合情况。山二哥这才搞清了洋船进水的秘密。为了靠泊野码头，徐老鬼他们打开海底阀门让船进了水，如果关了阀门，用水泵把水一抽，洋船就可以自由移动了。尤其是听老弯说，山二哥无意中在半边街发现的那眼地窖，竟是熊永松准备长期潜伏，用来收藏电台的窝子，结果像毒瘤一样被地下党及时切除了，山二哥跟毛铁匠听了，不觉又惊又喜。



老弯说："现在的形势更加明朗了。地下党几乎可以半公开地在城里活动了，而反动派却开始转入地下，这是过去从未有过的变化。不过，越是这种时候越不能疏忽大意。事实上他们在万县还留得有人，听说半边街的水井里，有人扔了死耗子，还写了一条恐吓老百姓的标语。这说明了什么问题呢？说明反动派即使要灭亡，他也是不会甘心的！"

山二哥说："那两个厨师见到了熊永松的尸体，天一亮就爬起来跑了，听说现在他们是藏在何保长那儿的。"

老弯对山二哥说："好，这几天我们且莫惊动他们，先看看他们会使些什么招吧。"最后，老弯又特别叮嘱说，野码头的轮船和木船要有照应，胡宗南的残兵从万县过路那天，我可能不再到半边街来了。如果敌船没有靠岸，这里就请山二哥指挥。如果有敌人上岸，你们手里没有武器，千万不要硬来，到时候请李老师负责跟大家联系……

这边，老弯领着山二哥他们在半边街运筹帷幄；而何熊何保长却在歪楼门大伤脑筋。本来他跟艾青山的过结还没有摆平，偏遇到两个“厨师”赖在他家里，还死缠住他不放——

何保长找个木匣子草草埋了熊运松，他担心的是这事儿还没有完。何熊自然知道熊运松（大名叫熊永松）和两位“厨师”皆非等闲之辈，虽然他不知道他们的头衔和身份，但至少知道他们都有“背景”，很可能都是军统方面的人物。所谓“成都来的厨师”无非是扯的幌子，“师傅”钱大，“徒弟”马二，用的也都是化名。但熊永松确实是何桔子的舅舅，也算是他的舅爷。眼见国民党的日子不多了，他本不想沾惹这位舅爷，即把他支得远远的。不料宝子吃鱼被卡，何桔子去把他臭骂一顿，还以为他一气之下，已经离开半边街了。哪晓得又钻出两个莫名其妙的“厨师”，来人指名要找熊永松，还说是熊永松约他们下来的。结果不仅说熊永松被杀了，还说有一部什么电台也丢了。他们不仅要何保长交出杀人的人，还要他交出什么电台，这不等于是在要他何熊的命么！

“你们去丰都看看，看他是不是把东西留在老家了，或者是转移到哪儿去了？他到万县来的时候，我们可真没看见他带什么电台呀。”何保长跟两位“厨师”办交涉。

“我告诉你，我们来这里，是准备开馆子做生意的。熊永松报告说他已在半边街隐居下来，我们才从重庆赶来的。我们来这里起码要住三年五年，你说，他人死了，东西咋也丢了呢？”钱大软中夹硬地跟何保长理论。

“那么，你们说，是谁杀了他，是谁劫走了他的电台呢？”何保长这才感觉到麻烦大了。

“这是什么话！你问我们？我们又问哪个？他妈的，我们还要找你交出凶手交出电台呢！”那马二“砰”地一声砸了手里的茶碗，顿时犯起横来。

何熊不高兴了：“你这是干啥嘛！未必然，你们还怀疑是我谋财害命，把他的电台藏起来了？”

钱大伸手把“徒弟”一拦，对何保长说：“何熊，我实话告诉你。‘总站’在选派人手的时候就考虑到了，熊永松年纪大，你是他的侄女婿，半边街又靠野码头，位置偏僻，熊永松的安全是不会有问题的。没想到你不仅没有保护他，反而支使你的老婆去骂他、赶他。后来发现了熊的尸体，你们连边儿都不拢，就把他晾在半边街示众。我甚至怀疑，是不是你主使或参与了对他的谋杀，就凭这一点儿，我完全可以代表党国，一枪毙了你！”

何熊一听，顿时懵了：“天啦，这真叫我百口莫辩了！那，那，你们既然这样说，那就枪毙我好了！”



“吔，你还耍起无赖来了！”马二从腰间摸出手枪，“啪”地拍在桌子上，说，“个狗日的，你以为我们不敢处死你吗？”

何熊说：“那，那你们究竟叫我咋办嘛！”

“配合！你懂不懂，你要全力以赴地配合我们！”马二仍大声武气地说。

钱大又把马二拦住：“不过，我还在分析，熊永松这回出事，也可能是电台把他暴露了，半边街不安全，我们不能再待在那里了。”

何熊立即说：“既然这里不安全了，那好，我凑几个盘缠钱，你们快走吧。”

钱大说：“走？往哪里走？我告诉你，我们负有特殊使命。如今既然到了万县，你得保证我们的绝对安全。”

何熊何保长像牙疼似的，咧了咧嘴，说：“我能保证你们的绝对安全么？这年头，我，我……”

马二大大咧咧地往椅子上一靠，说：“这年头，这年头怎么了？大家都在玩儿命呢！反正我们不在乎，你何保长还有老婆儿子一大家呢，还保不了我跟师傅这两条命？”

钱大则很有分量地对何保长说：“我跟马二，是在蒋委员长那里挂了号的。你得掂量掂量，眼睛睁起看清楚喽，我们绝不是伺候人的乡巴佬，也不是提烧火棍的厨子！”

何熊还想把他俩往外面推：“那，这几天你们去外面转转，看看哪里住着合适，或者让我给你们另找个更安全的住处？”

马二说：“不，我们就住在你这儿！这里有你为我们保驾呢！”

何熊很无奈地：“那，你们，你们说，我该做些什么呢？”

钱大说：“他说得对，半边街是去不得了，我们暂时就住在你这里，往后怎么办，等我跟上面联系好了再说。这几天你得多去外面走走，有什么情况随时回来向我报告。”

“这……”何熊一听，头都大了。

钱大指点他说：“这什么这！熬过这一关你就是党国的功臣，这比什么投资都划算。但我也知道，你们这些当保长的，全是墙头草，风吹两边倒。不过现在呢，我一点儿也不慌，一点儿也不害怕，因为你在明处，我们的人是在暗处。我相信，你何保长是个聪明人，总不会拿自己的脑袋开玩笑吧？”

何熊傻眼了，却拿起一点儿没有办法。他知道，一旦收留了这两个人，就等于留下两个祸害，等于在自己家里埋了两枚定时炸弹……

## 32 两难

山二哥送老弯和眼镜老师走后，又跟徐老鬼和毛铁匠商量一番。徐老鬼说，我那里好办，轮船上本来就有万国旗，到时候挂出来就行了，我还可以在船舷写上“英商怡和公司租船”，用以迷惑敌人。贼船既无法靠近，一靠近它会搁浅，更不能动枪动炮，这时候它自顾不暇，还敢跟洋人开战吗？山二哥说那好，毛铁匠就抓紧做你的铁炮，我去各个码头走走，跟码头上的哥们儿都联络一下，多用红布、彩绸、布条（船帆）做几面旗帜，到时候都打出来壮壮声威。

接下来山二哥用了大约两个时辰，沿着港湾把布码头、煤码头、粮码头、油码头、客码头、窑货瓷器码头以及沙湾杂件码头都跑了一遍。各码头的兄弟们听说还有胡宗南的残部要经过万县，需要全港配合，多插些彩旗布个疑兵阵，大家都说这没有问题；当听说专员公署已不会派人下来烧船了，众人反而松了口气。

回到家里天已经黑了，山二哥一身疲乏地进了卧室，衣服没脱就倒在床上。一天下来，一是身子累，下午跑了不少的路，说了不少的话。二是心里累，这心累却摆不上台面，与老弯交代的大事比起来，全是个人私事。水月这边，话已经说明了，他得娶她。虽然事出有因，但水月来得很陡，先让他背了个占人便宜的恶名。何熊这边，既伤了他的脸面，又牵涉到秀秀，还有河下一班兄弟都想出面干预，他不能把事情闹大，因为自己输理在先，但还得想法挽回脸子。他感到既费周折，也伤脑筋，这两件私事想回避也回避不了，都必须认真考虑妥善处理。

山二哥心事重重的，稀里糊涂地快要睡着了，这时，屋里有人走动，在小声说话，像是水飘儿和毛铁匠进来了？噢，你回去，明生还在等你。山二哥一直没有动，也没有吭声。过一会儿，一只手柔柔地抚在他额上，他一把将这手捉住，本以为是水飘儿，却再也没有放开。他知道这是谁的手了。这手最初被吓一跳，轻轻一抽，却无法脱身，便软软地留下来，任那双捉它的手紧紧把它握住。他在她圆柔的腕上、指上、肘上轻抚着，就想起第一次捉了这双手的情形。那晚，秀秀的手也这样轻轻一抽，粉脸飞红灿如桃花。她悄声说："山二哥，你该讨一房媳妇了。"他就像饮了过量的酒，浑身发烫："你就是我要讨的媳妇！"秀秀说："比我好的女子还多。"他说："再好，关我山二哥什么事？""我的命不好，不能连累了你。""我认了，这就是命，我就是这样的命！"秀秀说："可我……"他不听她说，一把搂过来用发烫的嘴唇堵住了秀秀的嘴。秀秀在他怀里挣扎，急用手指洞开的门。他狠狠亲了她一口，却舍不得放她走，就噗地灭了灯，便悉悉索索耽搁一阵。最后秀秀回自己的屋，婆婆还看到她脸上腾一片红晕。

这回，他将那手深深吻了一下，却立即放开了。他既像期盼着这一时刻，又像是害怕着这一时刻。一滴发烫的东西滴在他的肘上。他猛然一惊，就像被灼着一样忙睁开眼睛坐了起来："秀秀你……""你回来，也没有跟我说句话。""老弯有大事交给我了……""这我知道，他们来找你了，但你去歪楼门的事呢？""噢，那是我跟何熊之间的纠葛。""你，怎能这样叫人不放心呢……"秀秀在他额上点一指头，眼里还汪着泪水。"我……"山二哥无端有些心慌，就像犯了错误的小弟弟必须向姐姐坦白，他含混着把去石门楼办交涉，撕了借据，约定后天二人再作了结的事对秀秀大致说了一遍。

山二哥说得轻描淡写，可秀秀心里着实担心，她知道男人们说的“了结”是怎么回事。她一听到他挨打的消息，就心惊肉跳；再看到他一回来就上了床，肯定是有什么问题。她知道山二哥不是傍黑就睡觉的人，他不是病了就是遇到了心烦可恼的事。她估计事态发展相当严峻，一急，就抓住山二哥的手：“不，山二哥，你，你不能乱来呀！”她捉住他的胳膊轻轻地摇，轻轻地摇。“债，我们慢慢还好么？你可千万别找何保长……”山二哥不敢看那双盈满泪光的眼睛，现在他不可能向秀秀作任何保证，他更没有欺骗她的权利。山二哥想，要想真心待自己喜爱的女子，原也这样难噢！

男人死后，半边街就有些不安宁。秀秀不常出门，一早一晚就有不三不四的男子来门口打转儿。山二哥就出去像撵狗一样把那些人撵开。待秀秀在山二哥家走动，门缝缝就盯了一双双眼睛。秀秀就对山二哥说：你把大门打开！山二哥索性下了大门，将两块门板挪到屋里。这一招竟然见效，半边街遂此相安无事。秀秀和山二哥相处一长，见他知冷疼热一身义气，便以他的行止做了男人的规范。暗地立誓，只要山二哥不嫌弃，她是非山二哥再不嫁人了。秀秀这一想法，跟婆婆的思路非常合拍。婆婆更想为这个家寻个稳妥的靠山，她也像是看透了秀秀的心思，就想拆几块板壁，两家合一家再好不过。有一次婆婆对山二哥说，反正你的大门开着，干脆我把我家的大门封了，在你这边开个侧门，我们都从你这边进出。山二哥笑着说，那都好啊，我就为你两娘母做一条看门的狗，看看还有谁敢来半边街啰唣！

现在，山二哥心里全堵着乱麻，一边是秀秀的厚爱深情，一边是水月的终生相托；一边是自己的承诺和本性，一边是明生的“亲上加亲”。还有秀秀家冒出来的债务，还有何熊何保长那一记耳光，还有对野码头及野码头这帮兄弟担负的道义，虽然这些事，都不能跟老弯交给自己的任务相比，但山二哥要想从这些“琐事”中脱身出来，一时半会儿还真不容易……

不一会儿，婆婆和秀秀把饭菜都端过来，叫山二哥一道吃饭。山二哥说我在河下已经吃过了。婆媳俩就一边吃饭，一边陪山二哥说话。等吃完了饭把桌上灶上的东西收拾完毕，婆婆自作主张，叫秀秀把山二哥的门板装上。秀秀也觉昼夜豁着石门不雅，就试着去搬那块足有寸多厚的大门板。山二哥忙叫秀秀歇着，自己搬起门板，轻轻松松仍把它装在石门框上。秀秀的婆婆就说，我们二天都从这道门进出。但说得不是时候，秀秀和山二哥都在想如何应付接下来的变故。

过一阵，秀秀羞红着脸搬了自己的纺车过来，说，我打个夜工，也陪你说几句话。秀秀点亮一盏桐油灯，便吱吱嗡嗡摇起纺车来。秀秀说，眼看着世道就要变了，再不似以前兵荒马乱人心惶惶的了。日子虽说清苦，却也有个奔头。又说，为人善不欺、恶不怕原是对的，但万不可讲狠，争强斗狠到底是要吃大亏的。她还向山二哥讲了个古老的故事，说这事还上了书的，就为了一文钱，竟然断送了十五条人命。有的就为争一口气，有的是为了讲狠，当然也有贪财枉自送命的。

秀秀搬了纺车过来在山二哥家里打夜工，这还是第一次。其实她有句话想对山二哥说，却无论如何说不出口。秀秀去歪楼门看了男人留下来的那张借据，对何保长说，债我承认还，但你能不能宽限几天呢？何保长有些不耐烦，说未必民国手里欠下的账，非要等改朝换代以后才能还吗？她想把这话告诉山二哥，是想跟他交换一下意见，讨他一个主意。

山二哥其实也在想何保长的事，眼见就要迎来解放了，也不知何保长是不是共产党惩治的对象，我若借共产党之手“还他的席”，那是公报私仇，况且我已跟何熊约定了日子。耳边却

听秀秀有一句无一句地说话，开始心里还有些毛躁，就记着秀秀怕他乱来，有意要盯着他。心想自己堂堂一条汉子，还能没你那份儿见识？后来转念一想，难得她有这番心思，可别错怪了她，委屈了她，不觉也就静下心来。就听那娓娓动人的话头，像搭在她手里的棉花，伴着吱吱嗡嗡吱吱嗡嗡的声乐，吐一根细细柔柔没有尽头的棉线儿。看那双巧手，简直是一对鸟的精灵。一只鸟引导着纺车把儿旋转，纺车便有了知觉、魅力和舒心的吟唱；另一只鸟时而俯冲，时而慢慢扬起，就像织巢鸟在全神贯注地营造爱巢。江风从吊脚楼吹过，灯火摇曳，影和光都生动起来。朦胧的灯光为秀秀照一张特写，红的唇，洁白的齿，秀眉下那双眼睛，水波般闪着迷人的光。山二哥很少看闲书，想不出书上会如何描述秀秀的美。他怔怔地盯着那头浓云似的黑发，蓦然发现不知几时她已取掉了鬓角上那朵白花。他心里一热，差一点儿叫出声来，秀秀，我要娶你！却猛地想起明生抽的那个“彩头儿”——“亲上加亲”。山二哥暗地里使劲拧了自己一把，觉得自己有点糊涂，有点对不住人。明生为人忠厚、踏实，是自己的手足兄弟。他喜欢秀秀众人皆知，我不能不管不顾的，在他们中间来插一杠子。回头一想还有个水月，水月那对清亮亮的眼睛，一忽儿是水，一忽儿是火，直盯得山二哥招架不住。水月会使法呢，他感到周身发软，再也动弹不得。水月恩威并用，刚柔兼施，居高临下地正看着他，他嘴唇哆嗦一下，不知道自己该喊水月，或者是该喊秀秀，喉咙像被什么卡住了一样，再也出不了声。秀秀被他看得不好意思了，就说：“山二哥，你咋老在看我呢？”他一愣，不由动情地说：“秀秀，你转去，你就别照(守)我了，这几天我还有正事呢。”随即从身上掏出钱来，叫秀秀明天去绸庄扯三丈红绸，赶紧做两面红旗，到时候我有用呢。秀秀问几时用呢，山二哥说估计过两天就该用了吧。秀秀说，那行，绝误不了你，我一晚上就做出来了。

这晚，明生把王掌墨找到峨嵋碛嘴嘴上，东拉西扯摆龙门阵。先说了做彩旗布疑兵阵的事，然后说不料解放军来得这样快，胡宗南这支残兵也只有撅起屁股逃命了。还说孙震逃走后，将川东防务交给李鸿焘，李专员为了稳定治安，再不提烧船的事了。早知如此，我也不必排这么大个头，架这样大的墨。王掌墨咬根烟杆儿附和说，那是。明生又说，我这条船过去桐油打得饱，保养好，省一次修理也能跑个一年半载的。这次买的材料太多，用不完的原说要打条划子（小船），现在是不是先缓一缓，明天你看，能不能能安排几个人，卖些材料出去呢？

王掌墨听了半日不得要领，困惑道："明哥儿，你是差钱怎的？说出来我给你个主意。"

明生只好实说："山二哥为秀秀的事要拼命了，秀秀是我的亲表妹，我不能不帮她，她家欠下的账，我来还，只是不知道究竟欠了多少。"

王掌墨弄明缘由，想了一阵，磕磕烟杆说："这样子，柏料杉料卖一些可以，开始我就说有多的。船已挖了几个洞，你打了招呼，该省的我留心省了，大约可以少开两成工时，如果钱不够，我再为你张罗张罗。"

明生就说了很感激的话。王掌墨说："球，不说为你明哥儿，便是为秀秀、为山二哥，这个忙我也是应该帮的。"

"明生哥，你莫焦（急），到时候，说不准我能摆平了。"冷不防水飘儿从背后冒出一句。二人竟不知他是几时过来的。王掌墨回头骂一句："这小狗日的，大人说话要你插嘴！"

很可惜，王掌墨和明生都一直拿水飘儿当小孩儿。这位少年说的话，当时并没有引起他们的重视……

**万州老照片(之七)钟鼓楼。**钟鼓楼是万县弥陀禅院的前山门,其侧临江吊脚楼亦极富渝东特色。川江船歌曰:"万县有个钟鼓楼,半截伸在云里头。"即为之写照。

# 第九章

王伯伯说:“今天我来这里会个狠人儿，王伯伯好久没有操过‘扁卦(武艺)了,也想看看我的武艺回潮没得！”

## 33 找人



半边街的秀秀本想用自己的一腔柔情，将山二哥困在家里。二人都有些话要说,话到嘴边,却到底有些顾忌。第二天一早,山二哥想出门,说:“我得下河去打个照面。”秀秀说:“二爷,你且在家里将息两天,你一出去,我们哪儿放得下心呢。”她端茶递水只不离山二哥左右,正好,昨夜的纺车还没有挪窝,还有纺不完的棉花,叙不完的家事。山二哥见她又想坐下来纺棉花,就说:“秀秀,昨晚上我给你说的事呢?”秀秀说:“你放心,我打个夜工就赶出来了。”山二哥说:“那,你也别待在家里了,河下有那么多兄弟,一日三餐要吃饭,没有个熟手,也侍弄不好。”秀秀看他一眼,没有办法,只好随山二哥一道下河。

路过铁匠铺,见毛铁匠呼啦呼啦地已升起了炉火,山二哥就站下来。问:“铁匠,你这儿缺人手不?”毛铁匠说:“我又不招徒弟,还添什么人手!”山二哥说:“这一回,你可得搞灵醒点,出

不得纰漏啊！”毛铁匠说：“说邪了！我毛铁匠搞其他不行，就一样，会打铁。你站远点，不然，火星子溅到你脚背上了。”山二哥仍不放心，叮一句：“我就怕你做是做出来了，到时候屁响屁响的，就欠威风了。”毛铁匠不爱听了，他推着山二哥出去：“你去你去，你去干你的营生，别在这儿碍手碍脚的……”

这天，明生果然叫了四名工人，扛的扛抬的抬，运了好些木料到桥沟去卖。有人笑他，你前天买进，今天售出，是在做转手生意么？他只说原来没搞灵醒，估料不准。

来到修船工地，山二哥见有工友扛了木料走，就问王掌墨是怎么回事。王掌墨说你不要管，有我在这儿，你还不放心？山二哥在沙滩上转了一圈儿，见修船工程按部就班地仍在进行，就对明生说，这阵没事儿了，你且盯着点儿，我要上街走一趟。秀秀听山二哥说要走，即从伙房赶出来，说你别走了行不！山二哥不高兴了，说，我有事在身，难道你不知道？明生说，那我跟你一道，我还得上街买几样东西。山二哥说，算了，你有事，你走你的。我进城又不是去找人挫锤儿(打架)，我只是去见一位朋友。秀秀和明生都知道山二哥负有重任，只是怕他提前去跟何熊交手，可他坚持要一个人走，却拿他没有办法，只能眼睁睁看着他离了码头。

山二哥从东门进城，去环城路船民协会转一圈儿，没有看到他要找的人。屋子里有熟人招呼他坐，他说不了，我找王伯伯。那人说王伯伯只怕有两三个月没到这里来了。山二哥忙问，是病了，还是家里有什么事呢？那人说不知道，你去西门问问那个卖烧饼的，他的家就挨到王伯伯住。山二哥去西门找到那个卖烧饼的问，王伯伯现在住哪儿呢？那人说从民主路走较场坝，过兴桥，转陆家街就是了。一路找到王伯伯家，见门口有两个小崽儿(小孩儿)趴在地上打珠子，就问，王伯伯在家吗？两个崽儿很机灵，说祖爷爷出去玩儿去了。原来是王伯伯的曾孙子。又问上哪儿去了？崽儿回答说不晓得，接着只顾埋起头打他们的珠子。

山二哥正在彷徨，隔壁出来一位大爷，说："你找王伯伯吗？他行踪无定闲云野鹤一样的人，你哪儿找得到他！"山二哥说："听说他有几个月没有出门，就在家里陪孙子呢。"大爷笑了，说："王伯伯是有两三个月没有出门了，一天就蜷在家里陪他几个曾孙儿。重庆不是闹过一场'9.2 大火灾'吗，他担心三马路、较场坝、陆家街一带板壁房子多，容易着火。王伯伯说，'有些人屁眼儿黑（心肠歹毒），如果真要烧城的话，我就以身殉城，让后人记住我是怎么死的。'"山二哥笑道："王伯伯倒真是一位不怕死的好汉。"这时从屋里又出来一位大妈，她偏起头把山二哥看了看，说："哟，这不是半边街的山二哥吗？"山二哥眨眨眼，却不认识这位大妈。大妈说："你看，你都记不得我了。那次我路过野码头，差点被那卖打药的给坑了，还是你帮我解的围呢。"



大妈这样一说，山二哥才想起来了。这位大妈姓林，半年前林大妈去野码头有事，在路上捡到一张面值百万元的金元卷。当时那一百万元其实并不值钱——国民政府面临经济崩溃，多次进行"币制改革"，1948 年 8 月，政府按一比三百万的比率以金元卷收兑急剧贬值的法币。然而金元券却以更快的速度膨胀，前后不到十个月，发行总额达 1303046 亿元，比原规定的发行额 20 亿元增加 65000 余倍，物价比币改初期上涨一百七十万倍。到 1949 年底，上海银元一元可换金元券 16 亿元。也就是说，一百多张一百万元的金元卷才抵得到一块大洋——金元卷不值钱但毕竟还是钱，林大妈把那一百万块钱揣进兜儿里，就看到旁边有个卖打药的正吹得起劲。

那卖打药的说，他的药是老祖宗传下来的神药，除了枪打

死的、水淹死的，明伤暗疮啥子病他都医得好。卖药的见没有几个人在听他吹，就蹲下来摆弄小玩艺儿。他在地上铺了张牛皮纸，摆一只茶碗，还有三颗小核桃。他把茶碗碗口朝下，在牛皮纸上划拉划拉，核桃一会儿进了杯子，再划拉划拉，杯里就什么也没有了。他还说他能变钱，能把自己的钱变到别人兜儿里，也能把别人兜儿里的钱变到自己茶碗里来。然后他仍把茶碗在纸上左右划拉几下，说声有了，揭开茶碗，就见茶碗里有一张百万元的金元卷。他对旁边一个男人说，对不起，兄弟，你的钱到我这儿来了。那人往口袋儿里一摸，惊得大叫起来，对，对，这是我的钱。卖药的说，是你的钱，但要借我用一下。仍把那钱盖在茶碗里，左右一划拉，说声去。再揭开茶碗，茶碗下面已没有钱了。他指着林大妈说，钱进了你的口袋儿。林大妈往兜儿里一摸，果然摸出一张百万元的大钞来，但林大妈知道这是自己刚捡来的那张钱，就把钱团在自己手里。卖药的又从自己口袋儿里摸出一张百万元的钞票来，向观众亮一亮，算是交代，然后仍用茶碗盖好，再一划拉，说声去，揭开茶碗，钱没了。卖药的人说，这张钱又进了大妈的口袋儿。林大妈就在自己衣兜儿里摸，仍是那张百万元的金元卷，卖药人就说，看样子，钱进了大妈的口袋儿，就舍不得往外掏了？林大妈正着急呢，在旁边看热闹的山二哥这时说话了，他说你的钱已变到我这儿来了。说着也掏出一张百万元的金元卷，亮给众人看。还说这个把戏我也能变。然后蹲下来，仍用那只茶碗把钱盖上，一划拉，说声去，揭开茶碗，钱果然没了。山二哥站起来，指着那个卖药的说，你摸摸自己的口袋儿，是不是已多出一张钱来了？卖药的知道今天不行，今天遇到行家了，忙打躬作揖，说对不起对不起，小弟初到码头，只想混口饭吃，雕虫小技，原是蒙不了大哥的。说罢即收拾了地上的行头，头也不回地顺着河湾走了。紧随其后的，还有那位大呼小叫做托儿的男人……

林大妈是个热心肠的人，她听山二哥说要找王伯伯，即自告奋勇地说我带你去找他，不然，都不知道他的窝子，人找人找死人呢。山二哥却不过林大妈的好意，回头一想，让一位年近五十的妇女跟着自己满城跑，也不是事。于是叫了一辆黄包车，同林大妈一道上了车。

车夫按林大妈的吩咐先奔万州桥。林大妈说："天气好的时候，王伯伯爱在万州桥上晒太阳，还在桥上看下面的人在河里洗衣服或者钓鱼。王伯伯说他最喜欢这座桥了，说还是他当娃儿的时候看到修建起来的。"山二哥说："噢，那这座桥起码是同治年间建造的了。"

待赶到万州桥下了车，沿一坡石梯登上廊亭，除用目光再一次丈量了这座长十丈、宽二丈八尺、高五丈八尺的单孔石拱桥，却没有看到他们要找的人。山二哥同林大妈一起从桥上下来，仍坐了那辆黄包车。山二哥禁不住赞了声万州桥，还有它倒影在碧波里满月般的完美。拉车的车夫说，可别说这座拱桥不出名，有个洋人拍了照，拿到万国博览会上去展览，还得了金奖呢。林大妈则说，不过，还是苎溪河的水好。我们都在河里洗衣服，都吃这条河里的水……

然后奔万安桥。林大妈说王伯伯爱热闹，有事没事都爱去万安桥上溜一转儿。万安桥通常被万县人叫做大桥，桥分三孔，巍峨壮观，全长三十丈，宽六丈二尺，中孔高十二丈，同西山公园的钟楼一样，万安桥曾是万县城建的一大标志。万安桥位于苎溪河口，东接老城环城路，西接二马路、三马路和胜利路，是衔接万县东西城最主要的交通干道。黄包车拉着山二哥和林大妈在万安桥上跑了两个来回，还是没有看到王伯伯的影子。林大妈说，那我们只有去码头上找他了。山二哥问，会不会有人请

王伯伯去“小桃园”喝酒呢？林大妈说，说不准，那我们就先到“小桃园”去看看。

黄包车就走二马路，先去“小桃园”找了，没有人。又去“美味春”、“又一村”找了，仍然没有看到王伯伯。林大妈笑了：“这王老头儿，今天也不知藏哪儿去了。要是去杨家街口再找不到他，我也就没有办法了。”于是车夫又拉着他们直奔杨家街口。林大妈还说：“杨家街口的茶馆酒店多，再说又是王伯伯的‘老窝子’，估计十有八九能在码头上找到他。”

果然，黄包车从二马路下来，刚到杨家街口正码头，就见王伯伯哼着戏文从“同仁茶园”出来：“将身儿来至大街口，尊一声过往宾朋听从头。一不是响马并贼寇，二不是歹人把城偷……”

山二哥听得乐起来，隔老远喊了声：“王伯伯！”急忙下车，付了车钱，拍拍车夫的肩膀说，“兄弟，亏了你的好脚力！仍麻烦你帮我把大妈送回去吧。”车夫应了声“好嘞”，即拉着林大妈走了。



山二哥见到王伯伯的时候说：“真的是心诚则灵，我跑遍了大半个城，终于把你老人家找到了！”

王伯伯八十多岁了，虽然须发尽白，却身体健旺，手里杵根五尺长的烟管，一路摇摇摆摆地走过来，潇洒得很！

## 34 王伯伯

“王伯伯”这个名字很响，从他三十多岁有人叫起，一直叫到八十多岁。他乐意别人叫他“王伯伯”，他说他是众人的“王伯伯”。

山二哥迎上前去:“王伯伯,原来你在这儿呐? 今天叫我好找,我都去饭馆酒店里找遍了! ”

王伯伯嘻嘻地笑起来:“嘿嘿,青山啊,你是记得早先那阵,王伯伯爱去饭馆酒店,混吃混喝地胡闹,然后去码头卖盘子卖碗的事儿了? ”

山二哥说:“哪里哪里。如今王伯伯的后人发达了,风光得很,谁还提那八百年前的事儿呢! ”

王伯伯笑道:“我正要去酒馆喝一台,你今天大概是想起该孝敬我来了? ”

山二哥说:“我们晚辈,孝敬王伯伯是应该的。走,走,去‘小桃园’! ”

山二哥搀着王伯伯进了“小桃园”,选一间雅室坐了。然后上菜,拣狮子头、东坡肉、鸡搞粉(粉条炖鸡)等软和可口的菜肴点了几个,再要了一瓶“太白酒”,二人就这样对喝起来。

王伯伯小声说:“我听码头上的人说,你在联合众人准备唱‘空城计’呢,有没有这回事呀? ”

山二哥也压低声音说:“啥事都瞒不住我们王老前辈。听说有支垮杆队伍要从水上过路,事关万县港口和平民百姓的利益,我们得见机行事,到时候还要请王伯伯出来‘坐桶子(指挥)’呢。”于是把有关情况跟王伯伯简略说了一遍。

王伯伯资格老,辈分高,是早年本码头袍哥开山立堂的元老之一。他在码头上历练了一辈子,有过过五关斩六将八面威风的时候,也有过走麦城极是落魄的日子。山二哥只拣好吃的往王伯伯碗里奉,挑好听的说给王伯伯他老人家听。其实,山二哥年轻,好些事也是他听别人说的。但王伯伯每听晚辈说起他当年的风光,仍显得十分得意,十分开心。

那还是光绪年间的事,有一天知事大人请了王伯伯去,说

是遇到一件棘手的案子,若差遣捕快衙役恐不管用,只有拜托王伯伯帮忙出力。说是刘使君路过虎臂滩丢了一串碧玉念珠,这串念珠是他入蜀赴任前老佛爷赏赐给他的,如今丢了就像丢了自己的性命。

王伯伯受了知事大人的委托,不动声色地去虎臂滩、野码头转了一圈。心想刘使君过虎臂滩时,只是人和家眷上了岸,船上的东西一概没动,上滩以后人就回到船上了,其他贵重东西都没有丢,咋会单丢了一串念珠呢?王伯伯信得过船上的兄弟,再穷他们也不会做偷鸡摸狗的事。码头上有铁的纪律,凡是手脚不干净的是立不住脚的。他走过野码头,眼里突然一亮,看到黑妹儿母女正在为工友补衣服,心里顿时也就有了谱谱儿(有了底)。

说起来,王伯伯跟这黑妹儿颇有几分交情。有一次上游下了大暴雨,一夜间江水陡涨,有道是"易涨易落山溪水",弄得船工起桩拔锚手忙脚乱搞都搞不赢。有三个工友又在砸又在摇,硬是拔不动一根缆桩,一位十八九岁的女子走过去说,我来帮你们,说时飞起一脚就把缆桩踢起来了。当时王伯伯看到了相当吃惊,十分佩服这个女子的脚下功力。上前一问,她说她叫黑妹儿,跟母亲常在河边帮船工拆被子洗衣服。后来王伯伯伯跟这位黑妹儿处熟了,还经常照顾她们、周济她们,她母女俩也口口声声"王伯伯王伯伯"地十分感恩。

这天王伯伯把黑妹儿带到一家小酒店,慢条斯理地说:"黑妹儿,我有件小事想问问你,也不知道该不该问。"黑妹儿说:"王伯伯经常照顾我们,只恨无以回报,有什么事你就说吧。"王伯伯说:"刘使君丢了一串碧玉念珠,说是老佛爷送给他的,你知不知道内情?"黑妹儿微微一笑,说:"你怎么猜到我会知道内情?"王伯伯估计她不会对自己保密,就说:"如果你能偶然找到，人家是会有重礼酬谢的。”黑妹儿想了想，说：“王伯伯，你可别对外人讲，这是我偶尔闹着玩的，本来想过还回去，却拿到弥陀禅院送给佛祖了。这样吧，明天一早，你叫人到钟鼓楼弥陀禅院大雄宝殿的梁上去取。”

第二天，王伯伯和知事大人一道，果然在弥陀禅院大雄宝殿的正梁上找到了那串碧玉念珠。王伯伯私下对知事大人说：“这是一位高人，来无影去无踪的侠士，就像虬须客、红线女一样的人物。这次她只是想敬告刘使君，做官一定要为民作主，切不可贪赃枉法。其实，并没有为难刘使君的意思……”

王伯伯这件事做得相当漂亮，各方面的人居然都很感激他，他也因此为自己赢得了口碑……

王伯伯数十年后说起这事，还对黑妹儿两娘母赞不绝口。说她们穿着俭朴，却很干净；一身功夫，却与世无争，在如今这世道上，也算是真正难得了。

山二哥陪王伯伯摆闲白，说了王伯伯早年得意的事，也扯到本城最近的好些新闻。一会儿说沙嘴儿河坝的马戏团，一会儿说较场坝的川戏；一会儿说弥陀院的和尚，一会儿说“又一村”的厨师。扯南山，填北海；布春风，摘秋实，他说一半天，只字不提找王伯伯有何“公干”。而王伯伯最喜欢年轻人陪他喝酒聊天，也不问前生后世，且乐得逍遥快活。

野码头这边，明生先叫上秀秀，然后去找毛铁匠。去铁匠铺见毛铁匠正在煅铁，也不知他锤的是件什么东西。三个人走到一边，明生说，对山二哥跟何保长这事儿，我们其实都急。但山二哥却容不得别人插手，我们却不能不从长计议。毛铁匠还想发点儿牢骚，明生则阻止了他，说我知道你想说什么，但你且听听我的安排。于是如此这般一说，即对明天的行动作了周密部

署。明生是个心细的人，临到分手还叮嘱毛铁匠和秀秀，说山二哥正好是住在你们两家中间的，你们得留心他的动静，明天凌晨，再不能由他一个人走了。

毛铁匠真有点儿气山二哥不过，他觉得山二哥根本没有拿他当一回事，眼看着一场明火持杖的决斗，竟让山二哥以及明生一捂再捂，搞得只冒了一点烟烟儿，心里头不觉很有些憋闷。啄起脑壳正想走路，却被后面的人扯住了衣角。毛铁匠回头一看，见是金老怪的小儿子金二。他问金二："你找我有事？"金二神神秘秘地，指一指自己的袖管，毛铁匠见他好像藏着什么东西，就问："你那是什么？"金二抖抖手，从袖筒子里抖出两尺长一段青冈棒儿。毛铁匠又问："你藏这个干什么呢？"金二说："明天我跟你一路，去帮山二哥的忙！"毛铁匠看看金二，又瞄瞄他手里的青冈棒儿，差点"嗤"地一声笑出来。毛铁匠说："你这根棒儿有个鸟用，随便在我铁匠铺里捡个家什，不比你这个好使吗？"金二笑一笑："不，我这个使起顺手。"毛铁匠把他一掀，扭头就走："去去去，你就别在这儿添乱了！"金二仍扭住毛铁匠说："多去一个，总多一份力量嘛。"毛铁匠没好气地说："我要是带了你去，山二哥还不生吃了我！"金二却很执拗，只"呃呃呃"地拦住毛铁匠不放。毛铁匠急了，推了金二一掌，说："闪开闪开，我还有正经事呢！"

且不说这边有人备战，何保长那边也没有闲着。非常时期，他不敢惊动钱大、马二这两位"灾星"。他一是瞧不起他们，这种时候你们躲到我这里来，算怎么回事呢？二是怕把这两个人给捅出去了，会给自己家里惹来灭门之祸。事到临头，也想不出其他的法子，俗话说告花子还有三个朋友呢，何熊那天也请了四个人到家里来喝酒。

见菜已上齐，何熊把酒壶一端说："一张借据倒也罢了，气人的是，艾青山不问青红皂白就给我撕了，简直是蛮不讲理欺人太甚嘛！况且，他欺人都欺到我家门口来了，若不教训教训他，我还能活人吗？"接着自我吹嘘说，我何熊在万县码头也是个踩得地皮当当响的人物。想当年做袍哥五爷那阵，一呼百应是何等风光，即便是刚做保长的时候，每逢家里大人娃儿做生，来歪楼门送礼钱的还要排队呢。哪晓得三十年河东，四十年河西，现在随便一个艾二也敢跳出来跟我叫板了。这口恶气，即使轮到你们，只怕也咽不下去！然后，何熊很想听听在座的几位能谈谈自己的高见，没有想到这几个舅子好像是统一了口径似的，只晓得埋起脑壳喝酒吃菜，吃菜喝酒。何熊把筷子一放，不说话了，他几爷子仍懒得开口。何熊征求意见似的"嗯"了一声，这几位才"啊"、"唉"、"也是呢"，算是一种应酬。何熊见这几位如此窝囊，没法消气不说，反而给自己添堵。真想站起来一人甩一耳光，或者是一人踢他妈几脚。



没有办法，何保长只好拿言语说："其实，我的事，也就是你们的事。今后，无论气候怎么变，我们总得活人，总得吃饭。你们万一有了什么事，归根到底，还得由我出来承头。更何况，往后的事，变来变去的谁又说得准呢？"何保长只道自己虎落平阳，眼看失了势，却没有想到他请来的这几位酒客，各有各的顾虑、各有各的心事，捂着心口儿都在闹肚子疼呢！

何保长心里有话却不便一一说破，反过来还得安抚众人几句。见他几爷子再没啥好说的，兜一圈儿仍扯回来说："好吧，哥子们还有最后一句：人活一张脸，没有脸不能在码头上混；我们丢不起这张脸，不能让艾二把我们踩下去！"于是，把准备明天对付艾青山的计划和盘托出，包括带什么家伙、如何动手、如何策应、如何制胜、如何收兵。一件一件，好像他都经过了周密筹

划、认真推敲似的。其实,何保长心里一直在敲鼓,说到底,他已经不想跟人动手了,很想有人出来阻止他,或者给他另出一个两全的主意。但这几位只习惯了做喽啰,过去当跟班,有事都靠他拿主意。最后,倒也有个年纪稍长的说,你不必说那么仔细了,我们都听你的,到时候,就按你的眼色行事便了……

## 35 决斗

天刚破晓,明生先叫两名工人去歪楼门堵山二哥,防止决斗双方提前交手。随后背了连夜凑拢的款子,又带了两人绕道半边街,听说秀秀和毛铁匠已去了歪楼门,三人忙火速往歪楼门赶去。



到了歪楼门只看到毛铁匠和秀秀,听毛铁匠说,何保长一早已带了几个人出门去了。明生问,叫你们跟的山二哥呢?秀秀说山二哥昨晚回来很晚,天不亮我去看他,就不见人了。众人还松一口气,心想只要有一方回避,决斗也就容易避免了。大约等了一个时辰,太阳升一竿高,众人觉得不对,都焦躁起来。何熊何保长没守住,山二哥也没露面,莫非是有其他变故?秀秀同明生商量,仍留两人守歪楼门,其余的人都去半边街和野码头一带找人,只要能找到山二哥、何保长其中一个,这场冤家也就好化解了。

说起世上的事,原没有更多的道理好讲。如同日月经天,江河行地,男人自有男人遵循的规矩。就在秀秀、明生、毛铁匠等费心尽力四处寻人的同时,约定决斗的一方已在虎臂滩石壕里守候多时。

虎臂滩除了有一条伸向江心的石梗，还有一坝凹凸不平的石盘，传说是鲁班爷用赶山鞭从昆仑山赶来准备修大桥的。这里，左岸有盘龙石，右岸有虎臂石，江心有千斤石，横阔皆百数十丈。三大石盘卡住河道，主流直向虎臂滩劲射，一江狂澜遂成险要。站在虎臂石上，但见江水郁怒，涛声如吼，你会感到脚下的石盘在旋转，在颤抖。虎臂石有石无土，高四五丈，中心部位凹陷成槽，一条皴裂的石罅壕沟般通出。其实，在半边街的吊脚楼上就能看到虎臂石，而野码头离虎臂石也只有一里多路，但因虎臂石中部低凹，里面即便有人砍杀拼斗，外面的人也是无法看到无从知晓的。

何熊何保长带了四人守住石罅，他身着密门对襟衫子，腰扎丝鸾大带，着装轻松而脸色严峻。另四位全是精壮汉子，结束得也很利索，只是神情张弛有别。一位汉子嘴唇乌青，不时用手在怀里按摸，他怀里斜插着两支短枪，一只独子儿，一只铁沙，都是自己装的土枪，近距离内是能取人性命的。一位年纪稍长的把那汉子按了按，说你好歹也问个青红皂白，不要扯出来就是一炮，打死了人也是不好说话的。何保长却壮胆说，要是姓艾的不讲江湖规矩，你只管掏出来往他身上打，坐牢填命我顶着！另一位汉子见何保长困兽般来回踱步，便也有些沉不住气，不时爬上石梁往半边街和野码头方向看。何保长便喝一声，你给老子下来，莫做出那副没见过阵仗的样子！

何保长是应山二哥昨晚所约来虎臂石的。他听姓艾的说得有理：两人之间的事得换个僻静地方解决，不要张张扬扬的，免得惊动了其他的人。何保长在心里掂量这场决斗：且不说当过保长的狠话，想当年，便有三五个艾二也不在话下，勿需我动手，只消给龙头大爷打个招呼，自然会有人收拾他。可袍哥组织几经折腾，多年前便趋瓦解，且随年事增长，自己功夫虽在，体

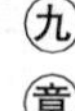

力却大不如前；而艾老二正当盛年，且如今世事更迭，再容不得当年那种霸气。这好比丧失抵抗力的“国军”，兵败如山倒，再也无法跟“共军”对垒。诚所谓此消彼长，在潜意识里，何熊不觉先折了锐气。

可让何熊气不过的是，他认为自己并非无皮无毛的人。早年他何家有铺号，有木船。抗战期间，日本飞机将南津街、杨家街口一带炸成瓦砾，何家的铺号被埋进废墟；木船满载货物出港又被洋船浪沉，他除了背后日洋人的先人，还能搬起石头打天？到如今何家仅剩楼院一座，正街百货店一间，家里元气大损。不过社会在变，听说共产党来了是要镇压土豪恶霸大财东的，他倒有点幸灾乐祸了，深信“祸福相依”有一定道理。却想家门不幸得个独生傻子，菩萨见怜总会有个帮补吧，就指望为何宝子讨一房稳妥的媳妇。原以为安家溪的秀秀纵然品貌出众，却已是个“过婚嫂”，况且何家门第也没有辱没她呀。我一未蒙骗，二未牯逼，只是怀了几分侥幸，刚放出风来，却先在秀秀那里碰了钉子。正生闷气呢，又遇艾二无赖欺上门来，想我何熊半世要强，岂能咽下这等鸟气！

且不说何保长守住石罅，在怎样调度自己的仇恨。再说山二哥这阵已从东门口过来，一乘小轿抬了位“高人”，正向桥沟方向飞奔。抬轿的是两名半大的小厮，年龄只比水飘儿大不了多少，一路小跑吱呀吱呀颠得轿幔儿直晃。轿内便传出一个声音：“崽儿们，跑慢点嘛，莫把王伯伯的骨头抖散架啰。”山二哥在前面引导，忙回过头说：“您老人家且忍耐一下，好歹马上到了。刚才从兴桥出来耽搁一阵，到晚了何熊还以为我在躲他。”

虎臂石上一帮人，正等得发毛，却有人看见山二哥带一乘小轿向这里赶来。众人心头一怔，心想未必你还抬一门机关炮来？待小轿一趟子跑拢，却见抬轿的竟是两名半大小厮。轿子一歇，艾青山将轿帘一挑伸手一扶，出来一位年迈长者。那位紧张得一直按着枪把的伙计，不觉将手撒开，差点儿笑出声来。

这位长者须眉皆白，已有一大把年纪。他目露精光，面容清癯，下穿吊裆高腰裤，上着对襟夹背心，扣子一粒未扣，像年轻人一样大敞着怀，胸腔露两排肋骨，一匹一匹清晰可数。着装相貌都十分寻常，倒是他手里那杆烟杆有些特殊。那烟杆长约五尺，竿身漆黑发亮，布满奶头般的疙瘩，上面玉石嘴子，下面青铜脑壳，既可以用它杵路当手杖，自然也可以拿它打人。年轻人多不识这位老人的厉害，但差不多都知道他响亮的名号。前面已经交代过了，这位老人正是万县码头有名的"王伯伯"。

见王伯伯出面，其他人倒不打紧，唯有何保长顿时眼睛都绿了。有道是一个狗子服个秤砣，自古一物降一物。后来有人评议，还是那天秀秀把山二哥困得好，亏他想出这绝顶聪明的点子。

说当年，王伯伯是万县城耍赖的魔头，打架的祖师。他在码头辈分高，谁都让他怕他，便不拘小节混吃混拿，好像码头的馆子都是为他开的，走到哪儿吃到哪儿，吃完只说声"借一下"，连盘子带走，十天半月后就见他在杨家街口一摞一摞地卖盘子。



何保长和王伯伯有扯不伸抖的关系。何保长的舅舅该喊王伯伯舅公，何保长那几招三脚猫的功夫，还是王伯伯的一位徒弟教的，更重要的是何保长出来闯码头，混到红旗管事，全凭王伯伯引荐铺垫。后来何保长生意走红，成了台面上的人物。慢慢就瞧不起王伯伯那份为人和习气了。王伯伯看出他有几分冷漠，放出话来说二天要叫他"矮起"（袍哥隐语，指当众下跪认错），何保长便再不敢嚣张。后来时事变迁，他对王伯伯更只有敬鬼神而远之了。

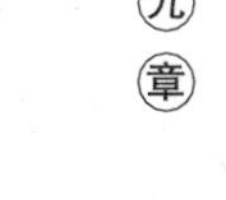


何熊见王伯伯下轿，慌忙上前迎候："老辈子，您老人家有话，捎个口信来就是了，何消您老动步呢！"

王伯伯将何熊一掀，带头往石壕里走，然后转过身来对何熊说："今天我来这里会个狠人儿，王伯伯好久没有操过'扁卦（武艺）'了，也想看看我的武艺回潮没得！"

何熊低声下气地说："我约了艾二哥，只是想说几句……"

山二哥不屑地说："若论单打独斗，你会说我占了你的便宜。今天请王伯伯到堂作证，就由你划个道道出来，我奉陪就是了！"

王伯伯截断他二人的话，直接对何熊说："艾青山的事，就是我王伯伯的事！你龟儿子有话要说，是文说，还是武说？"

何熊说："有你老人家出面了，我哪里敢……"

王伯伯说："你少啰嗦！年轻那阵，我一碇子（拳头）可以叫你背三年药罐罐。今天且不提旧账，看你龟儿辈分低，我先让你三拳，你再挨我三烟杆脑壳，两下扯平。"说时，那半斤多重的烟杆脑壳在石头上直敲得火星子冒。



何熊连连打躬，几乎当众跪下来，他哭丧着脸说："老辈子，我认输，我输给艾二兄弟了，前日不该起气动手。"他回头对山二哥说，"那笔账，随借据撕了也就算了，算我赔礼。兄弟若仍不解气，还我一掌两掌也行。"

山二哥看他一眼，微微一笑。一切都在他算定之中，兵书上说这叫"不战而屈人之兵"哩。于是见好就收，做作地扯一扯王伯伯的衣角，说："王伯伯，您老人家就算了！何必同小辈儿一般见识呢，出手难打笑脸人么。"

"未必然王伯伯龙行一步，就这样打道回府了？"王伯伯仍拿腔作势地说。

"您老今日动了大驾，容晚辈本旬初九，去'小桃园'包两席，叫一套玩友儿陪您老人家消遣！"何熊见山二哥又做端公又做鬼，恨不得上去啃他几口，但面子上却装出笑脸，很卖力地讨王伯伯欢喜。

“哼,看你龟儿子倒很乖巧,也罢,我今天是给青山面子,也是给秀秀面子。听说这小媳妇模样好周正,我倒是要去半边街看看。”说着从石壕出去,先钻进了轿子。

“青山兄弟,请借一步说话。”山二哥刚车身要走,却被何熊叫住。

“你?还要咋的……”山二哥乜斜着他,一副不屑的样子。

“素闻青山兄弟豪爽义气。秀秀这事,你若以为何某欺她,挺身出来主持公道,我心悦诚服五体投地;若只是惜香窃玉,要和我那宝子争媳妇,我何家就此相让了!”

何熊说山二哥惜香窃玉要跟宝子争媳妇,无非是吐一口恶气,不料竟似一记闷棍击中山二哥要害!山二哥被噎得一时透不过气来,面色腾红,痰往上涌,“呸”一声将一口腥腻唾在地上。山二哥说:“秀秀是什么?是凤凰,是仙女!你那宝子是癞蛤蟆,是猪狗,他不配!我也不配!”说罢车身便走,出石罅还踉跄两步差点儿摔倒。

何熊怔怔地盯着山二哥一行走远,再看唾地之物,红红湿湿好不扎眼!原来艾青山急火攻心,竟然吐了一口鲜血。

外地人兴许看不懂了,这何熊骨子里不过是个无赖,他带了整整齐齐一拨汉子,何以不敢跟八十多岁的老人交手呢?是啊,何熊可以无视共产党的章程,也可以不顾国民党的“王法”,但他在码头上混了一辈子,却不得不遵循码头上的规矩。何熊自知已经失去太多,他哪敢让自己再背个“欺师灭祖”的恶名!

# 36 学技

水飘儿真的很委屈，很伤心，就像忠臣贤士，空有一腔赤胆，却得不到朝廷的任用和重视。他见明生、秀秀、山二哥们都在避着他，或者有意把他支开，根本不让他参与自己关心的事情。最恨王掌墨动不动就叫他“小狗日的”，总以为他水飘儿至今还没有“长全”似的。

水飘儿把自己“放逐”了。他跑到江边边儿去玩沙，抓一把半湿的沙在手里捏，让沙粒儿从指缝间滴下来，一滴一粒，一滴一粒地垒成山，垒成塔。有的宝塔已垒起两尺多高，然而最后都倒了，他索性几脚把沙山沙塔全踹平了。又想垒一座皇宫大内，垒来垒去却总是不像。然后挖沙坑，挖了一尺多深，沙坑下面就见水了。好，有了！水飘儿突然有了主意，我要弄整何宝子。他为新冒出来的这个主意感到兴奋。

他换了个地方，找到一块竹片开始挖沙坑。挖呀，挖呀，不一会儿就挖了两尺多深一个坑。他从附近找来些竹棍儿、木片儿，把它们一一架在沙坑上，又找些蓼叶、废纸，铺在竹棍和木片儿上，最后再小心翼翼地把沙撒在蓼叶和废纸上面，用手抹抹平，就再也看不出沙坑的痕迹。他跪坐在旁边欣赏着自己为何宝子设下的陷阱，想象着宝子乐呵呵地跑过来，一脚踩进沙坑时的情景。那小子笨，一定会像傻鹅一样哦呀哦呀地怪叫。但水飘儿突然觉得不对，这里不是何宝子经常来的地方，倒是不时有下河赶船的，或者是担粪的农民过路，若是他们踩到了，那不是要害人吗？水飘儿顿时性味索然，抱一团湿沙轰地砸下去，把伪装好的沙坑毁了，再用沙慢慢填平……

水飘儿就盼着晚上去茶馆听评书了。他身上的本钱不多，但听评书的“壳儿”还有几个。因为工地离茶馆近，每晚都去得很早，七点钟开书，他六点多就去了，去了就拣离说书人最近的位置坐。这天说的是《三国演义》，一开始就说到本地出去的甘宁，直让水飘儿听得津津有味。说书先生说，甘宁这位东吴大将，就是我们这个地方的人，后来他做了折冲将军，折冲将军的墓至今还葬在甘宁镇的。甘宁甘兴霸年轻的时候豪爽粗猛，轻财敬士，他经常领一伙人携弓带箭，头插鸟羽，怀里揣着铃铛，铃铛走到哪儿，响到哪儿。他走旱路不是坐车就是骑马，走水路则一律轻舟快楫，跟随他的人都披着锦袍，用的风帆是全副锦缎，因此恨他的人都喊他“锦帆贼”。甘宁早年也曾走过弯路，投刘表，奔黄祖，东不成西不就，最后得遇明主孙权，才成就了他甘兴霸的一生伟业。

水飘儿听说书人说“甘宁百骑劫魏营”，他差不多能背下来了。说书先生说：“这天晚上甘宁回到营中，令百名将士环坐，用银碗斟满了酒，自己先吃了两碗，然后对众将士说：‘今夜奉命劫寨，请各位满饮一碗，冲锋陷阵当努力向前！’大家你看我我看你，面面相觑，就这百十号人，要去踹曹操八十三万人的大营，这不明摆着是去送死吗？甘宁见众人傻了，突然拔剑在手，一声怒喝，‘我身为上将，且不怕死，你们这些杂种，命都那样值钱吗！’众人吓到了，一齐拜伏，无不答应愿效死力。然后大块吃肉，大碗喝酒，约莫二更时分，甘宁取过白鹅翎毛，在每个头盔上都插上一根。一百人披甲上马，拔开鹿角，大喊一声，杀呀——哦——哇——只听得七个八个七八个七八一十五个，马蹄翻飞势同翻盏泼碟，一彪人马直杀向曹营。曹操的人马连做梦都没有想到今晚有人劫营，不晓得敌军从何处来，来了多少

人，一个个喊爹叫娘只知逃命。甘宁率领百骑左冲右突，遇到的死，碰到的亡，没有一个敢上来阻挡，所到之处势如砍瓜切菜，直杀得曹营鬼哭狼嚎血肉横飞。好一个甘宁，不折一人一骑凯旋而归，吴主孙权亲自出来迎接，手携甘宁，夸口赞曰：'孟德有张辽，孤有甘兴霸，足相敌也！'"

水飘儿听了评书，心想甘宁甘兴霸如此威猛，可自己连个何宝子都对付不了，不觉有些垂头丧气。突然记起水月姐姐厉害，水月姐姐会法术，自己原是要拜她为师的，我何不学刘备三顾茅庐求诸葛亮，水月姐姐见我诚心求她，最后总会答应我的。他也不管自比刘玄德有多么滑稽，这上午他见明生、秀秀、山二哥都不在，众人不要他，他正好去求水月。

"水月姐姐，水月姐姐！"水飘儿的嘴甜，一见水月叫得脆生生的。



"来了？快进屋快进屋。"水月这两天没有看到山二哥露面，心里正不是事，见水飘儿来找她，自然高兴。"你今天找我有什么事呢？"

"水月姐姐，我来拜师，想找你学法术呢。"水飘儿说。

水月一愣，想了想，说："你为什么想学法术呢？你学了法有啥用？"

水飘儿心里早就想好了，说："姐姐是我的师傅，我得对师傅说老实话。水月姐姐会法术，本领高强，别人就不敢欺侮你。像皮船长这一类人，如果老不要脸的话，就可以让他吃些苦头了。"

水月微微一笑，说："那你学法术，就是想让别人吃苦头吗？"

水飘儿立即说："不，我想成为精忠报国、除暴安良的侠客——古代的侠客，一个个本领高强，可都是英雄了得的人物！"

水月微微点一点头，说："好吧，你当了侠客，又能做些什么呢？”

水飘儿不假思索道：“推翻旧世界，除掉所有祸害老百姓的恶人！”

“推翻旧世界？”水月诧异了，“这是谁教你的？”

水飘儿窘住了：“没，没人教我。我也记不起这是谁说的话了，反正，反正很受船帮兄弟欢迎……”

水月还问：“那，你想除掉的又是些什么人呢？”

水飘儿挠挠头皮：“这个问题，我还没有想好，但我想，我想弄整何宝子……”

水月一惊，问：“何宝子咋惹你了？”

水飘儿说：“他的爹坏，早先坑蒙拐骗，尽干烂事儿。”

水月说：“那也是早先的事儿了，何况，跟他宝子也没有关系呀。”

“水月姐姐，你是不知道，那何宝子分明是个瓜娃子（傻子），他却偏偏要打秀秀姐的主意。”

“你说他‘打秀秀的主意’，是什么意思？”

“何宝子的爹托人去说媒，要秀秀姐嫁给他家宝子。那天，宝子一见到秀秀姐，就喊人家媳妇，抓到秀秀姐就不放手。”

“真的呀？你是怎么知道这些的呢？”

“那天幸亏我从那里过路，不然，不然就没人能救秀秀姐了。”

水月听水飘儿说得有趣，就问：“那么后来呢？”

水飘儿说：“何宝子那大一礅，我打又打不赢他，就顺手砸了他一砣泥巴，他才把秀秀姐放了。”

水月装作很随便地说：“秀秀的男人死了，她反正是要嫁人的。这事儿咋又把你惹到了？”

水飘儿把胸脯子一挺，说：“这不合规矩。明生哥喜欢秀秀

姐，就像山二叔喜欢你一样，这是天经地义的。他一个傻子，去缠人家秀秀姐，就是大逆不道，我得出来打抱不平。”

水月脸儿一红，说：“这都是大人的事，要你添什么乱呢！”

水飘儿说：“我没添乱呀，我只想帮帮你们。”

水月做出不高兴的样子：“没添乱，你喊他山二叔，喊我水月姐，还说没添乱呢！”

水飘儿摸摸脑壳，立即醒悟过来：“噢，那我喊你水月姑姑，或者，或者喊他山二哥？你看，我该怎么喊呢？”

水月心想，水飘儿不但诚实，也挺机灵，但我仍不能教他法术。就说：“这法术，不是随便什么人想学都能学的。不该学法术的人，学了法术，反而会害了他——这样好不好，我今天教你一套小魔术，但先讲好了，你学会了可不能拿去随便整人，害人。”



水飘儿一听高兴极了，心想，我就先学魔术，再学法术，二天，我还是要“三顾茅庐”拜你为师的。于是说：“好，我跟姐姐学魔术。”

水月说：“那，你可看好了——”然后就作示范，她先把双手交代给水飘儿看，水月的手指像花瓣，像葱根。她先把手握成拳头，然后次第把指头伸开，再握成拳头，再把拳头打开，速度突然加快，只见她几捏几捏，掌心不知几时就多出来一枚铜钱。然后，那枚铜钱变成了活物，绕着水月的手指直打转，转呀转的，一枚铜钱一连变出五枚铜钱，再由五枚铜钱变成一枚铜钱。最后水月把那枚铜钱捏在手里，吹一口气，再亮掌，那枚铜钱却不见了。

“我，我……”水飘儿看得眼花缭乱，他挠挠头皮很感到有些为难。水月姐姐的手指细细长长洁洁净净的，要起把戏来灵活得很，自己笨手笨脚的，一时半会儿哪儿学得会呢。

水月也牵了水飘儿的手来看，见水飘儿的手指粗粗大大的，要学这套把戏确有些勉为其难。况且，她也不想教水飘儿要钱。“好，你再看——”水月侧身取过一根草绳，草绳有两尺多长。水月拿在手里理一理，理一理地，突然将草绳子一抖，那草绳顿时就变成了一条黄底黑斑的菜花蛇。

水飘儿被吓了一跳，忙往旁边一闪。再看水月手里的蛇，两尺多长，还吐着信子，分明是一条真蛇。水飘儿问：“它会咬人吗？”

水月说：“你看它咬我了吗？”说着把蛇递给水飘儿。

水飘儿大起胆子，小心翼翼地接过那条菜花蛇，他生怕蛇脑壳弯过来把自己给咬了。那条蛇冰凉冰凉的，水飘儿刚开始确实有点畏惧，但要一会儿也就不怕了。水月拿起草绳和蛇，手把手教了水飘儿几遍，几弄几弄的，不一会儿水飘儿也会玩“草绳变蛇”的把戏了。

水飘儿学到了本领，就像是捡到了宝贝，或者像是得了道成了仙，心里好高兴啊！临到离开水月家，水月还一再叮嘱他，水飘儿，你在姐姐这儿学了技法，可千万别拿去整人害人。

水飘儿说，我向姐姐保证，我绝不会出去整人害人！

其实，水飘儿想弄整何宝子，倒真没有使用“草绳变蛇”的技法。第二天，他的念头仅偶然出点儿偏差，结果就坏了事……

# 第十章

山二哥就用信香点着了引线，又是惊天动地“轰隆”一声，接下来整整半天，山二哥和毛铁匠再也没有听到其他任何声音……

## 37 惊变



明生、秀秀还在半边街守候山二哥的消息，却见山二哥领一乘小轿过来，悬在心里的石头先落了地。秀秀忙迎上前去，山二哥即叫落轿。将帘子挑起，扶出一位须眉皆白的老人。山二哥对老人小声说，王伯伯，这就是秀秀。

王伯伯一手杵烟杆，一手拉住秀秀再不放开。他把这小媳妇从上到下打量几遍，咧开缺了牙的嘴呵呵直乐。秀秀挣开也不是，任他抓住也不是，听王伯伯盯着她连声赞好，不觉将一张粉脸儿羞红。她娇嗔地看一眼山二哥，却见他面容疲惫，正在和明生讲话。

山二哥介绍了去虎臂石的大致情况，说请了王伯伯来，没有动武也就把事情摆平了。秀秀那笔账一笔勾销，算何保长向我们赔礼。明生噢地一声，说这样最好。心想，昨天我还去找过王伯伯呢。从船民协会转来，为筹这笔款子我好负急(着急)，看起来众人都白忙了一场。

山二哥几张票子打发了抬轿的小厮，正叫秀秀扶王伯伯先到家里歇着，却见街上不少的人都噔噔噔地在往河下跑。心里不由一沉，只以为是胡宗南的残兵拢了。忙抓住一个问，他们上岸了吗他们上岸了吗？那人挣一挣没有挣脱，“什么上岸了呀！”山二哥说，是不是有小火轮上来了？就听那人在吼：“什么呀，你们还不知道？是水飘儿淹死了！”

明生和山二哥身子一抖，却似半空劈下个炸雷。二人对望一眼，分明都不相信会是事实——水飘儿从小玩水，大河都游得过去，他还会淹死？脚下却像着魔一般，不由自主竟随前面的人往河下跑。

出事点围一圈人，离明生修船的地方其实不远。安家溪从坡上流下来，在峨嵋碛脑脑上分了岔，一支小溪流从沙滩嘴嘴注入川江。溪流不宽，却因最近一场豪雨将沙沟淘了一人多深。

明生和山二哥气喘着闯进人围子，就见水边真躺着水飘儿，不，是两人，还有何家那傻儿子！

明生自然顾不得何宝子，急扑过去把水飘儿翻过来，用膝头顶住他的胃，为他倒水，但水飘儿根本没喝水。他又把他仰过来平放在地上，嘴对嘴为他度气，一口，一口，一口，折腾好大一阵只是没有动静。旁边有人说，不行的，两个刚捞起来的时候我们都试过了。但明生就是不信，水飘儿湿漉漉冰冰凉，但身子还是软的。他眼睛微睁着，嘴角向上弯，明生用脸用耳朵在他嘴上轻轻蹭着，就想听水飘儿嗤地一声笑出来：明生哥，我在逗你玩儿呢。但水飘儿永远不再吱声了！一滴泪落在水飘儿鼻梁上。他为水飘儿擦了泪水，终于被人扶了起来。旁边山二哥木桩似地立着，脸色和水飘儿一样惨白，嘴唇在微微颤动，不时发出一种近乎无人察觉的声音：“怎么会呢……怎么会……”

一位修船的水木匠在说:大约还不到半个时辰,有个放羊娃儿过来喊,说那边有两个人滚了水没起来。开始大家还没有在意。放羊娃儿说滚水的是何宝子,还有你们这边的那个大娃儿。大家才想起水飘儿,想起他并没有随明生一道走,忙放下手里的活往小溪沟跑。两人是搂在一起的,还没被水冲走。众人没费工夫就把他俩捞了上来。何宝子个子大,死死箍着水飘儿的颈子和臂膀,一脸的绝望与恐怖。水飘儿则蜷着身子,任何宝子搂着,一副很好玩儿的样子。大家忙把他俩分开,立即进行抢救。只有何宝子吐了些水,两人却再没有活过来。仰躺在水边的两具尸体,一位龇牙咧嘴貌似丰都城的厉鬼,一位面带微笑就像观音座前的童子。再看那小溪沟,宽不到六尺,深也只不过六尺,却怎会淹死两个人呢?问放羊娃儿,放羊的崽儿说,他看到这两个人在河边玩儿,遇到这条溪沟大娃儿一跳就过去了,回头招呼何宝子,何宝子犹豫着一跳就落了水。大娃儿见何宝子冒一冒的像不会水,就跳下水去救他,一下水却被何宝子死死箍住。放羊娃儿开始还以为他俩是闹着玩的,后来好半天没见他们起来,才晓得事情不好了,立即跑到修船工地来喊人。

“天哪!我的儿啊……”何宝子的妈还隔老远,哭喊声先传了过来。围着的人闪开一条道,宝子妈被人扶着跌跌撞撞冲过来,一下扑在儿子身上。她声嘶力竭地哭叫着,摇撼儿子,捶打自己的胸脯,撕扯自己的头发。这位近乎精神失常的母亲,给众人一种极度的哀伤和苦痛,那扶她的妇女无论如何也劝她不住,也拉她不住。

这时何熊何保长带着人也赶来了。男人自然能控制感情一些,但见到儿子的尸体,那老泪早已止不住淌下来。何宝子二十一岁,虽傻一点,生活却能自理,从来也十分听话。医生说,吃药得的病不会传给下一代,正张罗着为他找媳妇,他偏遭此惨祸。

是宝子无福，或是前世冤孽专来何家索账的呢？何熊想到自己暮年无子，晚景凄凉，不由肝肠寸断悲从中来，但到底比婆娘撑持得住些。听说水飘儿是为救何宝子死的，心里着实感动，当即向明生等人表示，两人的后事一处办，一切开销由何家包干。

因在野外恶死的人，都不兴抬回家去，众人商议，干脆去关帝庙外面搭棚子，好请和尚做道场，然后在岑公洞外择个穴位就近下葬。于是何保长强忍哀痛，立即叫人先用门板把尸体抬上安家溪，同时安排人扯白布，做棺材，搭棚子，请道士，雇吹手。众人皆心里难受，也都当自己的事去做。

这时却怪，大家正为亡人张罗后事，水飘儿鼻里嘴里竟咕嘟嘟冒出血来。人群一阵小小的骚动，私下里有人嘀咕：到底水飘儿要灵醒些，人去了还认大家做亲人呢。明生听了神色惨然，说："水飘儿水飘儿，你无爹无娘，当兄长的没有照顾好你，有负你老子的重托呀！"宝子妈也大哭起来："我的宝子啊，你要学灵醒些呀！这位小兄弟心眼儿好，你伴他好走啊……"

人群里突然冒出秀秀来，山二哥忙一把拉住将她带了出来，他不想让秀秀看到死人的惨相，尤其是何宝子那恶死的凶相。抬尸体的凉板扛来了，山二哥和秀秀就在远处看。众人七手八脚把水飘儿和何宝子放到凉板上，然后四个人一组往安家溪上面抬。

明生没有立即随众人去安家溪，却独自留下来，游魂似的往峨嵋碛嘴嘴走。一路听到鹅卵石轻微的响动，是王掌墨影子似的跟在他后面。

两人没说一句话，就看脚下的鹅卵石和江里的水。水好清，离岸两三丈远，还能看到小鱼在追逐，卵石在摇晃。浪，一排一排郁滞凝重地拍过来，在碛坝前沿留一道湿暗的水印。卵石虽有岸上水里的区别，却满碛坝一样晶莹一样洁净。水飘儿除了

风里雨里跟明生走行船，平时就爱玩沙，玩水，还喜欢到碛坝来扔鹅卵石，打水飘儿。这峨嵋碛里，似乎还飘荡着水飘儿的笑声，甚至还能听到水飘儿的呼吸。有什么东西堵在明生胸口上，他只觉得心慌，觉得难受，他差不多就要喊出来：噢，水飘儿哪水飘儿！你童年的欢悦、少年的梦想呢？都留在踩过的卵石上、嬉戏的江水中了么？

明生禁不住热泪长流，他还清晰地记得水飘儿昨夜那句话。“明生哥，你莫焦(急)，到时候，说不准我能摆平了。”那时候，夜已很深了，夜深人静的，如果峨嵋碛有知，也肯定还记得这句话。明生甚至怀疑水飘儿是有意这样做的，他可能早就想这样做了。啊，水飘儿，你老实告诉哥哥，你只是想给何宝子一点儿颜色？还真是想除掉何家这条祸根？是何宝子落水以后你于心不忍？或者见义勇为却落下了同归于尽？兄弟呀兄弟，你好傻、好蠢、好糊涂啊！你不知道你是绝不可以这样干的呀！明生想责备水飘儿，诅咒水飘儿，却记起他还只是个未成年的“大娃儿”，何况此时阴阳有别，哥俩这一辈子，已再也不能对话了！

“嘘儿——”头上传来一声鹰的啸叫。明生仰起头看到一只苍鹰，在白云蓝天中盘旋。鹰头向下探望，翅子一动不动，一股强大的气流托着它，越飘越高，越飘越高……

在明生的泪眼中，那鹰显得十分神秘、十分茫然。莫非，那就是离我们而去的水飘儿？噢，水飘儿水飘儿，哥哥是不是误解了你？或者这真的是一场注定了的灾难呢？他回头看一眼王掌墨，王掌墨含着烟杆眯缝着眼，正大口大口地喷吐着带烟草味儿的雾团……

是的，王掌墨也很困惑。他什么也没说，什么也没看见，什么也不知道……

## 38 围鼓

何宝子的死，给了何保长致命一击。他辗转反侧整夜没有睡好，一大早头昏脑胀，差点儿起不了床。就听到外面有人在唱歌，初时听不明白，后来听清楚了，感觉到就像是专门唱给他听的——

无常到，没大小，
不羡金银不要宝，
不分贫贱与王侯，
年年多少埋芳草。
名也空，利也空，
人生恰似采花蜂，
采得百花成蜜后，
到头辛苦一场空……

何熊开了门撵出去，却没有看到唱歌的人。他问过路人，刚才是不是有个唱歌的人过去了。路人摇摇头，都说不晓得，不知道。何熊望着素不相识的过路人，嘴角抽动一下，却长长地叹一口气。

何熊只看到山湾里有一抹青纱似的雾，在空中飘过来，又飘过去，既像是在擦拭什么，又像是在掩盖什么……

办丧事这两天，何熊何保长万念俱灰。他觉得人生就像一场春梦，待醒过来，便索然无味，甚至会冒出上当受愚弄的种种

念头。等见到请来超度亡灵的僧尼，他也只是不关痛痒地应付应付。

然而丧事办得特别隆重，比关帝庙赶会热闹得多。何保长做了仗义疏财的孟尝君，在岑公洞内和关帝庙外面的坝子上，摆了几十张桌子，从早到晚开着七荤八素的流水席。流水席要办三天三夜，来坐席的去一潮来一潮不曾间断，有歪楼门的亲戚，有明生、山二哥的朋友，有安家溪、半边街的乡邻，以及行船的伙计、码头的散力，甚至还有从河那边过来的叫花儿。来的人这样多，何保长很为宝子和水飘儿感到风光。见山二哥和明生兄弟十分义气，铺派安排有条不紊，差钱差物都当自家的事解决，他倒在人前白捡了面子，于是心里感动，对山二哥明生等人也就格外谦和尊重。

山二哥、明生以及毛铁匠一干人见何熊会事，对他的舔犊之情、丧子之痛寄予同情和理解，对他物色媳妇以及往日那份心计也不再追究。大家私下嘀咕，何保长这两天倒像是变了一个人似的。

周老默和点水雀儿也来过了，他们特地做了几样点心，像模像样地摆在水飘儿的棺前。点水雀儿一边流泪，一边说，小兄弟，你曾问过我什么叫落口酥，还说船歌里唱了“万县有个落口酥”呢。噢，这就是落口酥。是姐姐找厨师学了手艺，亲自下厨做的，这是家乡的点心，你都尝尝吧，啊？

水月是最后一个得到噩耗的，她赶到水飘儿灵前，烧了一叠纸，默诵了一章经。想起昨天水飘儿还在说要弄整何宝子，而今却跟何宝子做了生死朋友。水飘儿到底是善良的，这是他的一大好处啊。回头想起往天的事，总是叫水飘儿跑腿儿使嘴儿。水飘儿也太活泼、太单纯、太热心了，他一直在帮我的忙呢，如今却再没有这么一位传话的人了。水月心里除了难过，还有无奈，当即拿定主意，今后我只有直接去找山二哥了……

水月在水飘儿灵前只跟山二哥说了几句话。水月说，水飘儿走了。山二哥垂下头，眼圈儿红红的。水月说，我们没有传信的人了。山二哥抬起头，认真地看着水月。水月说，今后我只好直接来找你了。山二哥"嗯"了一声，默默地点了一下头。山二哥神情木讷，水月只当他是舍不得水飘儿，连日操劳过度。

最有趣的倒是王伯伯了，老人家像是逮到了一个难得的机会，对山二哥说，你给我找几位戏友来，我好久没摸玩艺儿了，正有些手痒呢。王伯伯是说要找几个人来打围鼓。打围鼓又叫"川戏坐唱"，有些人又叫它"板凳戏"，在川江一带是极受欢迎的。每遇红白喜事，一帮戏友各自带了鼓、锣、琴、笙等家什，临时扯几条板凳围拢来，坐唱吹打非常闹热。

在川戏打击乐器中，有一面扁圆坚硬单面蒙皮的小鼓，叫"单皮"，另有三块以弦绳连接的黄杨木拍板，叫檀板，这两样东西合称"鼓板"，是打击乐和管弦乐的指挥者，多由"鼓师"一人操控。川戏坐唱中的鼓师，俗称"坐桶子的"，是整个乐队的指挥和核心。前日山二哥说要请王伯伯出来"坐桶子"，不料王伯伯今日出任鼓师，还真应了前日的话。



因为去请响器的人多，前后竟来了三拨（队）锣鼓。王伯伯是个"人来疯"，他把三拨锣鼓并住一处，特地找了只高脚凳坐了，用三折式鼓架架起他的单皮，又将堂鼓、铙钹、大锣、小锣、胡琴、月琴、三弦、唢呐、笙管、笛子都清点一遍，然后对众人拿言语说，我王伯伯今年八十八岁了，孙孙儿也比躺下的这两个崽儿大些，我今天出来坐桶子，也不晓得算不算是这两个崽儿的福气。说起打围鼓，你们也都知道，有好多曲牌原是不能用在丧葬场合的。但王伯伯不管，王伯伯自有王伯伯的道理，且不管喜怒哀乐，只要大家吹吹打打地玩高兴了，想这两个崽儿也就

高兴了。众人说好,我们听王伯伯的。

王伯伯只把手里的鼓签(击鼓棒)一举,“打打把打”,听了单皮的号令,安家溪随即响起一片热闹的锣鼓声:

“打打打打　弄丑弄弄　壮共壮共　壮共壮共　壮共壮共　壮共壮共　壮共壮　弄丑弄　壮——　……”

然后又换了几支曲牌:

“打打以打　课打　课课　壮乃乃丑　当丑　当丑　乃丑乃　当才　丑乃次　壮——　……”

“弄丑弄　壮共壮共壮共　壮　弄丑　弄　壮——……”

川戏坐唱,只是不化妆,不上武打戏,生、旦、净、末,各个行当却是齐全的。打围鼓的一般都能唱几嗓,如果剧情需要,哪怕是七八十岁的老头儿,也会捏起嗓子学旦角,形象虽有点儿滑稽,却唱得有板有眼中规中矩。还有帮腔,有些地方帮全句,有些地方只帮几个字,即便不是很熟的戏,也敢混在人堆里吼,川江俗称“吼打伴儿”,大家无非图个热闹,也壮了“板凳戏”的声威。

王伯伯也能唱,他先来了一折《关公挑袍》,你听他唱:

说什么赶阳关(帮腔)饯故交,
见他们一个个眉来眼去眼去眉来,
(帮腔)这内中定有圈套,
某本是春秋丈夫。
一心要去实难留,
留来留去结冤仇。
开弓难留弦上扣,
丝牢怎系顺水舟。

一心辞曹归旧土，

曹恩相(帮腔)实实不愿停等候……

另有《伏魔剑·荣归》一出，则见众人轮番上场，十分热闹：

帮腔：昨日喜报回家里，
老生：今朝吾儿高中回。
　　　耳边又听笙歌起，
帮腔：想必我儿高中回。
小生：一树杏花红十里，
帮腔：状元归来马如飞。
小生：走进府庭深施礼，
　　　一见爹妈双跪膝。
老生：一见我儿心欢喜，
老旦：不由为娘喜齐眉。
小生：府门外一浪乌云起，
帮腔：何方妖魔到这的？
花脸：贤弟把兄来误记，
　　　兄本是当年的钟文奎。
小生：闻兄终南为神去，
　　　寅夜归来做怎的？
花脸：当初书房把亲许，
　　　亲许吾妹效于飞。
帮腔：今朝好比七月七，
　　　牛郎织女会佳期……

三拨锣鼓或次第出场轮番表演，或全体合奏金鼓齐鸣，但

听那“壮共壮共壮共壮共”的鼓乐确实令人振奋。王伯伯就像指挥着千军万马，“壮共壮共”地竟然乐此不疲，他只想把阵仗越搞越大，结果弄得万县城南北两岸的大人细娃儿(小孩)都往安家溪跑。

想是对安家溪的围鼓有了某种感应，藏在歪楼门的两名“厨师”，竟无缘无故地感到一阵阵心慌。一早起来，想问问何保长近日情况，见他爱答不理地还觉蹊跷，结果听说他那傻儿子死了，二人心里不觉“咯噔”一下。家里死了人，无形中就多出几分煞气。这“师徒”二人似乎同时想到了，原来的熊永松毕竟跟何保长沾点儿亲戚关系，熊永松一死，只说拿何保长的老婆儿子来要挟他。现在他的儿子先死了，又少了一个垫背的，就怕共产党一打过来，何保长这种人靠不住，会把他俩交出去邀功请赏。



“徒弟”马二就跟“师傅”钱大商量：“我们现在已得不到任何情报了，万县城就像他妈一个孤岛，我们不能再死困在这儿了，还是先挪个地方吧。”

钱大想了想说：“不行，得看看再说。如果我们一挪窝，上面派人带了电台来，又上哪儿去找我们呢？再说了，我们的任务是长期潜伏，现在才开始呢，你怎么连这点儿定力都没有了！”

“徒弟”叹口气说：“‘长期潜伏’，这‘长期’得等多久哇？再说了，古人还讲‘狡兔三窟’呢……”

钱大立刻警觉起来，说：“你狗日的可别做软骨头，你若拉稀摆带(软弱变节)，老子会就地毙了你，你给我小心点儿！”

这马二只在心里说，这里连个女人都没有，我待得住吗？安不安全还两说，但这跟坐牢有啥区别呢？他当时并没有说出来，到下午却抽个空，说是要出去打探消息，就离开了歪楼门，从此不知所终。他甚至连毛铁匠那声惊天动地的铁炮都没听到，狗日的脚底板儿抹油就逃之夭夭了……

## 39 炮声

一想起水飘儿，山二哥就觉得对不住人。如果没有跟何保长交手的事，这几天他会一直把水飘儿带在身边，何至于让他出这种事呢？心里不好过，却想幸好为了个人的事，还没有耽误老弯交给自己的公事。但还得去各码头跑一跑，看看有无疏漏，若发现什么地方不妥，还得及时安排补救。

踏着“壮共壮共”的围鼓声，山二哥顺着安家溪的小路下河，沿着下沱、东门码头、南门码头一路过去，见有的工友还在岸上栽桅杆，就跟船主和二太公（舵公）们招呼，彼此会意地笑笑。山二哥说，人家的桅杆栽在船上，你们却栽到岸上来了。他们应道，岸上地势高，亮出来旗帜鲜明。又问山二哥，有准确消息了吗？山二哥说，就快了。我会通知你们的。从南门码头过去是苎溪河口，涨水的时候这里是一条河，枯水期则是一条小溪沟。溪沟上有石条或者石板临时搭的小桥，山二哥踏上小桥，发现有几块石头踩起空啊空的直打晃，还脱鞋下水，把石头一块一块地垫稳。

过了溪沟，是布码头，再过去就是杨家街口，迎头碰到省万师的李老师，见他领着几个人扛了胳膊粗的寿竹下河。山二哥问李老师：“你们是去哪儿呢？”李老师说：“沙嘴河坝。”山二哥就跟李老师并肩一道，小声问：“是送旗杆么？”李老师点点头说：“沙嘴河坝一片货栈，周围都要有旗杆。”山二哥说：“是说

嘛，木船不缺旗杆，桅杆、篙杆、爪钩都可以当旗杆。”李老师让扛竹子的几个青年在前面走了，小声说：“我正要去半边街找你呢。明上午十点多钟，那三条船路过万县。”山二哥忙问：“消息确切么？”李老师说：“确切，是从民生公司电台得到的消息。”山二哥很兴奋，点点头说：“好！”又指指前面那几个青年，问，“是你的学生？”李老师说：“对，省万师的。”山二哥就说：“你明天就不必来了，我们好跟贼船斗法呢。”李老师说：“行，我这几天还有事呢。”山二哥问：“什么事呢？”李老师说：“做国旗。”“做国旗？”“五星红旗！”山二哥说：“我还没有见过五星红旗是个什么样子呢。”李老师见四下无人，就蹲下来，把河沙抹平，用竹棍儿在地上画了个长方形，又在左上角画了颗五角星，然后又画了四颗小五星拱卫在右边。李老师指着地上的图案说：“旗帜是鲜红的，五星是黄色的，这就是新中国的国旗！”山二哥把“五星红旗”默记了一遍，然后把地上的沙抹平，从李老师手里取过竹棍儿，认认真真地在地上画了个长方形，再在长方形左边，添了一大四小五颗五角星，然后问李老师：“是这样吗？”李老师说：“对。还有中国共产党的党旗——”又在地上画了个长方形，在方框左上角画了一只锤子，又加了一把镰刀，说：“这是锤子和镰刀，代表了工人和农民最根本的利益。这就是中国共产党的党旗。”山二哥点点头，很严肃地把地上的沙抹平，然后站起来，握住李老师的手说：“谢谢你，让我长了见识，教我学到了新的东西！”李老师说：“噢，对了，老弯说你对港口情况熟悉，他有事还要来找你。”

跟李老师分手后，山二哥即将明上午三条贼船路过万县港的消息，分头通知了各码头领得起（负得起责任）的船主、二太公或者揽头儿。“好！”“好！”面对明天即将发生的事，大家的神情都比较激动，既像是在期盼什么，又像是在提防什么，虽有些前途未卜，众人的心却早已拧在一起了。这时，各码头的旗帜，差不多都已经挂出来了，红的、黄的、蓝的、白的、紫的、花的，什么颜色的都有，在桅杆上、竹竿上、绳索上，各色旗帜呼呼啦啦地正在迎风飘扬。

山二哥回到野码头，走拢铁匠铺门口，就看毛铁匠打铁。毛铁匠左手用火钳夹着一弯红铁，右手正使锤叮叮当当地捶打。因为有了党旗赋予铁锤的定义，山二哥发现毛铁匠的铁锤果然有几分灵气。那块摆在砧礅上的红铁，在铁锤轻巧的煅打下，要扁就扁，要长就长，就像能工巧匠在用手捏弄似的。

毛铁匠一抬头，见是山二哥，还以为他是从安家溪那边过来的，问："你也去唱板凳戏了？"山二哥没有回答他，却问他："你这是捶的什么？噢，请你做的东西已经做好了？"毛铁匠说："当然做好了，已经拿回去了——这是上街船要我做的镰刀，下次他们进城，就可以交给他们了。"山二哥就说："走，去看看你做的铁炮。"毛铁匠就解了围腰，收拾了一下铺子，随山二哥回半边街。

山二哥攀了毛铁匠的肩，一边走一边小声告诉他，你的铁锤上了中国共产党的党旗了。毛铁匠不明白，问，什么？山二哥就告诉他，我知道新中国的国旗和中国共产党的党旗是什么样子了。国旗是五星红旗，左上方一颗五星，右边拱卫着四颗小五星。党旗的左上方是镰刀和斧头，镰刀斧头代表了工人阶级，你打铁的也就是新中国最正宗的工人阶级了！毛铁匠一听，果然高兴，说那我明天一定要把铁炮放响亮点儿，轰走瘟船，迎接万县解放！

毛铁匠的铁炮并不神奇，上端品字形三根铁管，底部是封闭的，旁边都各有一个小孔，是用来插引线的。三根铁管外面加了两道铁箍，下面接两尺长一根铁棒，铁棒尾端还焊着一个小

铁环。山二哥不明白那铁环是干什么用的，问毛铁匠，毛铁匠笑一笑说到时候你就知道了。

傍晚，山二哥和毛铁匠又去安家溪为水飘儿守灵。王伯伯见山二哥来了，即趁机从他的“指挥阵地”抽身出来，说：“这回我们可把瘾儿过足了。你想不想也来吼两折？”山二哥却说：“你老人家年纪大了，今晚早点儿歇着，明天上午领着大家把围鼓敲得更响些。”老人凑近了问：“是不是那群王八蛋要过万县城了？”山二哥点点头，说：“明天很关键，我们一起弄出点儿响动，不能给贼兵一点儿怯懦的信号。”王伯伯说：“行，我王伯伯就陪你唱‘空城计’！”山二哥说：“也不是空城——现在北边、南边、东边都有解放军压过来了，他们只有一条路，乘船往西逃窜。若真敢在万县上岸，那他们是在找死。只不过得防着他们，在死的时候别拿老百姓垫背……”王伯伯说：“那好，那我就敲起丧葬围鼓，送送这批瘟神！”王伯伯当即安排两个年轻的鼓师守夜，说自己得找地方将息将息。然后随山二哥和毛铁匠回了半边街。



第二天一早，王伯伯仍去安家溪打围鼓，山二哥即在吊脚楼上挑出两面红旗。红旗被风一吹，哗哗地响，顿时把山二哥的吊脚楼都映红了。然后他就守着毛铁匠在吊脚楼上筑那三眼铁炮。毛铁匠将黑火药灌进炮管，再用铁条捅筑，待筑紧了，又倒进些火药，再筑。如此三番五次地筑，最后才用黄泥巴把炮眼封起来。三只炮管都用同一办法，满满筑了三管火药，再在铁管下端插上引线，于是毛铁匠的三眼铁炮就装填好了。山二哥问，完了吗？毛铁匠说，还得找根结实的绳子。山二哥问，要绳子干什么？毛铁匠说，备用。就见毛铁匠回自己家里，翻箱倒柜找来一根结实的鸡肠带儿，一边理带子，一边说好了，我就等那些贼兵露面了。

这时候晓雾初散，吊脚楼外视野辽阔，碧江澄澈，天光瓦亮。回头看港湾，煞是热闹，从上沱沙湾，沙嘴码头、杨家街口、南门码头、东门码头、到下沱虎臂滩、钟鼓楼码头、聚鱼沱码头，无论船上岸上，都挂出了各色旗帜和布条。尤其是泊在野码头外面的那条洋船，花花绿绿的满船都是旗帜，什么米字旗、条子旗、花格旗、月牙旗、三角旗，红的、黄的、蓝的、绿的、白的，也说不清是哪一些国家的旗帜。河风鼓吹，旗幡招展。晃眼看，港口就像是在过节一样，过细看，却看不到有多少人活动，也没有平时的船歌和劳动号子，这不仅给港口平添了怪异的氛围，也给港湾罩上了一层神秘的面纱。

大约十点多钟，果然有洋船在红砂碛露头，一艘，两艘，三艘，船体都不大，是三艘小火轮。山二哥眼睛好使，对毛铁匠说了句："来了。"毛铁匠说："我正等得不耐烦呢！"说时慢条斯理地用鸡肠带儿先拴住铁炮下面的环，再把另一端绑在自己的手腕上。这时候，山二哥才明白了毛铁匠的用意，他是担心铁炮威力大，怕万一震脱了手呢。山二哥问他："不会是哑炮吧，你又没有试过。"毛铁匠说："笑话。没有试过，但我做过。打胜利炮那年，我就做过这种炮。不过那只炮要比这只炮小。"山二哥见这只铁炮本身份量就重，要是放炮一震，确实容易脱手，见毛铁匠粗中有细，也就放心了。



三艘贼船一路"屁屁屁"地卷着白浪从红砂碛上来，船到钟滩子和虎臂滩的时候船速明显慢了，那是因为钟滩子和虎臂滩的水流太急。山二哥一边注意隐蔽自己，一边在观察，见小火轮两舷上站的兵并不是很多，有当官的拿着望远镜在往岸上看。山二哥只叫毛铁匠准备，毛铁匠早已点着信香，手里擎着铁炮，只等山二哥喊他放炮。

时间似乎凝固了，大家不免有点儿紧张。港湾除了贼船"屁

屁屁”的马达声，还有“壮共壮共”的围鼓声，其他声音好像都被众人的心跳声掩盖住了。三艘贼船开足马力，挣扎着刚刚上了虎臂滩，还没容他们有任何考虑，山二哥对毛铁匠把手一挥，喊声“放炮”，毛铁匠即用信香点燃铁炮的引线，只听“嗤”的一声，接着就是惊天动地一声响亮：“轰隆！” 顿时山鸣谷应，“轰隆……轰……隆……隆……隆……”港湾经久不息地回荡着铁炮的轰鸣。据说铁炮响后，山二哥屋上的瓦片都碎了几块，同时还稀里糊涂地落下来一只麻雀。有的甚至说那声铁炮把半边街的地皮都震麻了，就连野码头也跟着打了个哆嗦。

装着胡宗南残兵的三艘小火轮，确实得到过上面的命令，途经万县，是要抢劫银行、破坏港口、炸毁电厂的。但刚拢万县，却见船上岸上都挂满了万国旗帜，还隐隐听到“壮共壮共壮共壮共”的锣鼓声，也不知是在演练什么阵法，还是在召集士兵鼓舞士气。紧接着是天崩地裂般一声炮响，情知不妙，港口既然已有准备，他们哪里还敢上岸惹事呢！三艘贼船都没有敢松车，连大气儿都没有喘一口，就“屁屁屁”地一溜烟往上游方向逃窜了。

直盯着三艘贼船蹿过了上沱，山二哥才叫毛铁匠再放一炮。毛铁匠却没有听见，山二哥即从毛铁匠手里取过信香，要亲自点火，才发现刚才毛铁匠的虎口都被震裂口了。两人耳朵嗡嗡地响，彼此说话都听不见了。山二哥就打手势比画。毛铁匠懂了，是叫再放一炮送送瘟神。这回他用双手擎起铁炮让山二哥点，山二哥就用信香点着了引线，又是惊天动地“轰隆”一声，接下来整整半天，山二哥和毛铁匠再也没有听到其他任何声音……

## 40 使君滩

葬过水飘儿之后，秀秀才从安家溪脱身回家。近日，秀秀一直在灶上帮忙，一天只与山二哥打两个照面，见山二哥支派应酬忙得不亦乐乎，很欣赏他那撑场面办大事的派头。可几天下来见他累得面色发青，却又很有些心疼。待办了水飘儿和何宝子的后事，原以为两人该说说话了，不料山二哥只知道忙自己的事。就见他望着自己门上的吞口儿，搭起梯子先把吞口儿取下来，仔仔细细擦拭一遍，又薄薄抹了层桐油，桐油还没干，即扶了梯子又把吞口儿装上门框。然后他把秀秀和明生都请了去，先对明生说，这里的一切就交给你了，你要对秀秀尽心尽力地照顾好。这房子么，你就看着办吧……明生以为山二哥要去帮老弯办什么事呢，无非拜托他照管房子，倒也没有介意。秀秀见他说得疯扯扯的，想发作不便发作，一生气扭头回隔壁去了。山二哥在明生肩上拍一拍，还想说几句什么的，见秀秀已经走开了，最后也就留下一声叹息。



第二天一早，山二哥陪那疯疯癫癫的王伯伯走了。这一走竟再没有回来。明生觉得奇怪，专程走万安桥、三马路，去陆家街找。找到了王伯伯，王伯伯说，噢，你问青山么？我见有人找他，总该有什么事吧。再打听山二哥的下落，有人说他好像去了重庆，可有人说不，他可能下了汉口，但都没有办法肯定。明生忙问，那他还留下什么话没有？那人就回答他，我只知道山二哥走了，如今山二哥是做大事的人呢。熟悉明生和山二哥的人则说：你是装傻还是真的糊涂？山二哥有心在成全你和你表妹的

事呢！明生恍然大悟，心里对山二哥着实感激。

秀秀一直在哭。待明生正式向她提亲的时候，她哭得好厉害。最后，谁也没想到她会对明生讲："哥，我是你的亲妹子呀！妈叫我不跟你说，不准跟任何人说！"明生呆住了。"怎、怎么会呢？这，这……"明生无论咋想都想不通。后来隐约记起小时候的一件事，他只知道那是一件很避人的事。母亲曾声严厉色地追问父亲："你说，你说话呀！你到底把她啷个了？"父亲垂着头，一直张不得口，最后涎脸说过一句："姨妹儿半个妻么……"

"噢，妹妹，原来父亲……"直到二十年后，明生才认了自己的亲妹子。明生心里像打翻了五味瓶，一时竟说不清是酸，是甜，是苦，是涩。

明生对秀秀说：妹妹，我一定要找到山二哥！

小姐妹安慰秀秀说：眼看社会变了，是不会有人无缘无故失踪的。



秀秀说：你们别提了，我恨他我恨他！但她立即在心里说，不不，山二哥，我想你我好想你哟……

不知怎的，藏身歪楼门的两位"厨师"，竟阴一个阳一个地先后都梭脚（溜）了，何熊何保长只当是丢了两个包袱，反而大大松了口气。待葬过儿子以后，何熊正而八经地开始学念佛了。他在家里布置出一间佛堂，也不知从哪里录了一轴条幅，还煞有介事地挂在佛堂里：

> 一日行善，福虽未至，祸自远矣；一日行恶，祸虽未至，福自远矣。行善之人，如春园之草，不见其长，日有所增；作恶之人，如磨刀之石，不见其损，日有所亏。

看这架势，何熊真像是洗心革面，有一点儿强制自己重新做人的意思了。不过，当何熊得知山二哥出走的消息以后，心里也不由一震。他真正佩服山二哥是一条汉子。却不无惋惜，轻轻叹一口气说：这又何苦呢……

对山二哥的出走，最感到意外的是水月、最接受不了的也是水月。

水月当然听到了那惊天动地的两声炮响，并很快就知道了是山二哥领着毛铁匠放的炮。水月很欣赏山二哥的胆略，兴冲冲地来找山二哥，却发现山二哥竟离奇地失踪了。水月不顾一切地去找山二哥，一连几次都没有找到她要找的人。于是，她跟山二哥似有若无的一段隐情，即为众人所知。这一挫折对水月的震撼确实不小。自此，她天天从半边街下河，去虎臂滩礁嘴上枯坐。开始，众人以为水月要去跳河了，都远远看着她，却不敢上前招惹她。后来发现，她并没有跳河的意思，她只是在河边把自己坐成一尊塑像，一动不动的，一坐就好几个钟头。有人说古印度国悉达多太子，在菩提树下盘腿静坐四十九天，终于悟道成佛。那么水月在虎臂石上一坐数日，又能有多大收益呢？

水月坐在虎臂石上，最初看到的是惊涛裂岸，浊浪滔天，心里也曾翻江倒海般难受。水月原是很要强的，她不懂山二哥为什么会这样轻视她，居然不打一声招呼就一走了之。她找不出答案，心潮只能像江水一样起伏澎湃。但她懂得江水原是至阴至柔的东西，只因一念向东，一泻千里再不回头。虎臂石努力向江心伸突，原先像是想跟对岸的石盘携手，经过江水长年累月毫不懈怠地冲刷，已被打磨掉一切楞角。旁边一个大石壕，里面的石头如床、如桌、如禽、如兽，自然都是亲近江水的成果了——水月心事驳杂思虑万千，就像走进了死胡同找不到一条出路。她不得不告诫自己，水月水月，你可不能走火入魔呀……

这时候，有个女人从半边街下来，竟一直往虎臂滩嘴嘴上走。

水月一眼认出走过来的这个女人，是皮船长的老婆丹凤。心想，我跟这人素无来往，她来这儿干什么呢？

丹凤过来对水月说："水月姑娘，我都见你坐这儿很久了，能不能回家去坐呢？"水月望了她一眼，没有答理她。

丹凤说："我来陪水月姑娘说说话吧，谁让我们都是女人呢——"水月还是没有答理她。

原来丹凤也打听到不少事情，她知道皮船长去找过水月，也知道水月厉害使手段整过皮船长，但皮船长只说她跟裴神仙整了他他要跟她离婚。丹凤不晓得男人是不是还恋着水月。她到水月家没有见到水月，别人就告诉她，这几天水月心里有事，你去虎臂滩看看吧。于是她下河来找水月，一想探探水月的口气，看能否断了皮船长的念头；二想笼络水月，很想拉她结成同盟。

丹凤说："说起来，我也不怕丢人。我家先生又要找我离婚。我劝他，你是这个地方出去的人，这里是你的家，你要离，就把重庆、涪陵、宜昌、奉节那些婆娘离了算了。你猜他怎么说，他说我要把你们这些婆娘都离了，我不要女人了总该对了吧！我听裴神仙说，他真的是闯到鬼了。水月，你说，我该啷个办嘛……"其实丹凤哪里知道，皮船长这几天正在进行反省，且徐老鬼和舵工们都在劝他，都在帮丹凤做他的工作。

水月却不想听丹凤烦人，眼里紧盯了滩头的白浪，只冷冷地说："我也正想不通呢。这里水好，是不是我俩一起下去，就再也没有烦恼了？"

丹凤一愣，她绝没有想到水月会如此无情、如此冷酷，心里不觉非常难过："你，你怎么会这样说呢……"说着竟哭起来。

见丹凤哭了，且哭得很伤心，水月于冷漠中才有所觉悟。噢，要不得，她立即修正自己说：“好了，丹凤，是我说错了，你别伤心。我告诉你，皮船长再也不会来找我了。你可以放心地回去了。”

“这，你这话当真？”丹凤抬起头来，半信半疑地望着水月。

“当真。我不会骗你的。”

丹凤见水月一脸认真的样子，即抹了泪水说：“行，我相信你！那，我就不在这儿添乱了，我，我先走了。”丹凤站起来，又看了水月一眼，本想再说几句的，见水月有她自己的事呢，即头也不回地去了。

看到丹凤一路走远的身影，水月心里不由一动——这“冷酷”与“热情”有时候仅仅是一句话，可是着眼点不同，感觉起来就不一样了。过去自己对丹凤只是觉得可怜，而今这种“可怜”，已不知不觉地变成了“同情”。是啊，大家都是女人呢，她一辈子就嫁个男人，只想两人厮守到老，这并没有错。而山二哥只是看到了我的身子，我还……

水月由丹凤想到了秀秀。是山二哥走了以后，水月才知道秀秀对隔壁的山二哥是有感情的。若在以往，水月知道了山二哥跟秀秀还有感情瓜葛，她一定妒火中烧，是绝不会善罢甘休的——水月眼里盯着江涛，仍在翻来覆去地思考，最后她终于安静下来。水月问自己，如果你是秀秀你该怎么办？年轻守寡，遇到一位知冷知热的男子，你能无动于衷吗？再深入想想，秀秀其实还挺不错的。温柔贤淑，待人有礼，她靠自己的劳动，不仅养活了自己，养活了婆婆，还撑起一个艰难的家庭。要是换上了我，遇到这么一大堆难题，我能有秀秀做得好么？

几只白鹭鸶贴着江面飞过，悠闲自得，翩然若梦，不由让水月产生了一种羡慕。她记起诗仙李白的一首诗，《赋得白鹭鸶送

宋少府入三峡》：

白鹭拳一足，月明秋水寒。
人惊远飞去，直向使君滩。

这里就是使君滩了。古诗集里注释说："王云：《水经注》：江水东经羊肠虎臂滩。杨亮为益州刺史，至此舟覆，惩其波澜，蜀人至今犹名之为使君滩。《太平寰宇记》：使君滩在万州东二里大江中，昔亮赴任益州，行船到此覆没，故名。"

水月回头望了一眼，东门外那个使君亭，已相当破败了。使君亭又叫接官亭，是县大老爷专门用来接送朝廷命官（使君）的地方。使君亭到虎臂滩不正好两里路么？这个杨亮杨使君，千里迢迢到四川来做官，路经虎臂滩，却冤里冤枉地在这里丢了性命。俗话说"人为财死，鸟为食亡"，或者并不全是这么回事。那么，人生的真谛呢？难道真如祖奶奶说的，断一切妄想、执著，修无尽智慧、觉悟？确实，水月的悟性很高，她在用心思考，人在生存之外，是不是还负有一种比"智慧"和"觉悟"更高的使命。

"人惊远飞去，直向使君滩。"水月不觉念出声来。莫不是我的凌厉、我的咄咄逼人"惊"走了他？水月终于意识到了，自己是需要反省的。现在山二哥走了，她才发现自己真的爱上了这个男人。她承认山二哥是守信的，他是一位"信男子"。过去自己把自己摆得太高，总觉得是他占了自己的便宜，总觉得是他对不起自己。其实，这"姻缘"二字是有讲究的，"姻"由"缘"起，"缘"是因，"姻"是果，没有因，哪里会有果呢？

水月还想到了水飘儿，想到了水飘儿说的"推翻旧世界"。突然，水月心里一亮，她终于猜到了师傅说的那几句话："岁在己丑，初现光明。乾坤颠覆，顺应其心。"今年是己丑年，政权更迭，天地颠覆，旭日初升，乍现光明。“其心”乃天地之心，兆民之心啊！山二哥已顺应了这一潮流，我水月也该随山二哥一道，顺应到这个历史潮流中去！

水月拍拍裤子站起身来，这时她再看江里的水，并不是什么浊浪，而是一江清流。她的心情终于开朗起来，抬头望天，碧空澄澈，一尘不染；有几朵白云，白得耀眼，也像经水洗过似的。水月闭上眼睛，只觉得微风拂面，涛声悦耳，大江两岸，顿时撒满了船歌……

这世上，远不是没有人关心水月。半边街上的街邻，把慈云庵的老师太接来了，这几天大家一直都在注意水月的动静。老师太远远站在高处，见水月从礁石上轻松地站了起来，她放心了，双手合十，念了一句：“阿弥陀佛！”

水月年轻，能干。她想好了往后要做的事情，已决定不再神神道道浑浑噩噩地过日子了。这一回她没有占卜，也没有使法，而是凭着她的第六感觉，直接判断山二哥会从使君滩回来。

事实上，在山城重庆被解放了一个星期以后，1949 年 12 月 8 日，万县城即迎来了和平解放。

万县城的老百姓都清晰地记得这一时刻：数万群众敲锣打鼓，不停地挥动着手里的旗帜，一齐拥向杨家街口，以满腔的热情欢迎解放军入城。

就在这一天的上午，有一艘满载着解放军的登陆艇，正在向使君滩驶来。水月站在高高的虎臂石上，第一个看到了那艘登陆艇的桅杆！

2008 年 9 月 26 日　初　稿
2008 年 12 月 2 日　第二稿
2009 年 12 月 8 日　第三稿
2010 年 7 月 31 日　修　定

**万州老照片(之八)杨家街口。**1949年12月8日上午，满载着解放军的登陆艇抵靠杨家街口，数万人敲锣打鼓拥向码头，迎来了万州城的和平解放。

# 后 记

六十年后，野码头已被淹了，半边街也被淹了。港口水位，由原来的吴淞口100米高程，上涨到175米高程。万州，从此变成了一座美丽的湖城。我徜徉在宽阔的滨江大道上，发觉世界变化得太快，我所熟悉的城市一时对我非常陌生了。看到新修的桥梁、殿堂、豪厦以及民宅小区，如同看到拔地而起的海市蜃楼，不断给我魔幻的感觉。那被淹掉的老城，在我记忆中反而格外清晰起来……

韶华流韵，岁月熔金，往事像宝贝和金子一样在记忆长河里沉淀。那时候，人们像饮母乳一样直接饮用江里的水。即便是夏天的浑水，用明矾搅两下，也是直接可以喝的。如今，在阳光明媚的时候，也能看到一江(湖)澄碧，水，绿得可爱，也绿得可疑，却再没有人直接从江(湖)里捧起水来喝了。或许会说，这是生活质量提高的佐证，但城里下水道和窨井的爆炸，不时在向我们揭示着化粪池的秘密……过去向往的楼上楼下，电灯电话，如今早已算不上档次了。但同一个楼道进出的邻居，却鸡犬相闻，多不相往来。大概是有了一些财富的缘故吧，人们都用防盗门防盗网把自己密闭起来，绝不是当初物资匮乏，张家有了好吃的，要端一碗给李家，李家有了好吃的，要端一碗给王家，弄得后来的碗，都不知姓张姓李姓王了。在作家眼里，其实有些东西真不好说，有如谷子稗子彼此混杂，往往很难剔除和扬弃。那么最值得赞赏、最值得留恋的东西是什么呢？这是我创作这

部小说最初一再审视的难题。我犹豫再三，好久没有拿定主意。

直到第二稿，我以小说中主要人物山二哥、明生、水月、秀秀的名字为本书命名，叫《山明水秀》(载《红岩》2009 年第 1 期)。我有意淡化时代背景，努力把握着峡江人的团结、淳朴以及义勇，是想完成一幅峡江地区的民俗风情画，或者是还原一段野码头田园牧歌式的日子。但《红岩》杂志的主编刘阳，还有责编欧阳斌告诫我，长篇小说的历史背景是不容模糊的，这无疑为我重新结构小说帮了大忙。

其实最初我也想过，万县是 1949 年年底和平解放的，野码头和半边街虽然被那场战争边缘化了，但它们一样有对新中国的渴望和憧憬。六十年前，绝大多数的万县人，跟小说里的山二哥们差不多，尚来不及接受进步思想的系统教育，他们仅凭着对旧社会的厌恶、凭着对共产党的信任和期待，是自觉自愿、万人空巷、涌到杨家街口码头，迎接解放军入城的。最后我把小说定位在万县临近解放的一段日子里。这不仅向纵深拓展了《万县野码头》的主题，给小说增添了一条主线，还为人物心灵的美好，以及对美好生活的向往填充了全新的内容。



野码头和半边街的乡亲们，离我本来有一段距离，但我熟悉他们，理解他们，知道他们是在按怎样的法则生活。儿时，我听船民讲过化九龙水的故事，但我至今不解，那盆里的三根筷子，怎么会把卡在喉管里的鱼刺“化”下去？不过，那时候川江的鱼很多，什么鱼都有，但我从没见他们吃鱼遭刺卡过。小时候，我听外婆讲过许多有关小神子的故事，那些“小神子”无不自尊、多疑，而神通广大。但我偏爱水月，不想把水月写得神神道道的。我想，她只是会一点小技法或者魔术。当她对自己的作为有过反省以后，我相信她会有一种新的人生追求。在小说里最难的应该是山二哥了。就像别人不好叫他“艾二哥”，也不好喊他“青二哥”一样。艾青山为人义气，有头脑，有肝胆，但在两个女人之间却犯了难。一位欲爱不能，一位欲罢不忍，最后只有一走了之。其实是他承载了太多的道义，在那个特定的时代，山二哥似乎别无选择。就像禅语里说的，水牯牛过窗棂，头过去了，角过去了，蹄也过去了，为什么尾巴还过不去？山二哥的尾巴就是他的“面子”。在码头上混的人，必须有这个“面子”，因此他不能像现在有些人那样，随心所欲地处理自己的感情。不过，我为他的爱恋留了一条“光明的尾巴”——万县解放了，他们之间的事也亮开了，无论是秀秀、水月或者山二哥，都有更多的事要做，他们能不尽快摆脱感情纠葛，找到自己满意的归宿吗？

书里所有的地名儿，都是万州（万县）曾经真实存在过的。但细心的读者会发现，有些地方已挪位了。譬如半边街，北岸顺着岔街子过去（西山钟楼下面）有一条半边街，南岸陈家坝去桥沟方向（靠近翠屏中学）也有一条半边街，并且峡江其他县城差不多都有这种半边街。所谓“野码头”，原是峡江对非客货主流码头的统称，至于有些野码头叫得响亮一些，无非临时靠泊粪船、打渔船之类多些罢了。万州有名的峨眉碛、岑公洞、安家溪都在长江右岸（南岸）。而虎臂滩则在长江左岸（北岸），我们习惯叫它桥马滩（桥马滩下面是钟滩子，再下面是聚鱼沱、红砂碛），一坡斜梯上去是一马路、柑子园。其实，观音庙（慈云寺）离观音岩也还有一段距离。这些地方我都熟悉，或许是魂牵梦绕，受了梦的提示，我把它们进行了颠覆和重组。这样设置的好处是，叙述起来更集中，更简洁，让我讲的野码头似曾相识，更具有代表性。

为了有个参照，我很想找几张老照片出来做小说的插图，竟在凤凰网上找到几张1946年的“老万县”，标题是《外国人拍摄的四川万县老照片》，拍这些老照片的摄影师不知是否健在，可惜我没有办法跟这“老外”取得联系。而法国摄影师 Jacques

Bacot 摄于 1880 年的古万州桥，则是古万州存世最早的一张照片。能发现这张照片本人功不可没。摄影师 Jacques Bacot 大约于 1880 年，来中国大西南转了一圈儿，把路过万县拍到的万州桥与后来拍的云南的照片搞混了，于是把万州桥误称为“云南的大桥”，我于 1968 年几乎是在同一角度拍过万州桥，因此一眼认出了这“伟大的经典之作”是古万州桥。除杨家街口万人喜迎解放军那张照片外，以上几张老照片都不是 1949 年拍摄的，但是通过它们，至少可以还原，或者部分还原六十年前万州临近解放时的某些情景。

我还想说的是，我原是学生物的（1969 年毕业于四川大学生物系，后来却搞了港口工作），知道白鳍豚是生活在中国长江里的一种非常可爱、非常聪明的哺乳动物。白鳍豚有它们自己的社会，有它们自己的语言，还有它们自己的感情和思维。我曾收集到不少有关白鳍豚的资料，是准备以白鳍豚为主角写一部科幻小说的。但近年传来非常不幸的消息，整个长江，已再也找不到一头白鳍豚了！白鳍豚已经在我们的地球上灭绝了！我无话可说……只想提醒同胞们，在我们全力以赴追求自身幸福生活的同时，我们还要不要有所怜悯、有所顾忌、有所敬畏呢？

我家对面就是慈云寺，佛学博大精深，近年兴许对我有一定影响。可我并不是皈依释祖的佛教徒。但我以为，人有信仰是值得庆幸，值得尊重的事情。

我从小生活在奉节、云阳、万县，后来又长期工作在万州港（辖巫山、奉节、云阳、西沱、忠县五港），感谢峡江港口，赋予了我反映峡江的得天独厚的创作优势！感谢父老乡亲，乳汁般供给了我认识和发掘巴渝文化的丰厚底蕴！

2009 年 12 月 9 日　于万州沙龙路得月楼

E-mail：ouyang0330@126.com